W0358538

LE PASSÉ N'OUBLIE JAMAIS

Paru dans Le Livre de Poche :

DOUBLE JE

SYLVIE GRANOTIER

Le passé n'oublie jamais

ROMAN

ALBIN MICHEL

© Éditions Albin Michel S.A., 2003.

ISBN : 2-253-11400-6 - 1re publication - LGF
ISBN : 978-2-253-11400-0 - 1re publication - LGF

Pour Floyd Byars,
par qui tout a commencé.

Quand j'ai rencontré Francis Towne, alias Franck Anger, il était enfermé à la prison de la Santé, attendant la réponse des autorités françaises à la demande de son extradition par la justice américaine. Comme tout le monde, je connaissais les grandes lignes de cette histoire qui, à première vue, n'avait rien pour m'intéresser professionnellement et dont je vais rappeler ici les éléments essentiels.

Le 3 août 1995, le patron d'un motel de Sausalito, Californie, découvrait dans la chambre 27 le cadavre d'une cliente. La jeune femme, Blossom Towne, était étendue en travers du lit. Elle était nue. Elle avait été étranglée puis défigurée à l'aide d'un pied de lampe qui se trouvait dans la chambre. Le mari de la victime, Francis Towne, gisait sur le sol, des ecchymoses sur la tempe gauche. Il n'était que superficiellement blessé.

Des traces de sang furent relevées à l'angle de la table de nuit. Francis Towne étant sujet à des crises d'épilepsie depuis l'enfance, et sa femme étant une adultère notoire, le scénario d'un crime passionnel fut rapidement constitué. Les patrons du motel témoignèrent n'avoir vu personne approcher de cette partie de leur établissement entre l'arrivée nonchalante de Blossom et celle nettement plus nerveuse de son mari.

Ce dernier ne cessa de nier cette version du meurtre. Il prétendait avoir reçu un appel anonyme le conviant à se rendre au motel du Soleil Levant s'il voulait une preuve de l'infidélité de sa femme. Il était entré dans la chambre 27, qui n'était pas fermée à clé, s'était précipité vers le corps sans vie de son épouse avant de se faire attaquer par-derrière. Il n'avait pu voir son assaillant.

Un avocat de renom, Lewis Bailey, réussit à le faire libérer sous caution dans l'attente du procès. Il disparut alors, sans laisser de traces.

Le rebondissement inattendu eut lieu en France, cinq ans plus tard.

Sigrid Anger, femme du romancier de best-sellers Franck Anger, disparaît. Sa famille porte plainte. L'écrivain est interrogé et la police découvre rapidement que Franck Anger est en réalité Francis Towne. Depuis cinq ans, le meurtrier en fuite se dissimulait derrière la notoriété de l'écrivain. Franck Anger est donc emprisonné. L'Etat de Californie demande son extradition et les tractations commencent.

Un fait divers pas banal, mais juste un fait divers. Dans mes livres, je m'intéresse à des individus ordinaires devenus acteurs d'événements extraordinaires, trop grands pour eux et qui, pourtant, sans eux, n'auraient pas eu lieu. Il s'agit pour moi de comprendre le rôle et donc la responsabilité de l'individu dans l'histoire humaine.

Je citerai pour mémoire : *A la guerre comme à la*

guerre, un livre d'entretiens avec le lieutenant-colonel Casey qui considérait n'avoir été, au Viêt-nam, que l'instrument de sa hiérarchie, *Responsable ou simple coupable*, une étude sur Mayenz, un des médecins responsables du programme d'euthanasie nazi, qui refusait d'admettre que son travail avait ouvert la voie aux camps d'extermination, ou *La soumission est une perversion*, résultat d'une série de rencontres avec X, l'adolescent qui servait de rabatteur au tueur d'enfants Neroni et refusait sa part de culpabilité sous prétexte que l'adulte l'avait asservi par la terreur.

Ma démarche est toujours la même. A l'exception de Mayenz qui était mort mais dont j'ai pu consulter à loisir les carnets de notes, je rencontre mes « sujets » aussi régulièrement que possible sur une longue période de temps, six mois ou plus. Simultanément, je m'efforce de remonter chacun des fils tissés par leur récit, que ce soit en retrouvant des membres de leur famille et les divers protagonistes de leur histoire personnelle ou en confrontant les faits établis du passé avec la vision subjective, filtrée par la mémoire ou carrément inventée dans un souci d'autojustification ou de manipulation, qu'ils m'en proposent.

Je dois avouer qu'à ma grande surprise le désir d'authenticité finit souvent par l'emporter sur l'instinct de survie.

Les caractéristiques de l'affaire Towne-Anger étaient donc à l'opposé de celles qui déclenchent habituellement mon intérêt : il s'agissait d'un crime passionnel banal dont le héros, lui, ne l'était pas.

Ma curiosité fut éveillée par une étrange coïncidence : j'avais rencontré Sigrid Anger, la femme de Franck Anger, le mardi 15 février 2000, c'est-à-dire le soir de sa disparition.

Je m'en souvenais d'autant mieux que je l'avais ramenée chez elle et qu'elle avait alors accusé son mari d'être un criminel.

Sigrid Anger m'était d'abord apparue comme une miniature délicate, ravissante, fragile, avant que je ne devine, sous le verre soufflé, une armature d'acier trempé. Son timbre de voix était enfantin et elle avait une façon de se planter devant vous, pieds en dedans, ventre en avant, les doigts noués dans le dos, faussement timide, faussement dessalée... Oui, face à moi, elle avait joué sur un double déclic : la gamine affranchie et insolente qui vous laisse deviner l'enfant naïve et vulnérable. Et allez savoir quelle part est la vraie.

Je fus séduite, je dois le reconnaître. Son charme était indéniable. Elle devait approcher des trente ans.

Elle se présenta, se définissant apparemment ainsi, comme la femme de Franck Anger dont je connaissais le nom, bien sûr, mais que je n'avais jamais lu.

Elle ajouta d'un air de défi qu'elle sortait souvent seule, bien que son mari n'apprécie pas une telle marque d'indépendance, mais qu'elle n'avait pas l'âge de s'enfermer dans un mariage, quand même, à notre époque, non ? Ses yeux se remplirent de larmes. Elle se détourna. Une hystérique.

En fin de soirée, notre hôtesse, mon amie Frédérique, me demanda comme un service de ramener

Sigrid Anger qui avait un peu trop bu. Le moyen de refuser !

Sigrid me guida très précisément jusqu'à un immeuble à terrasses de Neuilly. Là, au lieu de descendre, elle se tourna vers moi :

— Mon mari est un assassin.

Je restai silencieuse. Que répondre à ça ?

Puis elle lâcha dans un grand soupir :

— Personne ne voudra me croire, bien sûr, mais j'en ai la preuve. J'ai des tonnes de preuves, en fait, et je ne sais plus quoi faire, parce que j'ai peur.

Elle attendit, en vain, un commentaire de ma part.

— J'aimerais que vous fassiez une enquête sur lui. Sur son passé.

— Je ne suis pas détective.

— Je le sais mais...

Sa voix changea, se voila, grave. Peut-être sa vraie voix. J'ai étudié le chant. Je m'intéresse aux timbres. Elle était dans sa vraie voix, pour la première fois depuis le début de notre conversation. Du coup, je l'écoutai plus attentivement.

— Il y a les faits et il y a... lui. Il me fait peur. Je ne sais plus qui il est. Vous comprenez, son air solide m'a plu, il avait l'air vrai. Il est romancier, vous savez. Eh bien, c'est le contraire : il a une trouille pas croyable de la vérité. Il est capable de tout oublier et, après, il invente. Je veux dire qu'il est capable d'être certain qu'il n'a tué personne, même si c'est faux.

Discours embrouillé, dramatisation maladroite, confirmation de mon premier soupçon : jeune femme richement mariée aménage le terrain en vue d'un divorce profitable.

Clairement, elle plaçait ses billes et se croyait plus maline que moi. Je ne voyais en elle qu'un mélange amusant de naïveté et de roublardise.

Elle ajouta que son mari me connaissait, avait lu tout ce que j'avais écrit et serait certainement heureux de me rencontrer. Flatté, même. En tant qu'auteur populaire, il se sentait méprisé. Alors si quelqu'un comme moi voulait le rencontrer... Juste histoire que je me fasse une opinion...

J'achevai sa pensée : une opinion de préférence conforme à la sienne, qui me convaincrait de l'aider à obtenir ce qu'elle désirait.

Je suis imperméable aux compliments. Ses flatteries m'agaçaient. Elle m'irritait, trop chantournée, trop maniérée, capricieuse.

Je réitérai poliment mon refus. Son regard vacilla comme une flamme près de s'éteindre. Une minute, elle était une gamine mal élevée, capricieuse, pas très subtile, celle d'après une vieille âme douloureuse et mystérieuse.

Qu'est-ce qui m'empêcha de revenir sur ma première impression ? Mon mépris pour les femmes-enfants qui jettent l'opprobre sur mon sexe ? L'injure faite à mon statut d'auteur exigeant et particulier ? Ou tout simplement l'antipathie instinctive ?

En tout cas, elle n'insista pas, quitta ma voiture, se pencha vers l'intérieur pour me remercier avant de refermer la portière avec douceur.

Je me rappelle l'avoir suivie du regard dans le rétroviseur tandis que je tournais sur la gauche. La façade de son immeuble était sombre et je ne la vis pas franchir la porte.

Une semaine plus tard, la disparition de Sigrid Anger était rendue publique, son mari arrêté et je réalisai que chaque mot de notre courte conversation était resté gravé en moi.

Ce qui me donna à réfléchir. Son intuition ne s'était pas trompée en la guidant vers moi. Le mensonge m'intéresse. Je dirais presque qu'il est ma matière de base. Je le crois essentiel à toute vie en société, bien sûr, mais il est surtout mon outil de base. Mes sujets commencent toujours par des mensonges, délibérés ou inconscients. Notre travail commun consiste ensuite à les pointer l'un après l'autre et leurs dénouements successifs nous mènent au cœur du propos. Ils sont les écailles brillantes et dures qui protègent la chair du poisson. Ils sont notre masque de parade et de séduction. Ils deviennent parfois notre identité.

On confond souvent ma démarche avec une quête de la vérité, parce qu'on confond vérité et authenticité.

Je crois que les criminels passent à l'acte faute de savoir mentir, je dirais presque : faute d'imagination. Ils mentent ensuite pour leur survie, se mentent d'ailleurs souvent à eux-mêmes. Mais alors, comment Franck Anger, écrivain de fiction dont l'activité consiste à inventer honnêtement, aurait-il pu devenir le meurtrier qu'avait dénoncé sa femme ?

Avant même de rencontrer Franck Anger, je pressentais sans doute qu'un livre pourrait naître de son histoire mais, comme l'on voit, le moteur était à peine tiède.

Non, ma démarche, dans ce premier temps, était plutôt guidée par l'intuition que Sigrid Anger, ainsi qu'elle l'avait prédit, avait été assassinée. Par son mari. Ce qui projetait l'affaire Towne-Anger bien au-delà du crime passionnel.

Échos

Le 13 mars, je reçus l'autorisation officielle de rencontrer Franck Anger à la Santé. La direction était d'accord, le prisonnier aussi. Sur ce point au moins, Sigrid ne s'était pas trompée.

En préalable à toute décision, j'avais, par habitude, déterminé le budget approximatif qui couvrirait un voyage en Californie, le temps de recherche presse, la documentation à assembler et je pensais déjà à deux chaînes américaines susceptibles de financer une enquête sur un sujet que je saurais rendre alléchant.

Je suis moins gourmande qu'une professionnelle *made in USA* et ma réputation peut m'ouvrir pas mal de portes. Cet aspect-là de l'affaire ne me tracassait donc pas.

Voici, en vrac, c'est-à-dire tels que je les ai découverts, les quelques articles que j'avais lus concernant l'affaire.

L'ÉCRIVAIN À SUCCÈS ÉTAIT RECHERCHÉ PAR LA POLICE.

LA DOUBLE IDENTITÉ DE FRANCK ANGER.

COMMENT FRANCK ANGER A PU ÉCHAPPER
À LA POLICE PENDANT CINQ ANS.

NOTRE ENVOYÉ SPÉCIAL À SAN FRANCISCO RACONTE.

David Towne, le frère de Franck Anger, a bien voulu nous recevoir. Si Franck Anger est un grand type sombre et impénétrable, David, lui, est un grand type rondouillard et sympathique.

Il m'a prié d'excuser sa mère, encore sous le choc.

« Mon frère est innocent. Il a refait sa vie. Il ne mérite pas ce qui lui arrive. J'espère que l'extradition sera refusée. Je vais le rejoindre à Paris et, si je peux lui donner un coup de main, je le ferai. »

Photo noir et blanc, une tête de rouquin, cheveux broussailleux, petits yeux ronds et clairs, presque pas de sourcils, sourire fendu.

Un camarade de cours de théâtre, Christopher Smith, a bien voulu me confier une photo de sa classe où l'on voit le jeune Franck Anger, unanimement considéré comme un type très cool.

« On l'appelait *the lone ranger* parce qu'il était souvent tout seul. Doué. Tout le monde était sûr qu'il allait faire carrière et puis il s'est marié et ça... »

Christopher a semblé indiquer que le mariage était un handicap de base insurmontable pour qui voulait entreprendre une carrière artistique.

Photo de groupe prise en 1988. Ils sont quinze. Ils sont acteurs et ça se voit. Super-décontractés, petits sourires james-deaniens qui susurrent : « Je sais que j'ai un sourire craquant mais je ne le fais pas exprès. » Et puis un visage cerclé d'un coup de crayon pas très net, un visage fait pour prendre la lumière, tous les bons angles osseux, pommettes hautes, longue bouche à la Sean Connery, ténébreux. Francis Towne, alias Franck Anger.

Le grand guitariste John Farrow, père de la première épouse de Franck Anger, nous a reçus au bord de sa piscine. Le vieux rocker a pris de l'âge et du poids mais sa colère et son énergie sont intactes.

« L'enfant de salaud mérite la chaise électrique et on fera tout pour. C'est un tueur en série. Les Français doivent le savoir. Si un jour, il ressort, qu'à Dieu ne plaise, il recommencera. J'ai toujours pensé qu'il fallait faire gaffe à ne pas mettre d'eau sur les braises. »

John Farrow est un chrétien recommençant. Il invoque souvent Dieu et sa vengeance divine mais son chagrin est sincère. Il a le sentiment d'avoir perdu sa fille une deuxième fois.

Photo noir et blanc. En fond, piscine qu'on imagine turquoise. Au premier plan, assis sur une chaise longue, le gros Farrow, maigre catogan, ventre débordant sur la ceinture indienne argent et pierres qui tient son jean, chemise de cow-boy et, sur ses genoux, appuyée contre le buste, la photo encadrée d'une jeune Lolita.

Et puis, le 2 mars, au journal de vingt heures d'Antenne 2 :

Le ministre de l'Intérieur a annoncé que l'insécurité était son premier souci puisqu'elle est le premier souci des Français. Il va proposer une série de mesures renforçant les moyens de la police. A suivre donc.

L'affaire Anger a connu un nouveau rebondissement aujourd'hui. Le père de Sigrid Anger, la femme de l'écrivain, dont on est sans nouvelles depuis quinze jours, affirme que sa fille comptait faire des révélations sur le passé de son mari et qu'il possède un courrier qui le prouve. Il a décidé de réserver la priorité aux enquêteurs. Nous avons demandé à un juriste de faire le point sur cette affaire délicate.

— Oui, voilà, je vais essayer d'être clair. En France, une mise en examen peut intervenir, en l'absence d'objet du délit...

— Vous voulez dire : sans cadavre.

— Oui, si la présomption de meurtre est suffisante. Une fois le processus judiciaire engagé, la possibilité pour les autorités américaines d'obtenir une extradition exigerait qu'elles prouvent que l'affaire dont ils ont à juger doit obtenir précédence sur l'affaire française, ou bien qu'elles établissent un lien suffisant entre les deux affaires pour que, de leur enquête, dépende l'enquête de nos enquêteurs parisiens...

Très bien, merci beaucoup, maître Ligas. Une affaire compliquée, donc, dont nous ne sommes pas près de voir la conclusion.

L'affaire avait déjà glissé en fin de journal télévisé. Sans cadavre, sans événement notable, la presse se lasserait.

Pour faire passer les commentaires indigestes de l'homme de loi, la télévision remplaça son terne visage par les trois photos que les journaux avaient déjà usées jusqu'à la corde : la photo de mariage de Francis Towne et Blossom Farrow qui fait penser à une version moderne d'Arthur Miller et Marilyn Monroe ; une photo de Sigrid Bourguignon, jeune fille souriante et rêveuse... preuve supplémentaire que les photos sont souvent trompeuses ; et le portrait agrandi du suspect numéro un, photo ancienne, un peu floue, où, pourtant, le regard domine, perçant quoique hésitant entre dedans et dehors.

J'éteignis la télévision. J'étais prête à rencontrer l'homme qui s'était choisi comme pseudonyme le mot « colère ». Les quelques informations citées plus haut n'étaient que le bruit de fond au-dessus duquel j'attendais que s'élève sa voix. Serait-elle assez persuasive, assez intrigante ou simplement dominante pour mobiliser mon énergie pendant les mois à venir ?

J'avais décidé de juger sur pièces car chaque tentative de raisonnement me faisait osciller comme un pendule entre ma méfiance instinctive pour le fait divers à sensation et le sentiment déplaisant d'avoir été désignée pour une mission que je n'aurais pas les moyens de refuser.

La rencontre

Le directeur de la Santé, Robert Minton, m'accueillit en personne. Tous les cinq ans et quelques, un livre sort, mettant en cause les conditions de détention en France. A l'époque, c'était un médecin des prisons qui s'était contenté de décrire sans fioritures son travail au quotidien. Beaucoup plus violent qu'un plaidoyer sentimental. La presse s'était émue et ses lecteurs aussi. Après quelques effets de manche et d'incertains ronds de jambe, la vie reprendrait comme avant, les réformes annoncées restant lettre morte. Pendant ces périodes où tout le monde se paye une bonne conscience à coups d'exclamations scandalisées, les autorités saisissent avidement tout ce qui permet d'afficher leur bonne foi et la transparence du monde carcéral.

Ma notoriété a aidé, c'est certain, mes deux années de pensionnat avec la fille du ministre de la Justice qui me tutoie toujours n'ont pas fait de mal, mais le livre que j'évoque a été essentiel pour obtenir l'autorisation. Le monde carcéral français n'ayant rien à cacher, ma démarche d'observatrice neutre était encouragée.

M. Minton me proposa même une de ces pièces

individuelles où les avocats peuvent s'entretenir avec leurs clients. Je n'imaginais pas alors le rôle que ce réduit remplirait dans ma vie, qu'il serait le cadre fixe d'une série d'entretiens qui s'étaleraient sur près d'un an.

Dans une partie du bâtiment en demi-cercle, on a casé quatre pièces ouvrant sur le même couloir. La nôtre était de forme triangulaire. Une table en bois blanc avait apparemment été découpée pour s'accommoder de ce drôle d'espace. Deux chaises étaient placées en vis-à-vis et, pour rejoindre la plus éloignée, il fallait se glisser entre la table et le mur, c'est dire l'exiguïté de la salle éclairée par un tube de néon au plafond qui clignotait parfois sans jamais s'éteindre pour de bon. Pas de fenêtre mais une vitre couverte de poussière grasse qui donnait sur une pièce aveugle à l'opposé de la porte.

Par la suite, je rejoindrais seule ce triste lieu d'entretien avant qu'un gardien n'amène le prisonnier.

J'ai l'habitude des prisons. Les vestiaires, armoires de fer où l'on dépose ses affaires personnelles, le détecteur de métaux, les portes ouvertes puis verrouillées délimitant des espaces de transition comme autant de sas de décompression qui permettent de passer du monde libre au monde fermé sans effet secondaire dangereux... rien de tout cela ne m'a jamais affectée. Comme les enfants, j'essaie de prendre la réalité telle qu'elle est. Enfin, celle sur laquelle je n'ai pas prise. L'autre...

J'hésitais à définir cette odeur particulière de la détention entre peur et ennui quand des pas se rapprochèrent. Franck Anger s'arrêta sur le seuil, d'un coup d'œil sembla prendre la mesure de la pièce, ou plutôt de la situation, avant que son regard n'agrippe le mien. J'inclinai la tête.

— Bonjour.

— Je vous laisse, annonça le gardien. Je serai dans le couloir.

Il referma la porte derrière lui.

En deux pas, Anger rejoint la table, il me tend la main avec brusquerie.

— Bonjour.

Je m'attache à des détails, sa peau sèche, sa main calleuse. Je suis sous le choc. La photo prise au cours de théâtre, publiée dans les journaux, ne m'y avait pas préparée, non plus que le portrait flou de la télévision.

Comme chacun sait, en dépit d'un succès commercial hors normes, l'écrivain Franck Anger est resté une vedette sans corps et sans visage. En trois ans, il n'a participé à aucune émission de télévision, aucun portrait de lui n'a jamais été publié.

Sur sa photo de jeunesse, on devine un physique de jeune premier des années quarante mais la réalité dépasse amplement cette impression.

La beauté du prisonnier me paralyse. La grande beauté est toujours choquante, voire scandaleuse. Elle provoque chez moi, qui ne suis pas timide, des accès de panique ou de gêne. C'est la première fois que je suis confrontée à une beauté masculine aussi fracassante.

Je baisse la tête, fouille dans mon sac à la recherche de rien puisque je n'ai pas l'intention de prendre des notes pendant cette rencontre qui restera sans lendemain, me dis-je hypocritement.

Quand j'ose lui faire face, furtivement d'abord puis plus franchement, je le détaille pour dissiper ma confusion. Pris globalement, il m'impressionne. Si je le considère bout par bout, peut-être me laissera-t-il indifférente. Neutre, disons. Sa taille ne va pas au-delà du mètre soixante-quinze, il est très bien proportionné. Ses cheveux lissés en arrière sont noirs et ses yeux d'un bleu si sombre qu'ils sont presque anthracite. Un grand nez droit, un peu épais à la base, virilise ses traits fins, plutôt féminins. La bouche est sévère, s'entrouvre à peine pour laisser passer la parole. Le reste du temps, elle est fermée serré.

Je compris, après coup, que sa beauté était moins plastique que magique. Franck Anger possède une aura puissante, ce qu'on appelle la présence chez les acteurs. Il émet à haute densité. Et comme je devais m'en rendre compte par la suite, il émet plus ou moins, selon ses besoins. Je crois maintenant que, lors de cette première entrevue, il était tout bonnement nerveux.

Après m'avoir serré la main, il glisse sa paume droite le long de son pantalon. Pour l'essuyer, me dis-je, persuadée que ma propre paume, moite, l'a contaminé. Il s'assied, se relève aussitôt tel un ressort car je suis toujours debout.

— Excusez-moi. Nous serons mieux assis, non ?

Le timbre est voilé, l'accent léger, le débit rapide.

Nous faisons l'un et l'autre toute une affaire de notre installation, nous retardons l'instant du face-à-face.

N'arrivant pas à croiser ses jambes sous la table trop basse, il pivote vers l'extérieur.

Je pose mon sac par terre, me débarrasse sans grâce de ma veste et me tortille pour l'ajuster sur mon dossier. Je me tourne enfin vers lui et lui vers moi et, ensemble, nous démarrons trop vite une phrase aussitôt interrompue, lui pour s'excuser de je ne sais quoi, moi pour le remercier de bien vouloir me recevoir.

Puis nous nous taisons ensemble.

Si mon travail peut se comparer à une partie d'échecs où les blancs jouent et gagnent, je choisis souvent les pièces noires car je préfère me déterminer selon l'ouverture que propose mon adversaire. La sienne me surprend.

— Je ne vous voyais pas comme ça.

— Ah ?

Un petit rire gêné précède sa réponse.

— Vous êtes une femme. Je n'y avais jamais pensé en vous lisant.

— C'est tant mieux, non ? Je tiens à ce que mon écriture reste neutre. Après tout, ce n'est pas de moi que je parle.

Il laisse ma réponse s'écraser contre un mur de scepticisme.

— Cela vous dérange que je sois une femme ?

— Oh non. J'ai failli dire : au contraire. Seulement...

Il s'interrompt sur ce seulement-là et je tente de me voir à travers son regard qui s'attarde. Je suis à peine maquillée. De toute façon, je n'ai jamais utilisé la séduction comme instrument de navigation. Je suis plus âgée que lui. J'ai brossé mes cheveux courts en arrière. Je ne porte pas de bijoux. Ma tenue de travail est habituelle : un pantalon en toile et une veste sur un tee-shirt.

Mon visage est charpenté. Je ne le connais pas, le regarde peu. On m'a parfois dite belle. Je me connais trop pour partager cette opinion.

J'aimerais pourtant qu'il me trouve belle. Je chasse cette pensée saugrenue d'un revers furieux. Les visages de Blossom et de Sigrid se confondent en un unique portrait-robot. Il les aime jeunes, pulpeuses, avec des prénoms exotiques. Là !

— Seulement ?

— Seulement...

Il sourit. Je n'ai jamais vu un visage d'homme s'attendrir comme le sien quand il sourit. Pourvu qu'il ne sourie pas trop souvent.

Je me dis que mon embarcation est mal barrée et tâche de garder un visage attentif et neutre, justement. Patient. Je me tais. Il hausse légèrement les épaules.

— Je ne vois pas très bien ce qui peut vous intéresser dans mon affaire. Je ne ressemble pas à vos sujets habituels.

— Mes sujets habituels ?

— Je ne suis pas un criminel.

Son débit a beau rester égal, un ton de supériorité dénonce en moi une fouille-merde qui s'est égarée dans un monde qui n'est pas pour elle. Je respire mieux. Ce terrain-là m'est familier.

— Je croyais que vous m'aviez lue ? Je ne suis pas un détective à la recherche du bon coupable, si c'est ce que vous voulez dire. Le crime en lui-même ne m'intéresse pas. Ou alors vous ne m'avez pas bien lue.

— Mais alors ?

Mieux vaut emprunter le chemin le plus court. Je lui réponds donc par une vérité :

— J'ai rencontré votre femme il y a un mois. Par hasard.

Il semble sincèrement stupéfait.

— Sigrid ? Vous avez eu de ses nouvelles depuis ?

— Vous êtes inquiet ?

Il me regarde, ne daigne pas me répondre. Douloureux. Reproche muet. Je n'achète pas ce personnage-là. Le silence se prolonge, tend l'atmosphère ou est-ce lui seulement dont je ressens l'extrême nervosité ? Pourtant, quand il reprend la parole, son ton est mesuré, très mesuré. Calculé ?

— Sigrid a ouvert la boîte de Pandore que je croyais verrouillée. Et après, elle a disparu. Alors, oui, je suis inquiet. Parce que cette boîte-là, c'est la mienne. Elle est pleine de fantômes et les fantômes une fois lâchés...

Je ne crois pas reconstituer l'histoire après coup mais je me rappelle avoir isolé le mot « fantômes » dans ma tête, pressentant peut-être qu'ils m'accompagneraient désormais jusqu'au bout.

Il s'interrompt, réfléchit un moment, secoue la tête.

— Sigrid ne vous a pas rencontrée par hasard. Vous n'êtes pas n'importe qui. Nous avions parlé de vous quand j'ai lu votre livre sur Neroni. Elle voulait quelque chose de vous. Elle voulait qu'on se rencontre ?

Son regard m'interroge davantage que ses questions.

— Pourquoi êtes-vous venue ? Je suis votre nouveau sujet ? Qu'est-ce que vous me voulez ?

Le ton est poliment curieux et je choisis encore une fois la vérité à défaut d'un mensonge meilleur qu'elle.

— Je ne vous veux rien. Ni bien ni mal. Nous écrivons l'un et l'autre mais nous ne faisons pas le même métier. A l'exception de Mayenz sur lequel j'avais décidé d'écrire, mes « sujets » s'imposent à moi après coup. Ou pas. Et ils ont leur mot à dire, bien sûr. Si vous êtes d'accord, j'aimerais revenir vous voir, discuter plus précisément de votre histoire. Et nous pourrions décider ensemble si je poursuis ou pas.

— Si je vous inspire ou pas ?

— Il y a un peu de ça.

Echange de sourires. Il me demande de préciser :

— Vous êtes à court ?

— Non, non, je ne fonctionne pas du tout comme ça...

Il marmonne que j'ai bien de la chance et continue, sérieux :

— Mon intérêt là-dedans ?

— Je ne sais pas. Vous devez le savoir. Vous m'avez lue. A votre avis, qu'est-ce que j'ai pu apporter à mes interlocuteurs ?

— Une forme de délivrance ?

Il m'interroge de la voix et du regard. Comme s'il

cherchait la « bonne » réponse plutôt que la sienne. Et cela m'émeut. Je crois déceler, en filigrane, l'enfant qu'il a été. Et ce n'est pas la première fois que je me demande si c'est ce que je cherche, au fond, chaque fois, l'enfance. Enfouie. Le socle d'authenticité. Parce que moi-même je n'ai pas eu d'enfance.

Je tente de retrouver la bonne distance.

— Depuis quand n'avez-vous pas vu votre femme ?

— Depuis le mardi 15. Elle devait dîner chez une amie à elle que je ne connais pas, Frédérique Moulin. Elle m'a prévenu qu'elle ne rentrerait peut-être pas. Qu'elle passerait la nuit là-bas. C'était devenu courant. Je ne me suis pas inquiété.

Les images se succèdent en accéléré dans ma tête. Sigrid renonçant à me convaincre, sortant de la voiture, se dirigeant vers la porte de son immeuble. Y rentrant ? J'étais partie vite. Je n'ai pas fait attention. Dans mon souvenir, la rue était vide. J'aurais donc été la dernière personne à la voir vivante ? Personne n'a interrogé Frédérique ?

— Quand avez-vous prévenu la police ?

— Je ne les ai pas prévenus. Nous allions vers une séparation, avec Sigrid. Je le savais, elle le savait. On faisait semblant que non, pour des raisons obscures. Enfin, non, je connais les miennes. Pas les siennes. Ce sont ses parents qui ont alerté les autorités et lancé l'enquête. Apparemment, ils ont eu raison, non ?

Il ne semble pas du genre à s'apitoyer sur lui-même mais l'amertume alourdit sa dernière phrase.

La question de son passé d'acteur surgit. Il possède une maîtrise de lui indéniable. Je sais, par expérience, que la maîtrise n'empêche pas les émotions. Elle les utilise, les canalise, les contient si nécessaire mais ne les annule pas.

— Vous savez ce que raconte sa lettre à son père ?

— Je devine.

— Le mariage est un tel malentendu. Je n'ai pas compris à quel point Sigrid s'ennuyait. Elle est comme tout le monde. Elle a besoin de divertissement. Le drame est le premier des divertissements. Regardez les montagnes qu'on est capable d'échafauder à partir d'un petit problème anecdotique. Il faudrait faire une étude sur le rôle de l'ennui dans l'espèce humaine. Sigrid a essayé de provoquer ma colère, ma jalousie et, comme rien ne prenait, elle a fouiné et trouvé. On trouve toujours ce dont on a besoin, vous ne croyez pas ?

Il laisse la question en suspens, comme si elle m'était particulièrement adressée, avant de continuer :

— Elle est tombée sur la mine d'or de mon passé. Quelle chance ! Elle a pu s'abreuver, abreuver son entourage, devenir une héroïne. Ce qu'elle ne pouvait pas comprendre, c'est que j'avais certes vécu autrefois une situation exceptionnelle mais que ça ne faisait pas pour autant de moi quelqu'un d'exceptionnel.

Il secoue la tête, l'air désemparé.

— Si j'étais un héros de roman, je n'en écrirais pas. Je ne suis pas quelqu'un d'intéressant. Une personne banale... Si, si, je vous assure.

— Une personne est banale ou pas selon les événements qui traversent sa vie.

Il hausse les épaules, comme si cette vie n'était qu'un fardeau qu'on lui a posé sur le dos et dont il tient absolument à se dissocier. Oui, tout à fait comme s'il n'avait rien à voir avec sa propre existence.

Et me voilà harponnée. Consciemment. C'est quelque chose que je ne peux pas lui expliquer parce que c'est trop arbitraire pour être justifiable.

Mes décisions d'attaquer un sujet se prennent instantanément, presque malgré moi. C'est irrésistible. Je veux connaître cette vie dont il ne se croit pas l'auteur et qui l'a conduit dans une prison étrangère. J'éprouve pour lui une sympathie violente, qui devrait m'alerter, mais je flaire le sujet, le bon sujet qui peut mobiliser mon énergie pendant des mois parce que je ne sais pas où il m'amènera.

Je lui annonce sans préambule que je souhaite poursuivre. Je peux revenir. Cela dépend de lui. Ses yeux se plissent de méfiance puis il fuit mon regard pour fixer le sol. Je ne vois que le haut de sa tête, ses cheveux soigneusement peignés. Il murmure, presque boudeur, qu'il n'a pas besoin d'être délivré ou quelque chose comme ça.

Je le rassure. Je n'ai pas le goût des missions. Je suis intriguée, c'est tout. Ça commence toujours ainsi. Mais il me faut son accord. Je vais avoir besoin de lui.

Il me regarde par en dessous, léger sourire désarmant aux lèvres.

— Je me suis toujours demandé comment vous fonctionniez.

Je me dis que cela nous mettra à égalité. Il se lève, va frapper à la porte, se retourne brièvement pour dire d'accord. Il sous-entend : pour le round d'observation. Il ne s'engage pas.

Je voudrais que les choses soient claires, j'ouvre la bouche pour protester, j'ai besoin d'une adhésion qui justifie la mienne.

La porte s'est ouverte, le gardien l'attend.

Il se retourne, main levée en signe d'adieu.

— La semaine prochaine ?

Il est sorti.

Je regarde l'encadrement de la porte vide. Je pense d'abord : c'est l'ennui. On s'ennuie en prison, je lui fournis une distraction. C'est pour ça qu'il a accepté. Mais je ne peux pas ignorer mon malaise. Dans son ultime retournement, n'est-ce pas une lueur de satisfaction qui a éclairé son regard ? Comme s'il m'avait menée exactement sur la case qu'il avait déterminée à l'avance.

La deuxième femme

J'ai passé quelques jours à la recherche de Sigrid Anger. Pas de sa personne physique qui était l'affaire de la police. Je voulais confronter mon impression avec celle de ses proches, dénicher quelques faits concordants ou discordants qui dresseraient un portrait d'elle plus précis, plus fiable. Ce prénom suédois m'intriguait. Héritage maternel peut-être. Comme m'avait intriguée le prénom absurde de la première Mme Anger.

J'ai vu mon amie Frédérique Moulin, j'ai rencontré Corinne Lecors, une collègue de bureau de Sigrid Bourguignon, nom de jeune fille de la deuxième Mme Anger. Et j'ai pu visionner un petit film, souvenir de vacances en Martinique.

J'en retirai la certitude que Sigrid adorait être filmée, autant qu'elle adorait se raconter. Eternel paradoxe des contraires se rapprochant, elle avait choisi un homme extrêmement secret, dissimulé presque, maladivement réticent, de même que son instinct avait rapidement repéré en Corinne Lecors le faire-valoir parfait de son narcissisme prononcé.

Corinne avait la quarantaine découragée. Elle affirmait vivre seule par choix, absolument satisfaite de sa réussite professionnelle. Elle avait été fascinée par Sigrid, séductrice combustible, avait espéré sans doute qu'un peu de l'éclat de sa copine rejaillirait sur elle et s'était retrouvée confidente, réceptacle, miroir, tout sauf actrice... tiers éminemment frustré, dirais-je.

Elle manifesta une inquiétude considérable sur le sort de Sigrid. Même raide amoureuse, ce qui lui était arrivé plus souvent qu'à son tour, Sigrid ne l'avait jamais, jamais, laissée sans nouvelles. Jusques et y compris après la rencontre avec son grand écrivain, enfermée avec lui dans son bonheur parfait, elle avait continué de communiquer avec Corinne par mail.

Eh oui, elle avait conservé les mails. Si cela pouvait aider, bien sûr, elle me les transmettrait.

Donc, Sigrid Bourguignon à la Martinique : vingt-cinq ans, employée de banque. Je m'efforce de la voir pour la première fois.

Une de ces femmes qui a rencontré la maturité dans son travail, ce qui lui a évité de la développer dans sa vie personnelle. Fausse blonde à mèches, ravissant visage sans grand caractère. Elle sourit beaucoup, les yeux ne suivent pas. Beaucoup de tension, même au bord d'une piscine en Martinique. Elle semble guetter en permanence les regards autour d'elle, l'effet qu'elle produit. D'où sans doute ces postures enfantines et provocantes. Rien ne saurait jamais la rassurer.

Habillée très mode. Même topo. Jamais rassurée, car la mode ne cesse de redéfinir ses règles ; le sac minimaliste fait soudainement place à la besace encombrante, le mauve obligé est tout à coup irregardable. Rien de mieux justifié que l'expression *fashion victim* car rien de plus fragilisant que les incessantes, imprévisibles et dictatoriales variations de la « branchitude ».

Daté du 19 mars 1999, le mail qui suit s'intitule : « Un homme peut en cacher un autre. »

Ma cocotte...

Tu sais que je devais dîner avec cet enfoiré de Michel avant-hier soir. A sept heures il m'appelle en chuchotant sur son portable, dans la rue, un boucan, qu'est-ce qu'il avait besoin de chuchoter en plus ? Sa femme lui avait fait une scène, il en était malade, il annulait. Je te passe les détails, on connaît par cœur.

Moi, j'étais déjà dans le bar où on avait rencard. Je m'effondre, genre « mais tu m'avais promis... » bla bla bla et je lui raccroche au nez après avoir lancé furieuse : Inutile de me rappeler.

Et j'ai attendu qu'il me rappelle.

Je commande un gin, je sors une clope, je fouille dans mon sac pour les allumettes, je tombe sur un mot doux de cet enfoiré de Michel qui écrit comme un plouc mais bon, un mot d'amour c'est un mot d'amour, et crac, les grandes eaux.

Et là, qu'est-ce que je vois tout à coup, sortie du néant, une main pointer du nez, pointer du paquet de Kleenex je devrais dire. Je renifle, « Merci », je lève la tête, je la tourne aussi... et je vois... Comment dire ? Tu imagines le prince charmant ? C'est lui. Qui me demande si ça va. Je fais moui, et je fonds comme une banquise. Il me dit : « On dirait pas... » Le Harry's Bar, *Un Américain à Paris*, beau comme George Clooney, et moi, super à mon avantage, dégoulinante de partout et habillée, tailleur boulot, les racines pas tout à fait faites, l'histoire de ma vie en un épisode, rideau. Sauf que... NON !

George Clooney me paye un verre, tout en me les tirant du nez, et à la fin il est encore plus affecté que moi. Et gentil. Je te passe les détails vu qu'on n'est pas sur la chaîne XXL. Je blague.

Pour te la faire courte, après dîner, un restau sublime derrière la Chambre des députés, on s'est promenés le long des quais. Il m'a ramenée sur le coup des cinq heures.

On doit se voir demain.

Tu le crois ?

Je suis rentrée dans un état ! Il y avait un message de Michel sur le répondeur. Qui ne m'a fait aucun effet, inutile de te préciser. J'ai regardé la seule photo où on est tous les deux, celle que j'ai à côté de mon lit, et je n'en revenais pas. De penser que j'avais pleuré pour ce type-là.

On est bien bêtes, ma fille !

Bon, je vais me coucher biscotte, demain boulot et rencard... Il s'appelle Franck. Je n'en sais pas plus ! ! ! ! !

Merde je viens de me rappeler que tu n'étais pas là demain !

Vive le e-mail. Je te ferai feuilleton.

5 mai 1999.
Objet : « Un jour mon prince viendra. »

J'ai posté ma lettre de démission depuis le lac de Côme ! Plus chic tu meurs. Il m'a dit qu'il voulait que je me rappelle notre rencontre comme un conte de fées et c'en est un.

Il m'a dit que notre vie commençait là, que nous n'avions pas de passé. Il m'a demandé d'arrêter de travailler. D'où la lettre de démission. Il veut qu'on se marie...

J'ai la tête qui me tourne. On est descendus dans un palace, une suite hallucinante. Oui, en plus il est riche !

Il est écrivain. Franck Anger. Mais c'est top secret. Pas ses livres, banane, lui ! Il m'a expliqué qu'une bonne partie de son succès tenait au mystère. Le sien. Personne ne sait à quoi il ressemble. Il écrit des romans mais il sait en écrire dans la vie aussi. Crois-moi.

Il est quand même modeste parce que j'en ai lu un. Un pavé. Cinq cents pages et quelques. C'est marrant parce que c'est hyper-violent et lui il ne l'est pas du tout. Tendre et gentil et gentleman.

De toute façon, tu connais mon goût pour la lecture ! Je ne lui ai pas dit, tu imagines !

Très affectueux. Parfois on reste juste dans les bras l'un de l'autre jusqu'à ce qu'on s'endorme. Il me fait des petits baisers comme un enfant. Super-mignon.

George Clooney timide au lit, t'imagines !

Là, il est en train de travailler. Quoi qu'il arrive, levé à six heures, et à sa machine. Heureusement que j'ai mon ordinateur portable. Alors, moi je me lève tard, petit déjeuner au lit. Où je suis encore ! Et vite à ma copine.

Et toi, comment ça va ?

Tu me raconteras les réactions des collègues ?

Je t'envoie un peu de soleil italien et je t'embrasse fort,

Sigrid.

10 mai 1999.

Objet : « Le grand jour. »

Ta ta ta ta, la marche nuptiale. J'aurais préféré que tu sois là mais je t'ai expliqué le secret, tout ça. Je te jure qu'à Paris tu le rencontreras. Mais il est tellement beau, je le garderais bien encore au placard, peur qu'on me le pique. Je blague.

Son frère David était son témoin. Et mon témoin à moi... la femme de chambre de l'hôtel ! Je te jure...

J'ai juste envoyé un télégramme à mes parents. Ça va chauffer mais je m'en fous. Je suis heureuse, top de top de top. On part en Irlande où Franck a des rendez-vous, et après, retour dans la capitale, et je vais pouvoir voir ma copine et lui raconter tout de vive voix !

On s'est engagés à laisser nos ordinateurs fermés pendant le voyage de noces. Donc, ne t'étonne pas si tu n'as pas de nouvelles. Je t'appelle à mon retour.

Et bien sûr, motus. Je compte sur toi. Franck me tuerait s'il savait que je te raconte tout !

Te fais pas trop chier. Baisers,

Sigrid.

10 juin 1999.
Objet : « Retour sur terre. »

Ma douce,

Je t'écris de Neuilly, cent cinquante mètres carrés, terrasse. Le choc ! je te jure, les mecs ne sont pas faits comme nous.

Pas une plante, pas une fleur. Mobilier minimal. Pas un tableau, pas un objet, moquette beige et meubles en bois naturel. Une chambre d'hôtel. Enfin, une suite, mais... froide. Une chambre froide.

Le bureau où Franck s'enferme le matin est sans doute la pièce la plus vivante, à cause de son ordinateur.

L'argent, pour lui, c'est la liberté. Donc, pas de possessions. Tu me connais. Une philosophie à peu près exactement contraire à la mienne. Bon, il est très généreux. J'ai un compte personnel qu'il garnit automatiquement.

Son truc, c'est pas d'attaches. Et moi alors ? Je suis un

électron libre ? Pouvoir se tirer au pied levé, s'offrir ses caprices. « On ne fait que passer sur cette terre », c'est sa phrase.

Je me suis dit qu'il ne fallait pas l'attaquer de front mais y aller en douceur. J'ai commandé des rideaux, acheté des lampes. Il me laisse faire mais ne peut retenir le petit sourire condescendant qui tue. Je suis plus résistante que ça, tu me connais.

Donc, le matin, il travaille et, l'après-midi, il me fait visiter MA ville ! Les galeries d'art moderne, il paraît que je m'y ferai mais pour l'instant... que pouic !

Je te rassure, nous sommes toujours amoureux après un mois en Irlande où il a fait plutôt beau. J'ai dû insister pour qu'on se balade un peu.

Lui, sorti de Dublin... C'est une ville pour les écrivains, un pub, une librairie, un pub, une librairie et des églises d'une mocheté !

Dans le Connemara, on est allés dans un hôtel sublissime, comme une grande maison de nobles, avec un parc, chambre avec salon, salle de bains grande comme mon ancien appartement, meubles anciens, tu vois le topo...

Je le crois un peu jaloux.

Un après-midi je suis descendue dans un des salons du RDC et j'ai commencé à discuter avec un touriste américain, très intéressant, il travaille dans le cinéma, dans la production. Il m'a donné sa carte... La tête de Franck quand il l'a passée par la porte ! D'ailleurs, c'est simple, j'ai aperçu sa tête, et la seconde d'après elle n'y était plus.

Il ne supporte pas ses compatriotes. Comme je lui dis, il ne faut pas généraliser.

Mais quel caractère. Il a dormi sur le canapé, t'imagines ! J'adore !

Et le lendemain, explication : on doit se suffire l'un à l'autre. Si après quelques semaines, il me fallait déjà du divertissement... Et si je m'ennuyais, pourquoi est-ce que je ne m'occupais pas de ses affaires... Il était nul en finances, il payait trop d'impôts. Et puisque je travaillais dans la banque... C'est vrai que de ce côté-là je ne suis pas manchotte.

Remarque, pourquoi pas ?

En plus, le producteur américain qui devait prendre un verre avec moi m'a posé un lapin ! Quelle époque !

J'aimerais bien qu'on se voie, ma chérie, mais le soir c'est difficile. Je pourrais venir déjeuner avec toi ? Comme ça je verrais les copains par la même occase.

Crois-moi, le mariage, y a que ça de vrai !

Baisers, Sigrid.

1er septembre 1999.

Objet : « Eminemment moi. »

Je suis obligée d'écouter Eminem en casque. Le genre de musique qui rend Franck fou. Lui, c'est plutôt Mozart et France Musique. Je l'accompagne aux concerts mais lui ne fait rien pour s'initier au rap. L'oppression de la femme continue ! ! !

Quand même, avoir un mari connu et ne pas en profiter !

Heureusement, David est venu nous rejoindre. Il faudrait que je te le présente. On dirait un gros nounours. Il est le contraire de Franck. Plutôt blagueur. Il joue les ploucs mais il a la tête comme il faut. Ne le dis à personne, on a créé une société bidon aux îles Caïmans dont je suis la gérante et David le trésorier. Ça a un côté Monopoly. Tu te rappelles le compte X, comme on l'appelait, dont je m'occupais ? Même genre.

David, qui aime bien s'amuser, me comprend mais il a une vraie passion pour Franck. Un autre point commun ! Du coup, on s'écrase quand on a trop envie de déconner.

Il essaie de me faire comprendre que Franck est un

artiste, quelqu'un pas comme les autres, (merci, ça, j'avais remarqué), qu'il m'aime, qu'il a besoin de moi. Oui mais, et moi ?

Il me dit d'être patiente, que Franck a toujours vécu seul, qu'il doit s'habituer... Charmant !

Mais que rien ne m'empêche de me distraire, de voir mes amis, mais discrètement. Quand il est à Paris, David est prêt à me servir d'alibi. Il est adorable. Il repart dimanche, il va me manquer. Est-ce que tu crois que je pourrais lui offrir un déodorant un peu chic ? Il pue la sueur. Un peu trop directe comme approche ? Tu as raison. J'en parlerai à Franck.

Ma chérie, j'ai lu ton courrier attentivement. Pas d'hommes mariés. Ils te font tous le coup du malheur conjugal et dès qu'ils pourront... bla bla bla... et ne le font jamais. *Remember* Michel. Autant rester célibataire et garder sa liberté.

Je me lance. Je fais un dîner la semaine prochaine, jeudi. Petit comité. Tu viens. Comme ça tu connaîtras ma vedette adorée. Tu sais, avec toi je me lâche dès que j'ai un coup de cafard, mais je suis très très heureuse.

Si tu vois mon père, dis-le-lui. Il s'inquiète, le pauvre chou ! Bises, Sigrid.

L'accès aux mails de Sigrid m'a été utile et je remercie Corinne d'avoir été une source d'informations précieuses.

La conversation avec Frédérique Moulin fut brève mais instructive. Elle a, comme moi, rencontré Sigrid Anger pour la première fois, ce mardi 15 février 2000. Frédérique travaille à la télévision. Elle rêvait de rencontrer le mystérieux Franck Anger et d'obtenir le scoop d'une interview filmée. Elle s'était adressée à Viviane Demy, l'attachée de presse de la maison d'édition où sont traduits en français les livres de Franck Anger. Viviane avait promis d'essayer, sans trop y croire. C'est pourtant suite à son intervention que Frédérique avait reçu un appel de Sigrid affirmant que Franck et elle seraient ravis de venir dîner chez Frédérique... et là, elle avait mentionné mon nom, incidemment, comme une personne que son mari avait très envie de rencontrer. J'étais l'appât, semble-t-il.

La soirée fut donc organisée, moins formelle qu'un dîner, et le soir vers dix-neuf heures, Sigrid avait appelé pour excuser son mari contraint de s'absenter inopinément.

Frédérique avait reçu la visite d'un enquêteur qui lui avait posé des questions comme on coche un formulaire ennuyeux. Elle n'avait pas parlé de moi et le regrettait, me pressant au demeurant d'aller faire une déposition.

Je comptais la faire, en temps utile... pour moi.

Elle me demanda si je l'avais bien déposée chez elle. En vérité, elle se sentait coupable d'avoir laissé Sigrid partir alors qu'elle avait trop bu, et craignait qu'elle n'ait fait une mauvaise rencontre...

Je l'interrogeai plus précisément. Dans mon souvenir, Sigrid s'était montrée parfaitement sobre. Dans le sien, Sigrid avait été prise de vertiges, s'était plainte d'un début de migraine, trop de champagne sans doute. Frédérique me voyant enfiler mon manteau était alors venue me demander de faire le taxi.

Je sentis les doutes affluer. Sigrid se serait-elle arrangée pour que je la ramène ?

Franck, quand je lui posai la question, m'affirma

que jamais Sigrid n'avait mentionné ni l'invitation ni ma présence.

S'il ne mentait pas, cela signifiait que Sigrid avait monté une mise en scène assez compliquée autour de ma personne, juste avant de disparaître.

L'accident

Cet accident que les avocats se renvoient à la figure m'a été raconté par plusieurs personnes. Il semble un moment pivot du couple Sigrid-Franck et, une fois les faits établis, seule leur interprétation permet de se faire une idée. Sauf que les faits permettent plusieurs hypothèses contradictoires.

Franck m'a raconté qu'il était tombé amoureux de Sigrid naïvement. Il avait pris son apparence pour argent comptant. Il aimait sa fraîcheur, son innocence mâtinée de roublardise. Elle était jolie comme une ingénue.

Il avait vite compris qu'elle était ravissante à la manière des hystériques qui ont besoin de séduire mais dont la beauté affichée n'est que l'expression d'une pathologie.

Le mode de vie de son nouveau mari n'avait rien pour plaire à Sigrid. Elle passait par des périodes de profond abattement. Lui se sentait responsable. Elle avait même parlé à David d'envie de suicide. Il la croyait capable d'un passage à l'acte.

A l'époque de l'accident elle n'avait pas encore commencé à vivre sa vie en dehors de la sienne à lui.

Cet après-midi-là du 20 novembre 1999, elle était partie faire les magasins, une de ses activités préférées, et n'était jamais rentrée.

Il avait laissé un message sur son portable. Elle avait rappelé dans la soirée pour dire qu'elle avait besoin de marcher, pas envie de rentrer.

Au bruit de fond, touristes sur un bateau-mouche, il avait compris qu'elle était près de la Seine.

Il l'avait laissée soliloquer au téléphone pour qu'elle ne bouge pas et il avait sauté dans sa voiture. Elle adorait le pont Alexandre-III et c'est là qu'il l'avait découverte assise sur le parapet, les jambes dans le vide. Il avait couru, l'avait ceinturée et ramenée sur le sol. Elle avait piqué une véritable crise de nerfs, l'accusant d'avoir essayé de la tuer.

Ils s'étaient retrouvés au commissariat. Les flics s'étaient contentés d'une main-courante et l'avocat de Franck avait réussi à maintenir l'affaire hors des journaux.

Elle avait refusé de voir un psy comme il le lui conseillait. Et la vie avait repris comme si de rien, sauf que...

La main-courante du commissariat du VIIIe indiquait que, d'après les témoins, une dispute verbale violente avait éclaté entre un mari et sa femme sur le pont Alexandre-III.

A un moment, l'homme avait secoué la femme, elle avait posé un genou sur le parapet pour lui échapper probablement. Il l'avait ceinturée et maintenue au sol jusqu'à l'intervention de l'agent Chappier.

A cette époque, d'après Corinne, Sigrid en était arrivée au point où elle ne supportait plus de rentrer chez elle, chez Franck plutôt. Elle en avait marre aussi de « faire chier » sa copine avec ses plaintes larmoyantes et avait entamé une promenade solitaire sur les quais, bercée du souvenir mélancolique de sa rencontre avec Franck que tant de désillusions avaient ruinée. Elle pleurait. Un jeune homme l'avait abordée. Il était gentil, avait proposé qu'ils aillent boire un verre. Ils s'étaient engagés sur le pont Alexandre-III et c'est là que Franck avait appelé une première fois, puis rappelé, fou de jalousie. Il avait entendu, disait-il, une voix d'homme s'adresser à sa femme...

Apparemment, le téléphone portable de Sigrid était resté accidentellement ouvert après le premier appel de Franck et c'est ainsi qu'il avait appris où elle se trouvait.

Elle avait essayé de le raisonner, réalisé alors qu'il n'était plus au bout du fil. Craignant le pire, elle avait conseillé au jeune homme de partir, et elle s'était accoudée au parapet pour attendre Franck, dans l'anticipation de l'explication qui ne pourrait qu'assainir l'atmosphère.

Elle avait senti quelque chose qu'elle avait du mal à décrire, une force menaçante fondre sur elle, elle s'était retournée et, le temps d'amorcer le mouvement, une masse informe, d'une puissance prodigieuse, s'était ruée sur elle. La peur l'avait figée. Dans sa panique, elle avait hésité à reconnaître son mari qui, à cet instant, lui évoquait plutôt un film d'horreur où des êtres familiers se transforment en monstres. Le visage de Franck était corrompu par la rage. Il s'était jeté sur elle, l'avait empoignée à bras-le-corps... Quelqu'un avait crié et, là, il s'était ressaisi et l'avait laissée tomber par terre au lieu de la balancer à la Seine comme elle était sûre qu'il en avait eu l'intention.

Ayant repris tout son sang-froid, il avait tenu un discours cohérent à l'agent du commissariat alerté, laissant entendre, tout en ayant l'air de minimiser les choses, que sa femme était déséquilibrée, fragile, et qu'il avait empêché une tentative de suicide caractérisée.

Elle s'était énervée, renforçant la conviction du flic que l'homme raisonnable et élégant disait vrai et que la jeune hystéro était aussi mytho. C'est, en tout cas, ce qu'elle avait conclu.

Elle avait exigé de rentrer chez ses parents. Il l'avait déposée devant la porte du pavillon des Bourguignon sans même prendre la peine de descendre de voiture.

Le lendemain pourtant, elle avait décidé de retourner chez Franck, déterminée à sauver son mariage, avait-elle déclaré.

Corinne jure ses grands dieux que Sigrid était tout sauf suicidaire. « Elle s'aimait trop pour ça. »

Les beaux-parents

J'ai rencontré les parents de Sigrid, M. et Mme Bourguignon, dans leur maison de la banlieue nord de Paris, là où la campagne reprend un peu le dessus sur le béton. Ils habitent un village ancien mais leur pavillon fait partie d'un lotissement moderne.

Leur intérieur sent le neuf pour l'éternité, à force d'être briqué et rangé. Aucune odeur n'a réussi à s'immiscer dans cette atmosphère aseptisée.

Mme Bourguignon est le double empâté de sa fille, épaissie par la lassitude. J'avais annoncé ma venue, j'étais à l'heure. Pourtant, elle dénouait les liens de son tablier quand elle m'a ouvert, comme s'il était essentiel d'afficher l'uniforme de sa fonction.

Elle consulte constamment son mari mais c'est elle qui parle : « Comme disait Gilles, Gilles se méfiait pourtant » et Gilles, pendant ce temps, cherche vainement une mouche du regard.

Il a dû être bel homme avant de laisser tomber. Il est très maigre, de petite taille, châtain et, quand sa femme propose du café, c'est lui qui va le chercher.

— Et tout à coup, elle a eu honte de nous. Elle

était revenue à la maison après sa rupture avec... comment déjà ?

Un coup d'œil à son mari qui ne dit rien et elle enchaîne :

— Arthur, c'est ça. Elle se voyait déjà mariée. Moi en 75, j'avais déjà Sigrid en route, je rêvais d'autre chose pour ma fille. La bague au doigt à vingt ans, merci ! On est quand même à une heure et demie de Paris et pour elle, à son âge, ce n'est pas très gai mais c'est un grand bébé. Quand elle s'est retrouvée seule, elle a préféré rentrer se faire câliner par papa-maman. Une fille unique, qu'est-ce que vous voulez ? Même quand elle habitait Paris, j'ai toujours eu une clé de son appartement. J'allais lui remplir son frigo en douce, changer les draps, les petits services qu'une maman peut rendre. Alors, quand du jour au lendemain elle nous a appris qu'elle avait épousé un écrivain célèbre et qu'elle partait en Irlande, on est restés un peu...

Gilles a juste passé le tranchant de sa main devant son cou, sans doute pour indiquer que la nouvelle leur était restée en travers de la gorge, mais son geste évoquait plutôt un couteau tranchant une artère vitale, puis il s'est mis à taper un ongle avec son doigt comme pour en tester la solidité. Sa femme a continué sans s'interrompre, sans paraître remarquer le geste ambigu de son mari.

— Une carte postale. Point final. Et, au retour, on n'avait même pas leur numéro de téléphone. Elle m'a appelée, deux ou trois fois, ils allaient déménager, son mari travaillait, il ne voulait voir personne et elle restait avec lui, alors j'ai fini par lui demander : « Tu as honte de tes parents ou quoi ? » Elle m'a dit que « honte » n'était pas le bon mot mais Franck était spécial, en tout cas elle était super-heureuse, elle vivait un conte de fées.

J'ai demandé à M. Bourguignon si lui avait eu des nouvelles personnelles de sa fille. J'ai posé la question avec une relative innocence et uniquement à cause de la lettre qu'il disait détenir, celle qui avait lancé l'enquête.

Il a rougi jusqu'aux oreilles, tel un petit garçon pris en faute.

— Non, euh, elle m'a écrit, enfin... une ou deux fois.

Tête de sa femme qui retient l'exclamation de surprise qui soulignerait son ignorance.

Le malheureux se justifie :

— Oh, rien que de très, comment... innocent. Petite déjà, elle faisait ça, me laisser des petits mots gentils, des dessins, enfin... pour ne rien dire de particulier ou pour me demander quelque chose.

La phrase est immense pour lui. Il s'arrête, comme étonné que tant de mots soient sortis de sa bouche, bien alignés. Et sa femme immédiatement comble le blanc :

— C'était trop de mystères. Ça veut dire quoi, qu'on ne doit rien dire à personne, que personne ne le connaît ? Soi-disant un écrivain célèbre et personne ne le connaît ? Des livres violents qui ne me plairaient pas, elle m'a expliqué. Et qu'est-ce qu'on pouvait faire, nous ?

Consultation oculaire de Gilles, par habitude, mais où sourd le noir reproche à venir.

— Parce que Sigrid, c'est autre chose. Saine, directe. Elle n'est pas faite pour les cachotteries, les embrouilles. Tu te rappelles la fois où elle a essayé de me mentir ? C'était trop mignon. Elle bafouillait, elle regardait partout sauf en face. J'ai fini par lui dire : « C'est un gros mensonge que tu me débites là, ma petite charcutière... » Tu te rappelles son soulagement ? Elle s'est jetée dans mes bras.

Le fait est qu'on n'a jamais rencontré son mari. C'est fou. De loin, vu d'ici, je dirais qu'il n'est pas net. Je me méfie des emberlificoteurs. Un écrivain... Quand on n'a rien à cacher, on ne raconte pas d'histoires.

On ne peut franchement pas dire qu'elle ait beaucoup d'imagination. Même petite. Elle aimait les romans, elle a lu tous mes vieux Delly, elle adorait. Mais elle savait que c'était pour de faux. Non, elle a les pieds sur terre. Ce n'est pas une rêveuse.

Ambitieuse, certainement. J'ai regretté qu'elle quitte la banque. Elle aurait fait son chemin. Déjà elle travaillait au service, comment ça s'appelle déjà, où ils gèrent les portefeuilles, la Bourse, ces trucs-là. C'était déjà une belle promotion. Elle allait faire son chemin, c'est sûr. Mais elle est comme moi, romantique, au fond. La pauvre a cru rencontrer le prince charmant. Comme si ça existait le prince charmant, pas vrai, Gilou ?

Et puis elle a fondu en larmes. Et tout à coup, il n'y eut plus cette petite personne affirmée et bavarde, bonne ménagère et casse-pieds certifiée, mais une maman brisée en mille morceaux qui ne pouvait plus que me regarder en murmurant : « Elle est morte, vous le croyez aussi, non ? »

Et Gilles, le soumis, avec ses patins sous les pieds, est venu la prendre par les épaules et c'était un geste d'amoureux, comme quoi il ne faut pas juger trop vite, et il a dit :

— Allons, Suzanne, il faut garder confiance, autrement c'est comme, comment... l'abandonner.

Elle a reniflé et je me suis demandé qui avait fait disparaître Sigrid. Et pourquoi. Oui, j'étais certaine qu'il y avait une autre personne que Franck en jeu.

Après tout, Sigrid avait certainement eu un amant. C'était son genre. Elle n'aurait pas lancé tous ces missiles à tête chercheuse s'il n'y avait pas eu un autre homme. Mais je n'avais pas terminé la lecture de ses mails, il y en avait beaucoup et Corinne les avait tous gardés. Bref, l'amant secret n'était peut-être qu'une hypothèse mais elle me semblait plus que plausible.

Gilles Bourguignon me demanda si j'étais garée loin et proposa de me ramener à ma voiture.

Il me semblait entendre son cerveau bourdonner d'une question qu'il n'arrivait pas à organiser.

Je finis par lui demander quelle impression lui avait faite son mystérieux gendre, au bout du compte. Il sursauta.

Je le regardai attentivement. Soit il s'attendait constamment à être pris en faute après trente années conjugales de reproches impromptus, soit, comme pour les lettres de Sigrid, quelques mensonges lui pesaient lourdement sur la conscience. Ce qui ne le rendait pas émouvant, mais plutôt minable.

Nerveux, il vérifia trois fois que sa femme ne nous observait pas, se racla la gorge et, comme je sentais que cet homme timide qui ne demandait qu'à se confier aurait besoin d'un cadre familier et rassurant pour s'ouvrir, je proposai un rendez-vous à la Défense près de son lieu de travail.

Il est expert-comptable dans une entreprise de travaux publics.

Nous avons déjeuné le lendemain dans une brasserie banale dont les lampes orange ne parvenaient pas à établir l'atmosphère intime et chaleureuse qu'elles étaient supposées susciter.

Je dus d'abord dissiper ses inquiétudes à mon sujet. Même si Sigrid était responsable de mon intrusion dans leur vie, il me soupçonnait d'être du côté de Franck. Il eut du mal à accepter l'idée que je n'étais pas rémunérée. Je lui parlai de mes publications. Je n'étais pas en quête de sensationnel mais cherchais à comprendre comment une situation limite peut conduire un être humain ordinaire à se comporter de façon extraordinaire.

— Franck Anger n'est pas un homme ordinaire et il ne se comporte pas de façon extraordinaire. Il est, comment dire... très intelligent, manipulateur. Egoïste, voilà. Comment dire... égocentrique. Tous les vendredis, je vais nager. Qu'il neige ou qu'il vente, le vendredi... piscine. Faut pas se laisser aller. Il était dans l'eau ! Franck Anger, il s'est présenté. Excusé aussi de son « intrusion ». Très poli. Trop poli, vous connaissez l'adage... Selon lui, c'est

Sigrid qui s'était opposée à une rencontre avec nous. Il m'a parlé de sa fragilité, c'était un peu gênant, il m'a parlé de ses... sentiments pour elle... il prétendait que Sigrid était, enfin... névrosée. Il m'a même questionné sur d'éventuels problèmes psychiatriques. Soi-disant que son mode de vie, l'écrivain solitaire, pouvait risquer de la déséquilibrer. Avec un air de supériorité...

Ça a fini par... sortir, pourquoi il avait plongé dans ma piscine alors qu'on voyait bien que ce n'est pas un nageur. Son bonnet de bain enfoncé jusqu'aux sourcils. De fil en aiguille, c'était cousu de fil blanc oui... Des fois qu'elle m'aurait confié quelque chose, vu qu'on était proches. Il ne voulait pas parler de mythomanie, mais quand même il laissait entendre que Sigrid s'ennuyait un peu parfois, qu'elle était capable d'inventer des histoires à dormir debout juste pour passer le temps. Sûr qu'il parlait en spécialiste.

J'ai, comment dire... fait un peu d'humour sur l'état mental de ma fille, il suffisait de regarder son mariage à brûle-pourpoint pour avoir des doutes mais, à propos, si la vie était aussi difficile qu'il le disait, je lui rappelai une sortie simple, légale et sans violence : le divorce.

« Elle veut divorcer ? » Vous auriez vu sa tête à l'idée qu'on puisse vouloir se séparer de lui !

Je lui ai dit, non, que je ne faisais juste que prolonger son raisonnement jusqu'au bout. Après tout, c'est à cause de lui que Sigrid avait perdu son indépendance. Eh bien, moi, j'étais pour qu'elle reçoive ce qui lui était dû. Il y avait des tribunaux pour cela. Et je serais aux côtés de ma fille. Pas de problème.

Il a eu l'air enfin... troublé. Il n'était pas si riche. Il comprenait mieux maintenant. Tel père, telle fille. Et tout à coup, comme quoi elle aurait tout arrangé, leur rencontre et la suite mais qu'il n'était pas né de la dernière pluie et toutes sortes de sottises dans le même registre.

Je m'étais attendu au pire avec un bonhomme capable d'épouser une jeune fille de cette façon et je n'ai pas été déçu.

Je l'ai prié de quitter... les lieux. J'étais très inquiet. Je n'avais même pas de téléphone où la joindre. C'est ce soir-là qu'il y a eu « l'accident ». Une agression caractérisée, si vous me demandez mon avis. Sigrid m'a tout raconté. Il est arrivé avec des intentions homicides. Fou de rage. Cette nuit-là elle a affronté l'assassin de la pauvre petite... Blossom, croyez-moi. Elle a vu le vrai visage de son mari. Comme moi.

Vous connaissez la suite. Le lendemain, Sigrid rentrait à la maison dans l'état que vous pouvez imaginer.

Malheureusement elle a préféré retourner chez Franck. Les relations mère-fille, vous savez ce que c'est, pas toujours facile.

Je ne lui ai pas parlé de cette rencontre, à ma fille. Bien sûr que non. Mais j'aurais témoigné, si elle avait maintenu sa plainte contre lui. Sauf que, il est très habile, cette conversation, elle pouvait être prise à double tranchant. Moi, je pense qu'il était capable de la balancer du pont et puis de comment dire...

annoncer un suicide. La piscine, c'était peut-être de la préméditation. Il est inquiet, il en parle à son beau-père et hop... juste comme il l'avait annoncé.

Vous vous demandez pourquoi ? Oh, pas l'amour, non, l'argent. Qu'est-ce qu'il y a d'autre à notre époque ?

Je connais, moi, la réalité de la... oui, on peut dire... fortune d'Anger. Sigrid a manipulé des sommes considérables pour lui. Evidemment que seule elle ne s'en serait jamais sortie. C'est un de mes amis d'enfance qui l'a un peu, comment... guidée. Un haut fonctionnaire, il a travaillé au rapport sur le scandale du Crédit Lyonnais. Il me tenait au courant. Il aime bien Sigrid et il s'inquiétait. Elle était exposée quand même. Rien d'illégal mais à la frontière, c'est vite franchi, la ligne rouge.

Je voudrais pas que... si vous pouvez... au moins pas directement... c'est des informations confidentielles. C'est juste que, comme ça, vous savez à qui vous avez affaire.

Un « qui » en référence à Franck Anger dans son esprit mais tout aussi bien à Sigrid ou même à lui.

— Au bout du bout, il était bizarre et c'est ça qui a alerté Sigrid. N'importe quelle autre femme aurait fait comme elle.

Il me jeta un coup d'œil.

— Enfin, n'importe quelle femme sensée. Vous êtes au courant pour la messagerie ? Sigrid adore le courrier électronique. Use et abuse. Vu comme son mari l'isolait, son ordinateur lui permettait au moins de rester en contact avec ses amis.

Eh bien, un jour, elle a trouvé dans l'ordinateur

de Franck un courrier envoyé par un ami à elle. Un truc privé, quoi. Cela veut dire qu'il avait trouvé ses codes et mots de passe et allait régulièrement se balader dans sa messagerie. Et qu'il voulait qu'elle le sache. Parce qu'elle avait tout verrouillé sur l'ordinateur. Mot de passe et tout.

Pas folle, elle n'a pas bronché.

Comment il aurait su qu'elle avait découvert la malle dans la cave, autrement ?

Vous n'étiez pas au courant ? C'est ce qui a tout déclenché.

Elle a fouillé la cave soi-disant vide et a trouvé un paquet complet de coupures de presse de l'année 1995 racontant le meurtre de sa première femme. C'est comme ça qu'elle a su qu'il n'était pas, comment... lui, enfin qu'il était quelqu'un d'autre.

Je me rappelai Sigrid me parlant des preuves qu'elle avait trouvées et qui lui avaient appris que son mari était un assassin.

— Quand elle y est retournée, la cave était vide. Vous savez additionner deux plus deux, non ? Puisque vous vous intéressez à M. Anger, autant que vous sachiez tout cela.

Il a réglé l'addition et empoché la note.

Franck Anger

J'ai tendance à ritualiser les actes répétitifs de ma vie. Quand j'arrivais à la Santé, après avoir fermé la voiture manuellement, une 204 décolorée en bleu, je marchais vers l'entrée et je regardais le ciel qui ne me semblait jamais aussi immense qu'avant de passer derrière des murs privés d'horizons.

On me fait toujours entrer la première. J'installe mes affaires, je sors mon magnéto, de quoi écrire, ma bouteille d'eau en plastique, deux gobelets. Je pose mon sac au pied de la chaise et j'attends. Je regrette ma position face à la porte, comme un reproche dès qu'elle s'ouvre, ou une obligation pour l'entrant, mais l'espace réduit n'autorise pas les variations. Etre debout contre un mur ou au milieu de la pièce serait artificiel. Là, j'affirme ma posture professionnelle, prête au travail.

Nous nous serrons la main. « Ça va ? », « Rien de neuf ? ».

Et nous parlons. Je voudrais savoir quand il a commencé à écrire ou, plutôt, quand il a commencé à avoir envie d'écrire.

Il dit en préambule, et cela m'étonne, que Sigrid ne lui a jamais posé cette question. Son ton est factuel.

— Jamais elle ne m'a même parlé de mon travail. Quand on s'est rencontrés, elle a lu mon dernier titre publié. Pour me faire plaisir. Elle n'a pas aimé ce qu'elle y a trouvé. Moi. Qui d'autre ?

J'ai commencé à écrire grâce à Blossom, ma première femme. Je m'ennuyais à périr à travailler pour David, dans la boîte de notre père, et j'étais entièrement responsable de la situation. J'ai été un excellent élève de secondaire mais, une fois inscrit à l'université de Berkeley, j'ai lâché prise. Pas de projet, pas de désir. Mon père m'a embauché dans sa boîte mais j'étais inapte, ni manuel ni intellectuel. David et lui ont créé un poste spécial pour moi, un boulot imaginaire, disons. Chargé de la communication. Mon père était plombier, enfin il possédait une entreprise de plomberie à la fin, mais ce n'est pas comme si on avait eu les moyens de faire de la publicité. En gros, je rédigeais les lettres de réclamation aux mauvais payeurs. Un éditeur, un jour, reçoit un de mes courriers. Epaté de mon style, il m'appelle...

Non, non, je blague.

Bref, ma famille a, un temps, sponsorisé ma nonchalance et, quand j'ai épousé Blossom, elle m'a demandé d'arrêter de « travailler ». Elle avait un *trust fund* établi par son père. Le rocker. Riche comme ce ne devrait pas être autorisé en démocratie. On avait de quoi vivre.

Pauvre Blossom, elle se croyait délurée, elle appréciait mon extrême disponibilité mais, en réalité, mon absence de statut social lui pesait. Je lisais beaucoup, j'aimais les livres. Comme des tas de lecteurs assidus, j'envisageais vaguement d'écrire un jour. J'en parlais à l'envi. Quand on en parle, en général on ne passe pas à l'acte. Mais Blossom ne connaissait pas cette règle élémentaire de la psychologie et elle a commencé à me présenter comme un écrivain. C'était pratique parce qu'il y a tant d'auteurs qui n'ont pas encore d'éditeur mais qui construisent néanmoins une œuvre qu'ils préfèrent ne pas montrer « pour l'instant ». C'est prestigieux et, en même temps, il faut croire sur parole.

Blossom, ce n'est pas qu'elle me croyait sur parole mais l'enfant gâtée qu'elle était ne pouvait imaginer qu'on résiste à ses caprices. Elle me voulait écrivain, je l'étais.

Et ça a marché parce que la vie fonctionne souvent de façon mécanique. A force d'être désigné comme écrivain, j'ai fini par le devenir. J'avais, au fil de mon oisiveté, ébauché quelques projets trop prétentieux pour aboutir. Je n'étais pas doué. Quand mon futur éditeur est entré dans ma vie, sur son conseil, pendant des mois, j'ai planché sur une intrigue, une structure avec un début, une fin, des rebondissements... J'apprenais à me servir des outils de mon futur commerce. Je sortais de moins en moins, l'ours en moi s'épanouissait au détriment de l'être social, pour parler pompeusement, et mon couple s'étiolait. Blossom a commencé à avoir des aventures, plus pour me faire réagir que par goût. Elle avait développé un physique de bombe sexuelle parce qu'elle avait besoin du désir des hommes pour exister. Je ne pense pas qu'elle ait jamais trouvé une vraie satisfaction dans la séduction.

La rencontre avec mon éditeur ? Presque un

roman en soi. Mon frère David était resté en contact avec un client canadien de son père, de papa quoi, qui voulait monter une maison d'édition à Toronto. Philip Woolworth. Ils étaient aussi joueurs l'un que l'autre et je crois qu'ils s'étaient inventé des parties de cartes par courrier électronique. Bref, David, homme sans scrupules, avait trouvé sur mon ordinateur une centaine de pages que j'avais intitulées : « Sans retour possible ». Il a toujours cru en mon génie. Sans lire, il a mailé le tout à Philip. Il lui a présenté mon roman comme l'œuvre d'un ami qui avait besoin de conseils.

Croyez-moi, je ne suis pas modeste mais je reste le premier surpris de la réaction de Philip qui a clairement annoncé que ce roman-là ne l'intéressait pas mais qu'il sentait, chez l'auteur, un potentiel, à condition de sortir des généralités et d'assécher son écriture.

La meilleure façon de progresser, selon lui, c'était de travailler à partir d'une structure policière simple et de tenter, pourquoi pas, une variation sur les tueurs en série. Tant qu'à faire, autant débuter par un sujet vendeur. Philip est d'abord un commercial mais, sans instinct, son talent de vendeur n'en aurait pas fait un éditeur à succès.

Tout cela, je ne l'ai su qu'après. David a agi en douce. Il m'a travaillé au corps, m'interrogeant sur mes tentatives, me persuadant enfin de lui faire lire quelques pages qu'il faisait mine de découvrir au fur et à mesure.

Totalement convaincu par son ami, il m'a relayé ses conseils comme s'ils venaient de lui et offert un livre sur les tueurs en série en m'incitant à plancher sur le sujet, l'essentiel étant d'être publié. Si je restais seul avec mon génie ignoré par le reste du monde, je n'irais pas bien loin.

L'idée a fait son chemin et j'ai commencé à travailler sur une structure à la fois contraignante et libératrice. Mon premier roman servirait de tremplin à une œuvre plus exigeante. David se faisait fort de me trouver un éditeur et il m'a lu régulièrement. C'est d'ailleurs lui qui a décrété un jour que mon roman était terminé et qui l'a aussitôt e-mailé à son ami canadien.

Le destin étant parfois fantasque, Blossom a été assassinée au moment où Philip envoyait à David une proposition de contrat pour mon premier roman.

Encore aujourd'hui, cette journée du 3 août 1995 est nimbée de flou. N'importe quelle page d'un de mes romans est dix fois plus réelle.

J'étais au travail quand le téléphone a sonné, une voix d'homme, un peu déformée : « Votre femme se fait tirer entre cinq et sept au motel du Soleil Levant à Sausalito. Chambre 27. » Il était quatre heures. Je pense que le type appelait du motel. Ils n'ont même pas vérifié. J'ai failli ne pas y aller. Ça n'aurait pas changé grand-chose.

Peut-être qu'on a tous un masochiste qui sommeille en nous. Quoi de plus humiliant que d'être confronté en direct à son cocufiage ? Mais aussi : quoi de plus tentant ?

Mon mariage avait été une erreur. J'ai dû me dire que ce serait plus simple : état des lieux indéniable.

Séparons-nous et restons bons amis. J'aimais bien Blossom. C'était une gentille gamine.

Je corrigeais mon manuscrit d'après les notes de Philip Woolworth, je commençais à croire en ma vocation. Je vous jure que j'étais extrêmement gai en partant. Cela peut sembler incroyable mais j'allais me libérer du poids d'un mariage absurde. J'étais prêt à endosser le costume du mari trompé et malheureux mais, foncièrement, je me réjouissais.

Comment peut-on juger l'adultère romantique, se planquer pour forniquer, l'œil sur la montre ? Si vous aviez vu le motel. Un repaire de putes, crade, mal éclairé. Dans un tel décor, on a intérêt à entretenir l'artifice de la passion pour camoufler la réalité sordide.

Ma bonne humeur a flanché comme je traversais la grande cour même pas fleurie du bâtiment en U renversé. Rendez-vous compte que j'ai traversé en plein milieu. J'étais aussi visible que Clinton est opportuniste.

La chambre 27 était à l'étage. Je me suis vaguement demandé si je devais frapper, m'annoncer. Tout à coup, j'avais envie d'en finir. J'ai accéléré le pas, le numéro sur le bois blanc, ma main sur la poignée et la porte qui s'ouvre d'elle-même, silencieusement. Les stores sont baissés, pas un bruit. J'étais dans le living, moquette merdique brûlée par les mégots, chaises bancales, vous voyez le genre, et sur l'espèce de banquette les vêtements de Blossom, le sac de Blossom, sur la table basse un billet de cent dollars encore enroulé, un petit papier blanc déplié, une poussière blanche et mon portefeuille. Combien de temps ça a duré, deux secondes, trois ? Je revois tout, c'est la seule image parfaitement nette qui me reste mais, sur le moment, aucun déclic. Mon portefeuille est sur la table d'une chambre où je n'ai jamais mis les pieds et je ne bronche pas. Je suis rempli de pitié. Vous pouvez le croire ? Blossom s'était trouvé un étalon pour lui faire passer ses angoisses ? Et alors ? Je n'avais pas à la juger. Quant à la coke, dans notre pays on vous en propose plus facilement que de l'aspirine. Vous noterez que ce détail a été escamoté pendant l'enquête. De même que l'absence d'empreintes sur la lampe de chevet.

La porte de la chambre était entrebâillée. J'ai frappé en appelant son nom. Pas de réponse. Ils dormaient peut-être.

Les deux lits jumeaux étaient face à la porte, sur la droite. Blossom était étendue sur le premier. On sait tout de suite. La position du corps, l'immobilité. Avant même de découvrir son visage défoncé, avant que mon cerveau décrypte le tableau, je savais qu'elle était morte. Ça faisait un boucan ! Mes oreilles bourdonnaient, mon cœur cognait avec violence. Je me suis approché en tendant le bras pour la toucher.

Je pense qu'il s'était plaqué contre le mur quand j'ai ouvert la porte. J'ai reçu un coup sur la nuque qui m'a fait chuter. J'ai voulu reprendre mon équilibre pour ne pas tomber sur elle et je me suis claqué sur la table de nuit.

Le pire a été le réveil. C'est le flash de l'appareil photo qui m'a tiré de mon sommeil. Car je dormais.

Le choc m'avait assommé mais j'étais passé de l'évanouissement au sommeil.

Ils dressaient un état des lieux avant d'emporter le corps. La chambre grouillait de monde. Ça parlait au téléphone, ça aboyait des ordres. Et tout ça ponctué par des flashes. J'avais la tête qui pulsait des flots de sang à me faire péter les artères. Une douleur... Dehors, les clients étaient descendus dans la cour. Des blagues fusaient, ça riait, ça murmurait. Rien n'avait de sens. J'espérais bien me réveiller pour de bon. Et puis j'ai vu la main de Blossom, avec sa bague en pierre-de-lune et j'ai crié son nom et une voix rude m'a répondu : « Ça va, elle est morte. Comme si tu le savais pas, enfoiré. » Je me suis mis à trembler de froid, une grosse envie de pleurer. J'ai fermé les yeux. Si seulement j'arrivais à me rendormir...

Je me suis retrouvé dans une cellule, groggy, ma culpabilité affichée sur tous les visages. Je n'étais plus sûr de rien. Heureusement David est arrivé. Il m'a dit : « Reprends-toi. Moi, je sais que tu ne l'as pas tuée. On va te sortir de là. » Et il a tout pris en main.

Pour en revenir à votre question, le roman m'a sauvé. Parce que tout était contre moi. Les circonstances, le passé et les parents de Blossom. Je ne suis pas O. J. Simpson. Et la prison... M'y retrouver aujourd'hui, ici... en vous parlant j'avais oublié, j'essaie de tenir mais c'est comme revenir dans votre pire cauchemar. Et encore, ici, j'ai un statut privilégié. Je suis une vedette. Mais là-bas...

Enfin, je ne voulais pas vous parler de cela.

Oui, tout était contre moi, sauf le roman. Il avait toujours été entendu que David serait mon agent, qu'il serait en charge des négociations. C'était un drôle d'imbroglio. Nous avions un compte commun, Blossom et moi. Son argent a servi à payer la caution. J'ai pris le car le lendemain pour Toronto. Je quittais mon pays pour toujours.

L'action était comme une immense vague sur laquelle je surfais. La dépression a suivi, rude. Sans David je n'y serais jamais arrivé.

Mon éditeur est la seule personne, avec mon frère, à avoir été au courant de ma double identité. Ils ont tout géré. C'est David qui a eu l'idée du changement d'identité, et c'est Philip qui l'a rendue possible. Je lui dois beaucoup, même s'il s'est servi grassement au passage. J'étais son premier gros vendeur. Je lui ai changé la vie.

Sigrid m'a été très utile. Ce sont des questions qui me dépassent mais elle m'a servi de prête-nom et maintenant mes avoirs financiers sont à moi pour de bon. Enfin... si jamais elle demandait le divorce, ce serait compliqué. Mais nous n'en sommes pas là. J'ai d'autres soucis en tête. Elle, je ne sais pas.

Elle vous a dit que j'étais en panne depuis notre mariage ? Je ne parle pas sexuellement, je parle de mon travail. Qu'est-ce qu'elle sait de l'écriture... de toute façon, elle est incapable de se promener sur mon ordinateur et j'écris directement à la machine. Et puis parfois ça travaille longtemps dans la tête avant que je puisse cracher le moindre mot. Sans me crasher, je veux dire.

J'en ai écrit trois presque coup sur coup, il y en a

un en cours d'adaptation à Hollywood. C'est difficile d'écrire sous la pression de l'attente. Mon éditeur attend, les lecteurs attendent, certains journalistes même. Je dois à la fois me renouveler et garder le lien avec mon « public »... je ne suis pas fier de ce que j'écris. Ce n'est pas du tout mon genre de littérature. Drôle de paradoxe, non ? J'ai sincèrement écrit le premier comme un exercice, un début modeste avant d'entamer une œuvre plus ambitieuse.

J'étais déterminé à changer de registre mais le succès est aussi une prison. Ou alors il faudrait que j'écrive encore sous un nouveau nom. En français, j'y ai pensé. J'aime bien la distance que me donne cette langue.

La France ? C'est à cause de ma mère... Elle a toujours aimé votre pays. Et c'est ma langue d'adoption. Je m'y sens bien. Tellement plus élégante et subtile que l'américain. Tant que je suis sur le registre de la violence et du suspense, l'anglais s'y prête mieux. Je ne saurais expliquer pourquoi. Vous savez, je suis issu de cette culture. On ne mesure jamais assez le poids de l'histoire : nous sommes une terre de pionniers. Ça ne rigolait pas. Il fallait massacrer ou se faire massacrer, prendre la terre et surtout la garder. Le pire et le meilleur de l'Europe est arrivé. Les utopistes comme les intégristes. Des idéalistes, des extrémistes, des gangsters. Nous sommes un échangeur de contradictions, de paradoxes, un peuple d'immigrés profondément raciste. Le poids de la culpabilité. Oui, j'ai toujours pensé que le racisme était fondé sur une culpabilité pas assumée. C'est un miracle que nous ne soyons pas davantage à feu et à sang.

C'est vrai, ça me fascine, ça n'a jamais cessé de me fasciner...

L'Europe me rappelle les faux jeunes, comme disent les gamins. Elle emprunte ses accessoires à l'Amérique adolescente pour faire semblant d'être dans le coup, en réalité elle est vieille et fatiguée. Elle n'y croit plus. Les Etats-Unis y croient encore, avec une passion pathétique.

Regardez les années soixante, soixante-dix. Chez nous, ils ont quand même arrêté la guerre du Viêtnam avec leurs slogans à la con, *peace and love*, etc. En Europe, vous avez eu des terroristes ultraminoritaires, radicaux et voués à l'échec.

Je ne suis pas paranoïaque. Le meurtre de Blossom n'était pas un coup monté contre moi. La victime est partiellement responsable du crime. Toujours. Moi je suis une note en bas de page. Je pense qu'elle a couché avec un cinglé. Elle n'avait pas l'intention de me quitter. Il l'a tuée et a tenté de me faire porter le chapeau.

Je préfère ne pas envisager les conséquences d'une extradition. Ma fuite ressemble à un aveu. En plus, j'ai réussi, ce qui ajoute le cynisme à la lâcheté. Je me ferais massacrer. Et le vieux Farrow veut venger sa fille. Je sais qu'il paye un détective depuis trois ans pour avoir ma peau.

C'est en partie pour ça que j'étais content que Sigrid ne m'impose pas ses parents, je ne suis pas un gendre adéquat. Ni un mari, d'ailleurs.

Il vous a dit que j'étais venu le voir, Bourguignon ? Mais c'est complètement cinglé. Je n'ai jamais mis les pieds dans sa piscine. Bien sûr que non. Il ment. Forcément. Mais pourquoi ? Honnêtement, je n'ai pas un naturel paranoïaque mais là... Ce n'est pas la première fois. J'ai le sentiment que quelqu'un a mis en place un piège qui est en train de se refermer lentement sur moi mais dont je ne peux pas voir les contours. Comment il a pu vous dire ça ? Je ne sais même pas à quoi il ressemble.

Face à moi, un homme différent, un autre Franck, nerveux, se passe la main le long du pantalon et sur le visage. Ses yeux semblent enfoncés profondément dans leurs orbites, comme rétractés par la douleur. Il finit par s'excuser d'interrompre notre entrevue, mais il a besoin d'être seul.

Pourquoi l'idée que son beau-père m'ait raconté leur rencontre, selon lui imaginaire, le bouleverse-t-elle à ce point ? Et puisque l'un des deux ment, lequel ?

Extrait d'un roman de Franck Anger

Il préfère la nuit. Il préfère les autoroutes la nuit. Il préfère rouler sur les autoroutes la nuit, son œil de prédateur fixé sur le bas-côté où surgira, inexorablement, la silhouette de sa promise. Il la rêve, il la dessine, il la gomme, appuie le trait. La silhouette est longue et fine, celle d'une enfant grandie trop vite, et sa fragilité produit des sensations qu'il va chercher au fond de sa poche. Le petit arbre palpite, il gonfle, il pousse comme s'il allait arracher ses racines. Ses doigts patients tâtent et caressent, de haut en bas, doucement, le pouce effleure la cime gonflée et tendre. Parfois, oubliant la Buick et le volant et la route, il ferme les yeux sur des images du passé, le visage de la fille bascule à droite, à gauche, les yeux sont remplis de surprise, une main d'homme, comme un battoir, s'abat, joue droite, joue gauche, du sang perle aux narines. La tête va se dévisser sous la violence des coups, s'arracher du tronc. Il saisit le cou pour prolonger le moment et sa bouche mord les lèvres blêmes, jusqu'au sang, pour qu'elles rougissent à nouveau de vie et de mort. Elle se débat, tente d'échapper à son étreinte. Il rit de sa faiblesse, il aspire sa langue et lui enfonce son poing dans le ventre pour entendre le râle de l'air qui s'échappe des poumons, les vide, elle étouffe, ses yeux implorent. Je vais te la mettre, bientôt, un peu de patience, t'en meurs d'envie, ça vient.

Elle veut qu'il la baise, tout son corps l'implore de la baiser. Patience, il tire sur la robe qui se déchire, le bruit lui fait mal, il aspire l'air entre ses dents. Elle est sale, la terre macule ses fringues, ses bras, ses cheveux sont collés par la boue, elle est belle, ma méduse, ma madone. Il pince ses tétons entre ses doigts, fort, elle crie, elle adore, il va lui en donner, plus, encore plus, il est le maître du monde. Il la retourne, s'abat sur elle, étreint la terre, étreint la planète Terre, pour la pénétrer, y déposer sa semence qui donnera des fils, les fils de la Terre. Il sent les os de la femme, ça lui fait mal, elle sent mauvais, la salope, allumeuse, toutes pareilles. Il cherche la corde à tâtons, les poignets, les chevilles. Il sort la lame de son étui. Elle est ferme et brillante et longue. Rien ne lui résiste. Il la fait étinceler sous un rayon de lune pour en saisir le reflet dans les yeux de sa belle qui n'est plus belle du tout mais une loque horrible sans fierté, sans colonne. La lame pénètre et sort, pénètre et sort entre les côtes, sous le sein, dans le ventre, pénètre et sort, le sang lui gicle sur les joues. Il va exploser, c'est insoutenable, il va mourir de cette pression dans son ventre qui le tend, le gonfle d'énergie, les atomes en folie sautent et dansent, sa vue se brouille, il se perd dans l'infini, il est parti dans les étoiles, il est l'univers...

Il avait noté du coin de l'œil la citerne abandonnée. Il notait tout ce qui pouvait lui être utile, son cerveau emmagasinait, triait, déposait et quand il en avait besoin, hop, le sang, la citerne, se laver. Peut-être même...

Elle n'était pas bien lourde. La porter le dégoûtait mais il fallait bien aussi en passer par là.

Il se désapa, son corps pâle et musclé dans la nuit. Il remonta le vieux seau rouillé et s'aspergea d'eau glacée, frissonnant, les muscles raidis, respirant à grandes goulées.

Il ficela le corps dans ses vêtements souillés, y arrima un socle de béton. Il souffla fort en la soulevant au-dessus du vide et lâcha. Une explosion, puis le silence. Il se pencha sur l'eau même pas ridée, noire. C'était cela la mort, juste cela, disparaître dans un puits sans fond, sans définition.

Il trébucha sur le sac de la fille en plastique noir brillant. Encore un hasard heureux. Ç'aurait été une trace de trop. Le genre de détail qui vous assied sur la chaise. Il marcha nu jusqu'à la Buick, le petit sac dérisoire au bout de son long bras. Il le jeta au fond du coffre, sortit son costume de lin gris, s'habilla, se coiffa soigneusement, les cheveux lissés en arrière.

Il ouvrit la portière, la lumière jaillit. Il vérifia dans le rétroviseur, ses yeux fendus vert clair, des yeux de félin, son nez bosselé, ses pommettes d'Indien, il se sourit pour vérifier que sa bonhomie de représentant de commerce affable et volubile était toujours à sa disposition.

Le « dîner » était annoncé cinq miles plus loin. Il sifflota, roulant à petite vitesse, alla se garer dans le parking de terre battue.

Il profita dans sa solitude joyeuse de l'éclat des

millions d'étoiles. Le silence était marécageux, dense. Il s'y déplaçait comme une fine barre d'acier. Il était en vie, il était la vie.

— Salut, Sheila !

— Mike. Je croyais que la Grande Pomme t'avait avalé ou le contraire.

— Le contraire, je te le confirme. NY rayée de la carte. La bombe Mike Poreski l'a atomisée.

— Tu restes dormir ce soir, Mike ?

— Désolé, mais je suis HS et puis ma mère m'attend. Je lui ai promis d'arriver dans la matinée.

— Ta mère ! Elle a de la chance d'avoir un fils comme toi.

— Ouais, mais dis pas ça. Elle en a tellement bavé. Elle mérite tout ce qu'elle a, aujourd'hui.

Sa mère était belle et forte, et aimante et rassurante. Elle était son port d'ancrage, son phare dans la nuit et sa terre, sa terre nourricière, le champ où paître, où naître, où mettre...

Il revint aux néons et au formica, mangea son omelette sur toasts, aspira son Coca-Cola, sortit un petit paquet enrubanné de sa poche.

Sheila, les yeux rougis comme ses cheveux, l'ouvrit et y trouva une petite bague à pierre-de-lune.

— Oh, Mike !

Elles disaient toutes cela. Elle voulut lui sauter au cou comme dans les séries télé mais il lui prit la main, en baisa les bouts de doigt. Il sortit son portefeuille.

Elle fit semblant d'être en colère.

— A dans quinze jours, alors !

— Allez, beauté ! Sois fidèle.

Il ouvrit grand les vitres de la Buick qui sentait le renfermé et la mort.

Arrivé sur l'autoroute, il accéléra pour que le vent sèche ses larmes. Morte depuis si longtemps qu'il ne lui en restait que des vignettes à trois sous. Jusqu'à ce qu'il voie un film avec Ava Gardner et, là, il avait su pour toujours à quoi ressemblerait sa mère.

Sa mère morte. Sa mère sacrifiée pour que lui vive.

Il accéléra encore et vit, trop tard, les lumières d'un barrage de police.

Les preuves

Depuis la mort de mon mari et de mon fils, j'habite un petit appartement en rez-de-chaussée, rue de Charenton.

J'y suis aussi peu que possible. Mes recherches se prolongent souvent à l'étranger et seule la rédaction m'enferme sur de longues durées entre mes quatre murs.

Tout a été revendu de mon mobilier d'avant. Aujourd'hui je me contente du minimum vital, acheté en une fois chez IKEA, neutralité et banalité garanties. J'ai cru qu'en déménageant, en me débarrassant de toutes les traces de notre vie commune, mon chagrin perdrait de sa vivacité.

Jusqu'à mon mariage, j'avais toujours su barrer le passé d'une croix, lui tourner le dos et changer de route, quand et si nécessaire. Après mon mariage, j'eus le sentiment de bâtir un cadre qui me protégerait et me permettrait d'exercer ma profession avec d'autant plus d'audace.

Même si je n'en étais pas directement responsable, je me suis sentie coupable de la mort violente des deux personnes essentielles à ma vie. Jusqu'à ce que je m'intéresse à l'histoire de Franck Anger.

C'est pourquoi, exception à ma règle habituelle, je dois livrer ici un peu de ma vie. Dire, d'une part, que mon fils et mon mari sont morts bêtement, pour peu qu'on meure jamais intelligemment, pendant des vacances au Mexique. Nous sortions d'un restaurant, je suis allée aux toilettes, ils m'attendaient sur le trottoir. Mon mari avait tout sur lui, nos papiers, notre argent, nos billets d'avion. C'est sans doute pourquoi il a résisté quand les deux types lui ont demandé sa ceinture. Il semble même qu'il ait repoussé brutalement un des malfrats, ce qui était tout à fait dans son caractère. Un autre a sorti son revolver et lui a tiré dans la tête, à bout touchant. Mon fils de douze ans a voulu s'interposer et a subi le même sort.

Quand je suis sortie du restaurant, j'ai vu leurs deux cadavres dans le caniveau.

Dire, d'autre part, qu'Anger, cet homme capable de s'inventer une nouvelle vie et de se réinventer lui-même après un choc atroce – car, coupable ou pas, le meurtre de sa femme avait forcément représenté un tournant violent de sa vie –, touchait un point sensible chez moi. Et si, pour moi aussi, c'était possible ?

Nous avions perdu l'un et l'autre nos conjoints par la violence.

Or la violence était notre matière à l'un comme à l'autre. Qu'elle nous ait rattrapés nous obligeait à nous définir par rapport à elle. Ne l'avions-nous pas choisie de préférence à nos vies et à celles de nos proches ?

Pour en revenir à mon appartement, il était à

l'image de ma lâcheté d'alors. Je réfutais toute subjectivité, ma neutralité professionnelle ayant largement débordé les frontières de ma vie personnelle.

Ainsi, il n'y avait pas de miroir. Depuis trois ans, je me contentais d'une petite glace au-dessus du lavabo.

Or je me retrouvais soudain, devant me rendre à la Santé, juchée sur un tabouret et, les genoux pliés, essayant d'obtenir une image à peu près complète de ma silhouette en pied.

J'avais décidé d'égayer mes rencontres avec Franck Anger. Il s'agissait de lutter contre l'atmosphère confinée, étouffante, de la prison. J'avais extirpé, du fond de mon placard, une rescapée du passé, une robe à fleurs jamais portée, mariant avec éclat des dégradés de rouge et de vert. Il me suffisait d'enfiler ce vêtement, simple accessoire utile à mon travail. Or le miroir me renvoyait l'image d'une femme de quarante ans, pâle et cernée, le cheveu en bataille, que l'inquiétude contorsionnait sur son tabouret comme une midinette avant son premier rendez-vous. Je suis descendue sur la terre ferme, j'ai enlevé la robe et remis mon pantalon de toile beige avec chemise blanche et tennis.

Une partie de moi était évidemment consciente de l'impact d'Anger sur ma vie et se persuadait qu'elle pourrait continuer de l'observer à travers une vitre isolante, comme j'avais toujours fait avec mes sujets, avec passion mais détachement. L'autre partie se penchait jusqu'à perdre l'équilibre vers le miroir que me tendait, d'un geste sûr, ce ténébreux étranger.

Bref, mon travail m'avait menée sur un chemin

différent et j'en eus une autre démonstration, deux semaines après ma première rencontre avec Franck Anger.

J'étais encore au stade où je m'imprègne d'informations, sans chercher à les relier, à les confronter. J'enregistre, je prends des notes mais je n'essaie pas encore de les analyser.

Je me suis affalée devant la télévision et, comme il n'y a rien pour moi de plus absurde que de rester plantée devant une boîte à images, j'ai commencé à faire ma gym, quelques abdos sans enthousiasme.

Deux fenêtres de mon appartement donnent sur une grande cour commune à notre groupe d'immeubles, plantée d'arbres en pots. A l'opposé, ma cuisine ouvre sur une courette privative dont la porte sur le hall de l'immeuble est toujours fermée à clé.

Il devait être dans les deux heures du matin.

D'abord le téléphone a sonné, me faisant lâcher les abdos aussi sec. Quand je décrochai, il n'y eut rien au bout du fil. Peut-être, douce et lointaine, une respiration humaine mais ce n'est pas sûr. Je raccrochai après une série de « Allô » inutiles.

Cela ne m'arrive jamais. Mon numéro de téléphone est sur liste rouge et les rares amis que j'ai gardés attendent plutôt que je les appelle.

Je m'allongeai, genoux pliés, déterminée à finir mes exercices, mais toute énergie m'avait quittée.

J'allai éteindre l'entrée, détour par les toilettes, décidai de ne pas me brosser les dents, éteignis les lampes du living. A ce moment précis, trois coups violents furent frappés contre le volet de la fenêtre la plus proche.

Je restai parfaitement immobile. Un voisin aurait sonné ou appelé. Mon immeuble est protégé par un code et un interphone.

Je m'approchai de la fenêtre à pas feutrés, écoutai et fis un bond en arrière en entendant frapper à nouveau contre le bois du volet. La voix mal assurée je demandai :

— Qui est-ce ?

— C'est moi.

Je reconnus la voix de Franck Anger. Sans l'ombre d'un doute. Il s'était évadé, il cherchait refuge chez moi. Je secouai la tête. C'était impossible. Je voulais réentendre la voix. Qu'avais-je à craindre ? J'étais enfermée.

— Qui êtes-vous ?

J'avais parlé d'une voix forte pour bien montrer que je ne me laissais pas impressionner.

— Ouvrez, vous verrez bien.

Un chuchotement très fort, cette fois, différent, qui me faisait douter de la personne à qui cette voix appartenait. Le timbre était plus aigu, plus féminin. Ils étaient peut-être deux.

Je me dis que j'étais environnée de monde, il me suffirait de hurler pour alerter le voisinage. J'ouvris la fenêtre, enlevai le loquet des volets dont je rabattis bruyamment les deux battants.

Tout était calme. Il n'y avait personne.

Je ne crois pas aux fantômes mais j'avais la chair de poule. La nuit était sombre, sans lune. J'aurais préféré n'importe quelle présence tangible, même inquiétante, à ce vide d'où était sortie la voix de Franck.

Le premier des fantômes annoncés venait-il de frapper ?

Je me penchai pour regarder sous ma fenêtre qui est à un mètre cinquante du sol et puis, vite, me redressai, refermai volets et fenêtre, comme si je craignais que cette présence sans corps n'envahisse ma maison, ma vie.

Simultanément, j'entendis la porte-fenêtre de la cuisine s'ouvrir violemment.

Je fis volte-face, poussai un cri qui refusa de sortir. Glacée, la bouche sèche, le cœur affolé tentant de me défoncer les côtes. Il fallait agir avant que mon cerveau ne cède tout le contrôle à la terreur. J'allai très vite me placer dans l'ouverture qui sépare mon living de ma cuisine. Mes yeux, habitués à l'obscurité, virent les deux panneaux vitrés grands ouverts et, au-delà, la courette apparemment vide.

Il fallait vérifier que l'autre porte était bien fermée. Tout était resté calme et sombre dans les étages. J'étais seule au monde, et d'autant plus vulnérable.

En trois pas, j'ai traversé la minuscule cuisine, mes pieds ont trébuché sur un obstacle dur. Basculant en avant, je me suis rattrapée au mur de droite, puis me suis plaquée contre lui, prête à affronter mes agresseurs.

Rien. Le silence.

J'allai vérifier la porte qui donnait sur le palier de l'immeuble. Elle n'était pas fermée.

La concierge et moi sommes seules à posséder la clé et elle ne s'en sert jamais.

J'ouvris, allumai le palier, m'avançai pour vérifier

l'escalier. Au passage je testai la porte des caves. Fermée.

Je revins vite sur mes pas, allai chercher mon trousseau de clés, bouclai toutes les issues, y compris le volet de la cuisine que je ne baisse jamais. J'avais poussé du pied, vers l'intérieur, le paquet sur quoi j'avais trébuché. Enfermée à double tour, j'ai glissé un œil dans chaque placard, sous chaque meuble de mon appartement pour m'assurer que j'étais seule, et déposé le paquet sur ma tablette en formica.

Enveloppé dans du papier kraft, sans aucune inscription, il était fait avec soin, les coins soigneusement pliés et collés avec des petits bouts de scotch.

A l'intérieur, deux dossiers cartonnés renfermaient des coupures de presse, de la presse américaine uniquement.

Un dossier contenait l'année 1995 et rendait compte du meurtre de Blossom Towne : interviews des parents de la victime, interview sans photos de la mère et du frère de l'accusé. Un seul cliché représentait Francis Towne, pris en studio apparemment. Autrement, ce n'était que des clichés volés où il a une main, un journal devant le visage, ou carrément sa veste relevée par-dessus sa tête. L'autre contenait les articles plus récents qui couvraient l'arrestation de Franck Anger en France.

Je me retournai brusquement, avec l'impression d'être fixée par un regard.

Je sus que je ne fermerais pas l'œil de la nuit, occupée que je serais à tenter, en vain, d'éclaircir le mystère de ce dépôt.

Je rallumai la télé pour me sentir moins seule et

me plongeai dans la lecture des articles. Les premiers journaux étaient presque exclusivement californiens. Apparemment, l'affaire Towne n'avait pris une ampleur nationale que depuis la révélation de sa notoriété d'écrivain à succès.

Le père de Sigrid m'avait parlé d'une malle contenant des preuves, trouvée par sa fille puis mystérieusement disparue.

Au matin, je décidai de m'en tenir à ma méthode et d'engranger ces nouvelles données sans tenir compte de l'étrange mise en scène dont elles avaient été l'objet.

Sans m'arrêter non plus sur le fait que Sigrid avait disparu après les avoir consultées. Et sans m'attarder sur le fait que, pour la première fois depuis la disparition de mes mari et fils, j'avais peur. Peur pour moi.

Les documents

Personne ne peut imaginer, en France, le battage médiatique qui a entouré le procès d'O. J. Simpson, ce footballeur noir accusé d'avoir assassiné son ex-femme, blonde, blanche et sexy, ainsi qu'un jeune homme qu'il avait pris pour son amant.

Les chaînes de télévision ont tout filmé en direct, depuis la fausse fuite d'O. J. poursuivi par les hélicoptères tandis qu'il rejoignait l'aéroport tout en menaçant de se suicider au téléphone, jusqu'aux séances captées au tribunal. En Californie, la vie tournait autour du procès et chacun avait un avis tranché sur la question, comme si l'affaire était une métaphore de la société américaine qu'il était urgent d'élucider.

L'affaire Simpson s'étant déroulée à la même époque que le meurtre de Blossom Towne, on comprend pourquoi les articles concernant les Towne n'étaient pas plus nombreux.

Après la fuite de Franck, ils s'effilochèrent et disparurent définitivement, pour reprendre de plus belle, une fois que la nouvelle identité de Towne fut connue. Les médias, alors, s'en donnèrent à cœur joie de part et d'autre de l'Atlantique.

Cassette de l'interview de John Farrow par la chaîne ABC.

C'est bien le même que sur la photo où je l'avais découvert, teint rougeaud du hippie, passé du joint à la bière. A ses côtés, sa deuxième ou troisième femme, pas la mère de Blossom en tout cas, visage sans ombre, sans ride, sans expression, cheveux strictement tirés en arrière, habillée de rouge, genre épouse du Président. Tout est dit sur leur relation en une image.

Regard hagard, accent nasillard, John Farrow s'adresse à la caméra, en professionnel, comme si le journaliste off n'existait pas :

— Bien sûr, j'étais contre le mariage. Je connais ma fille. Elle a dû être heureuse environ trois jours. Pourquoi elle s'est mariée, mon bébé ? Elle voulait être grande. On l'avait sans doute trop couvée.

A ses côtés, la femme en rouge grimace, dévoilant d'une mimique le rapport qu'elle a entretenu avec sa belle-fille qui s'était sans doute mariée pour échapper à la marâtre ambitieuse.

— Elle habitait à la maison quand... Ecoutez, si elle avait trompé son mari, elle ne serait pas venue chez son père, non ? Quand elle n'allait pas bien, elle revenait. Ce n'était pas un rendez-vous amoureux. Il y a eu un coup de fil et elle a dit qu'elle allait voir quelqu'un mais elle n'a pas dit où. C'était au motel du Soleil Levant. Je ne me pardonnerai jamais de ne pas l'avoir accompagnée.

Elle était fragile. Elle était malheureuse.

Francis, c'est O. J. Simpson déguisé en WASP. Bien sûr qu'il ne l'aimait pas. C'est juste qu'il ne supportait pas qu'elle lui échappe. Il se prend pour la réponse de Dieu aux délateurs de la création mais la vérité, c'est qu'il n'avait que sa queue en poche quand il a rencontré ma fille. Il est arrogant pour rien et regarde le monde du haut de son vide abyssal.

Abyssal revenait souvent dans les paroles des chansons de John Farrow qui avait tendance à parler en paroles de chanson. On se souvient de *Shades of Ink* :

« *In the deep of your eyes, abyssal is the fall, their shade of ink darkens my soul...* »

C'est-à-dire, en français :

« Dans le fond de tes yeux, la chute est abyssale, leur couleur d'encre assombrit mon âme...

« Crois-moi si tu le veux, mon amour abyssal me noierait dans sa profondeur si jamais tu partais... »

De la mère de Blossom, il n'est jamais question.

Une autre bande montre l'entretien unique que la chaîne ABC a pu obtenir de Mme Towne, la mère de David et Francis. Les médias, en général, reprochaient à l'avocat de son fils, Lewis Bailey, de lui avoir ordonné le silence.

C'était une petite femme humble et fragile, les yeux rongés par une inquiétude ancienne. Après avoir affirmé, avec plus ou moins de conviction, l'innocence de Franck, après avoir répété que ses deux garçons étaient merveilleux, elle semble prendre son courage à deux mains pour prononcer ces phrases mystérieuses :

— Blossom était un ange, elle n'était pas faite

pour cette terre. Trop jeune. Une enfant. Et les enfants ne doivent pas se charger du fardeau des pères.

Le frère de Francis, David a interrompu en off la prestation de sa mère d'un :

— C'est un coup monté, mon frère est innocent. Laissez-la tranquille. Vous ne voyez pas qu'elle est à bout.

Un peu perdue, la mère regarde en direction de son fils, puis de la caméra comme pour s'excuser, et tandis qu'elle esquisse un mouvement de fuite, le plan s'interrompt.

Sur le trottoir devant la maison des Towne, la journaliste, micro à la main, complète son scoop d'un air faussement attendri.

— M. Towne, le mari de Mme Towne et, bien sûr, le père du suspect numéro un, est mort l'année dernière dans un accident de voiture, après la faillite de son entreprise de plomberie. La famille est de toute évidence très soudée. [*Je précise que la journaliste utilisait le mot sans esprit humoristique*.] Le frère de Francis est d'ailleurs très critique sur l'enquête de police. Il a tenu à être filmé dans l'ancienne chambre de son frère.

La maison des Towne était une bâtisse en béton avec beaucoup de décorations en fer forgé lui donnant des faux airs d'hacienda du pauvre.

La chambre de Franck, restée en l'état, tranchait singulièrement avec l'ensemble. Un mur de bibliothèque entourait un bureau, tablette en verre, et, en guise de pieds, d'épais cylindres métalliques. Le lit était couvert d'une toile noire au tissage irrégulier et de quatre coussins, rouge, jaune, bleu, gris, des couleurs à la Mondrian. Le sol avait été peint en gris.

David était appuyé, une fesse contre le bureau où trônait, ostensible, une photo de Blossom et son mari. Franck tenait sa femme par la taille, non sans maladresse, et elle souriait trop largement tandis qu'il fixait l'objectif d'un air ahuri.

— Je vous dis ce qui est. Francis est un coupable idéal et la police a trouvé ce qu'elle cherchait et rien d'autre. De quoi je veux parler ? Des éléments à charge, un point c'est tout. La police a dressé une liste de tout ce qui allait dans son sens. Le ménage battait de l'aile, ma belle-sœur était une femme adultère. On a trouvé mon frère sur les lieux, son portefeuille était sur la table, etc.

Mais qui a appelé Blossom pour l'attirer au motel du Soleil Levant ? Si ça avait été Francis, elle l'aurait dit à ses parents. Il fallait bien que ce soit quelqu'un qu'elle connaissait. Et qui sont tous ces hommes qu'elle n'a cessé de fréquenter depuis son mariage ? Leurs noms, leur relation avec ma belle-sœur ? Hein ? Quelqu'un peut répondre à ça ? Je n'aime pas du tout dire du mal des morts et, avec tout le respect dû à ma mère, Blossom n'était pas un ange même si elle en avait le physique. Il faut enquêter sur les victimes avant d'enquêter sur les coupables.

Et l'absence d'empreintes ? Mon frère ne portait pas de gants et il aurait essuyé la lampe avant de tomber commodément contre l'angle de la table de nuit ?

Et il se serait pointé au motel en se faisant bien remarquer avant d'aller tranquillement étrangler sa femme ?

Mon frère est un artiste, un garçon doux et sensible. Il a toujours fait preuve d'une patience et d'une tolérance remarquables.

Ce n'est pas, ce ne peut pas être un assassin.

Et alors que sa prestation avait été véhémente mais maîtrisée jusque-là, David terminait en tapant du poing sur la tablette de verre.

Puis ses yeux s'emplirent de larmes qu'il essuya d'un geste rageur et je sus que tout cela était de la pure représentation, contrôlée de bout en bout, et je me dis que, décidément, la famille Towne avait produit de bons comédiens.

Je me dis aussi que seuls les Américains pouvaient se représenter un ange avec des cheveux blond platine, des seins rehaussés par un wonderbra et une moue aguicheuse.

La presse populaire s'en était donnée à cœur joie.

LA LOLITA DU SHOW-BIZ
DÉCOUVERTE ÉTRANGLÉE DANS UN MOTEL DE SAUSALITO !

LA FILLE DE JOHN FARROW AIMAIT LES HOMMES PLUS ÂGÉS !

LES CONFESSIONS D'UN TRAVESTI :
FRANCIS TOWNE AVAIT UN PENCHANT
POUR LES PRATIQUES SADO-MASOCHISTES.

Dans le magazine *People*, des photos prises au téléobjectif montraient John Farrow la tête entre les mains au bord de sa piscine. On devinait, derrière la baie vitrée, une silhouette rouge et fine, sa femme, le visage tourné vers son mari, trop flou cependant pour qu'on puisse juger de son expression.

Le vieux rocker dont le dernier disque en solo a connu l'échec qu'on sait, ne peut espérer trouver un réconfort qu'auprès de sa nouvelle femme, Josépha, qui, cette année encore, apparaît dans la liste des vingt femmes les mieux habillées du monde.

Sa fille Blossom a été incinérée au cours d'une cérémonie que tout le monde a pu suivre à la télévision et au cours de laquelle John a chanté la chanson qu'il lui avait dédiée à sa naissance, *Abyssal Feelings*.

La mère de Blossom, Randy Farrow, que les enfants des sixties n'auront pas oubliée et qui est en cure de désintoxication pour la quatrième fois dans la clinique Betty Ford, n'a pu être présente. On se rappelle la douloureuse séparation des enfants terribles du rock au début des années quatre-vingt et la bataille livrée par les parents pour la garde de Blossom finalement accordée à son père.

FRANCIS TOWNE LIBÉRÉ SOUS CAUTION.

Sa mère hypothèque la maison familiale pour payer la caution de son fils. « S'il avait fallu vendre, nous aurions vendu », nous déclare David Towne.

« FRANCIS TOWNE, PAR SA FUITE, SIGNE SA CULPABILITÉ »,
DÉCLARE L'OFFICIER BENNET CHARGÉ DE L'ENQUÊTE.

À peine libéré, Francis Towne « jumps bail ». On pense qu'il a passé la frontière canadienne à bord d'un car. Sa mère et son frère disent être stupéfaits et ne pas savoir où il se trouve. John Farrow a engagé les services d'un détective et affirme, que, lui vivant, l'assassin de sa fille ne connaîtra jamais le repos.

Voyages

Au vu des informations que je lus cette nuit-là, des cassettes que je visionnai, le fait est que j'aurais déclaré Francis coupable avec une marge infime d'erreur possible.

Certes le scandaleux acquittement d'O. J. Simpson, auquel les articles faisaient constamment référence, avait forcément nui à la sérénité des débats.

C'était un des arguments des avocats qui combattaient l'extradition : Francis Towne n'aurait pas droit à un procès équitable dans le contexte californien, aujourd'hui comme hier.

Un séjour en Californie me semblant de plus en plus nécessaire, j'en ai parlé à Franck, qui le juge également souhaitable. J'ai rarement eu un sujet aussi coopératif. Il suffit que je mentionne une porte à ouvrir pour qu'il en détache la clé de son trousseau. Pourquoi l'image de Barbe-Bleue s'impose-t-elle à moi ?

Peut-être que j'attends le moment où il niera l'existence d'une de ces clés, m'indiquant par là même que c'est la bonne.

Son frère David serait-il la clé du placard fatal ? Il annonce régulièrement son arrivée à Paris, mais n'arrive jamais.

Je raconte à Franck le rocambolesque épisode qui m'a mis son dossier de presse entre les mains. Il est stupéfait. En revient à la théorie de la conspiration.

Je l'interroge sur les raisons qui ont pu le pousser à conserver des documents aussi compromettants, alors même qu'il avait choisi de changer de vie et d'identité. Il avoue ne pas avoir d'explication, à part une analyse succincte digne d'un psychologue de comptoir : il avait peut-être inconsciemment besoin que son passé soit un jour mis en lumière et définitivement élucidé.

— Peut-être que je vous attendais, conclut-il avec cette ambiguïté qui provoque chez moi des perturbations qui ne me plaisent pas.

Mais qui a pu dérober les documents et me les déposer ensuite ? Et pourquoi ? Cela reste un mystère.

Franck pense que son beau-père, John Farrow, n'a, en vérité, jamais engagé de détective. Trop radin. Par contre, il est certain que Sigrid s'est beaucoup répandue sur le sujet et qu'il est très possible qu'un journaliste ait réussi à gagner sa confiance. « Elle est moins maligne qu'elle ne pense. Et elle seule avait accès à la cave. »

Je trouve plutôt tirée par les cheveux la théorie que Sigrid ait confié les documents trouvés dans la cave à un journaliste qui aurait ensuite choisi une façon aussi compliquée de me les faire parvenir.

Mais je n'ai aucune théorie à y opposer.

Franck se raccroche à l'idée que, si elle était morte, on aurait retrouvé son corps. Quand elle sera revenue, elle expliquera ce qui s'est passé mais, pour l'instant, il ne voit pas de raison de remettre le contenu de la malle à la police, à qui il ne fait pas confiance. Je ne saurais donc porter plainte. Y aurait-il même matière à porter plainte, je n'en sais rien. J'hésite. Il me semble que c'est pourtant un événement significatif. Significatif de quoi ? Décidément, je n'ai pas l'âme d'une auxiliaire de police.

Par contre, je décide de profiter du séjour londonien de Philip Woolworth, l'éditeur et complice de Franck Anger, pour le rencontrer. Ce sera l'occasion pour moi de rendre visite à mon agent qui se trouve également à Londres. Je vais la charger de m'organiser un financement adéquat afin d'obtenir rapidement le remboursement de mes frais en Californie. Au moins ça.

Philip Woolworth m'a reçue dans ses bureaux ultramodernes à Covent Garden. Aucun livre n'est visible dans l'immense pièce vitrée qui domine l'ancien marché. Un seul téléphone sur le bureau en forme de haricot, et deux ordinateurs qui me tournent le dos. Woolworth jette régulièrement un œil sur leurs écrans, présences rassurantes, interlocuteurs silencieux, plus familiers que l'étrange fouineuse que je dois être à ses yeux.

Woolworth a la cinquantaine alerte, le teint rubicond des amateurs de whisky. Canadien, et veut faire anglais. Il porte un costume sur mesure de Savile Row avec gilet mais sans cravate. Ses cheveux grisonnants sont rejetés en arrière et dégoulinent sur son col. Il évoque le bookmaker sur le retour qui a miraculeusement misé sur le bon cheval. Je pense que c'est un masque. Il cache derrière une apparence de péquenaud roublard une intelligence et une culture qui pointent régulièrement, malgré lui.

Son accueil est chaleureux. Il ponctue la plupart de ses déclarations, de « franchement, pour dire la vérité, en toute franchise », qui sentent le menteur professionnel.

D'emblée, il reconnaît, désolé mais l'œil ravi, que l'incarcération de Franck Anger a fait repartir des ventes qui fléchissaient. Il m'explique que chaque nouveau titre relance les précédents. Pour que la progression exponentielle des ventes continue, il faut que l'auteur fournisse. Or, après trois excellents romans, Franck Anger a laissé son éditeur en rade.

C'est d'ailleurs pourquoi il s'était réjoui du mariage de Franck avec Sigrid. L'isolement de son auteur avait peut-être tari sa source vitale. Combien de temps un homme normalement constitué peut-il se passer de femme ?

Rire gras de Woolworth, me laissant entendre que sa consommation personnelle est au-dessus de la moyenne.

— Franck est américain, donc, c'est un puritain. Hors du mariage, point de sexe. Mais le mariage n'a eu aucun effet sur sa production. Franck a peut-être besoin, pour pisser la copie, de sa dose d'emmerdes. Autrement, il se laisse vivre.

En attendant, la prison c'est la pire des choses, une hantise chez lui. Il faut le sortir de là. Si vous me donnez un coup de main, vous constaterez que je ne suis pas un ingrat. Refuser l'extradition, c'est un combat perdu d'avance. J'en ai parlé avec ses avocats. Vous ne les avez pas vus ? Il faut qu'il affronte la justice. Il a toutes les chances d'être acquitté et c'est une excellente publicité.

Je ne suis pas un hypocrite. Anger est mon client, pas mon ami.

Comment je suis devenu son éditeur ? C'est assez marrant. J'étais resté en contact avec David Towne quand je me suis installé à Toronto. De loin en loin, comme ça. On avait inventé un poker par e-mail. C'est un type très sympa. Le contraire de Franck. Un grand déconneur. Un jour, il m'apprend que son frère va épouser Blossom Farrow. La fille de John Farrow. Je me dis : bingo. Ce type-là, c'est l'incarnation des années soixante-dix. Un des plus grands guitaristes après Hendricks, mais Jimmy est mort. Alors que John est un survivant. Comme Jagger. Il a pu jouer les héros destroy mais le cœur est bourgeois. Bon, ça reste le type qui a écrit quelques-unes des chansons les plus poignantes contre la guerre du Viêt-nam. Objecteur de conscience, il a fait de la taule, et en même temps il est dopé jusqu'à l'os, le nez dans la blanche, les neurones pétés à l'acide, grand pionnier de la libération sexuelle des femmes, voir la rubrique groupies, bourré aux as, invité à la Maison Blanche. Aujourd'hui il habite une maison dont on peut voir les photos dans *House and Country*, sa femme est dans les pages people de *Vogue* et il est devenu non-fumeur militant. Je me pointe au mariage. Mon idée, c'était une autobiographie avec Francis en nègre, pourquoi pas ? David m'avait juré qu'il savait écrire.

J'ai tout de suite reniflé que c'était pas le bon coup. Farrow était contre le mariage de sa fille, de vieux relents incestueux, à mon avis, et en plus il avait tiré un trait sur son passé. Quand je travaillais pour *Rolling Stone* j'avais interviewé John Lennon. Tant que Yoko était là, c'était la paix dans le monde, le zen et plus c'est chiant plus c'est bandant, et dès qu'elle avait le dos tourné il me racontait ses débuts à Hambourg, la bière, les gonzesses, l'éclate et puis elle revenait et il reprenait sa tête de Christ mélancolique sur la croix. C'était à pisser de rire.

John, même combat. Avec sa Josépha liftée façon Néfertiti, il s'est refait une virginité, il ne racontera rien de ce que les lecteurs veulent savoir des années soixante, la dope, la baise et les sit-in.

Bon, j'ai compris que c'était une impasse, et puis David me rappelle qu'il m'a envoyé un roman d'un pote à lui qui, depuis, a suivi mes conseils... Mes conseils ? Première nouvelle. Le roman en question était de la daube, rien à sauver. Puis je me suis rappelé ma combine de faux-cul pour ne pas anéantir l'auteur débutant. Je lui conseille d'essayer un roman de genre. Polar ou autre. Sûr qu'il va se planter. Ecrire, c'est écrire.

David a un côté sangsue. D'ailleurs, j'étais persuadé à l'époque que c'était lui l'auteur. J'ai à peine le temps de balbutier de futures excuses qu'aussitôt, crac, il me refile une autre copie pour le voyage de retour. Putain, quand l'avion atterrit à Toronto, je l'avais fini, et le voyage avait passé comme un éclair. Un suspense d'enfer, terrifiant, assez sexy en même temps.

J'en suis resté comme deux ronds de flan.

J'envoie le contrat, quelques conseils de réécriture. J'ai la bave aux lèvres. A ce stade, je me doute un peu que c'est Francis mais j'ai du mal à le croire. Ça ne cadre pas avec le personnage.

Mais après tout, je m'en fous.

Putain, Blossom se fait buter.

Panique à bord. Je n'arrive à joindre personne. Juste la mère, dans tous ses états, la *mater dolorosa* au courant de rien.

La merde. Moi, j'ai déjà fait circuler le manuscrit, sans donner le nom de l'auteur. J'ai un diffuseur américain sur le coup. Je suis en train de devenir fou, comme si la vie m'avait fait miroiter un mirage de pur océan et que je me retrouvais la gueule dans le sable. Et un jour, David débarque chez moi. Il n'y va pas par quatre chemins.

Francis est l'auteur, il faut lui fournir une nouvelle identité et sortir le bouquin. Et la promo ? Un type en cavale, ça m'intéresse. Mais je réfléchis que ça n'est pas tenable à terme. Et tout à coup, je me dis que le coup de l'auteur invisible, ça peut être une bonne accroche. Il y a des précédents, Pynchon et même Salinger. Au moins, un auteur qui refuse de passer à la télé, c'est du jamais-vu. Ils jouent les vierges effarouchées mais ils rêvent tous d'être reconnus par la caissière du supermarché.

Les papiers ? C'est pas compliqué. J'ai suffisamment bourlingué à une époque où les fils de bourgeois dealaient du shit et les fils de prolos écrivaient de la poésie. Aujourd'hui chacun est retourné à sa place mais j'ai gardé des relations dans tous les milieux. C'est une question de blé.

Et la presse s'est donné de la joie sans pudeur. Ils ont écrit que Franck Anger était un auteur confidentiel qui avait viré sa cuti et pris un pseudo pour écrire du popu. On a dit que c'était autobiographique et qu'un vrai criminel se cachait derrière le pseudo, on a écrit que c'était une femme misogyne qui redoutait les lobbies féministes.

Et moi, pendant ce temps je comptais les dollars.

A la sortie du troisième, Franck a décidé de s'installer en France. Sa mère ? Ah non, je l'ai vue, c'est une Américaine en ligne directe du *Mayflower*. De toute façon, on ne se voyait jamais avec Franck ; je traitais tout avec David.

Moi, je trouve qu'il aurait dû essayer la chirurgie esthétique et montrer sa gueule pour le troisième. Mais qu'est-ce que vous voulez, la beauté rend vaniteux. C'est une opinion de deuxième main.

Il est traduit en vingt-huit langues. Je n'imaginais même pas qu'on lisait dans autant de langues ! Ha ha ! Franck Anger a lancé ma boîte et changé ma vie. C'est la vérité et on en est conscients tous les deux.

Ecoutez, les bonnes histoires, ça existe, les bons suspenses aussi, les pas trop mal écrits, ça ne gâte rien, et puis, de temps en temps, il y a un type qui touche à un nerf collectif. Anger fait ça et il est facile à lire. Pour ça il peut me remercier, je l'ai vraiment fait chier.

Vous savez ce que je crois ? Je crois qu'il rêve maintenant d'écrire un gros truc bien chiant dont on puisse dire que c'est tellement pénible à finir que ça doit être super-bien. C'est l'influence *frenchie*. Un bouquin agréable à lire, dans votre pays, on trouve ça suspect, je vous connais. Mais ce n'est pas son truc, quoi qu'il pense. Il est un auteur populaire et tant pis pour son ego morphale. Vous savez ce que je crois ? Je vais vous le dire. Il voulait qu'on le retrouve, il voulait qu'on le mette en taule parce qu'il avait besoin d'une bonne excuse. Pas exprès. Inconsciemment.

Une bonne excuse pour quoi ? Pour ne pas écrire le chef-d'œuvre de sa génération, bien sûr. Dont tout le monde se foutrait.

En attendant moi, je me suis mouillé, et d'autres aussi, pour lui inventer une identité convenable avec un passé, sans parler du blé que ça a coûté. Je peux vous dire que si la police décide d'y aller voir de près, je vais me retrouver avec une ardoise impossible à effacer.

Franck me fait dire de ne pas m'inquiéter, qu'il prendra tout sur lui. Ça fait un an qu'il me promet un roman en me disant de ne pas m'inquiéter. Résultat des courses, je m'inquiète.

C'est qui votre éditeur ? Vous tirez à combien ? Je veux lire les épreuves au fait, hein, pas de blagues.

Je pourrais peut-être vous publier. On pourrait monter un coup, avec ça.

Blossom, je l'ai croisée une ou deux fois. Une bombe et une cervelle d'oiseau. Elle flirtait comme d'autres respirent, mais je me méfie des filles qui la jouent cul devant. En général, elles assurent pas.

Je préfère les filles dans votre genre. Bon chic,

bon genre et, après minuit, le carrosse devient un lupanar. Je me trompe ?

Nous nous sommes séparés sur ce compliment gracieux. Je ne lui ai pas dit qu'il ne lirait jamais les épreuves d'un de mes livres car je ne laissais à personne un droit de regard sur mon travail.

Mails de Sigrid

Ma cocotte,

Crois-moi, on a tort de tout miser sur les mecs.

Oublie ton Alexandre le faux conquérant, tu mérites mieux que ça. C'est comme moi. Je croyais avoir trouvé le prince charmant, je vis avec le prince gonflant et je commence à me demander si ce n'est pas encore plus grave.

Je crois que Franck me suit, je crois qu'il est d'une jalousie atroce, je crois que la méfiance transforme ce garçon bien élevé en voyou.

Et la jalousie n'est pas l'amour, c'est la possession genre tuer plutôt que perdre. Me voir m'étioler, enfermée dans sa prison dorée, plutôt que libre et heureuse.

Tu me connais. Je fais tout pour que ça marche et, quand il m'a proposé de partir aux îles Scilly, j'ai dit youpee. Le micro-climat s'est révélé un climat pourri, même quand il fait beau ailleurs, et je suis pratiquement menottée à son bureau chaque matin quand il travaille.

Ensuite on se promène et il me parle de ses auteurs préférés, de ses difficultés d'écriture, bref, il me parle de lui mais pas de lui intime. Il ne veut pas parler de son enfance, de son passé, toujours cette rengaine de « la vie commence avec toi ». Je trouvais ça romantique mais maintenant ça me lasse. Je la connais, la vie, depuis qu'on s'est rencontrés ! Ça manque salement de scoop.

Je vais te dire, je crois qu'il a peur. Tout le temps. Mais de quoi ?

Et puis il est très tendre, très doux, mais les câlins ne le branchent pas trop.

Je me dis que c'est pas le plus grave.

Je n'ai jamais vu mes parents s'embrasser mais ils n'en sont pas plus malheureux pour autant. C'est peut-être moi qui ne suis pas normale. J'ai hâte de rentrer. Au moins, à Paris, j'ai quelques points d'appui,

Sigrid.

Objet : « Je suis une conne. »

Heureusement que je t'ai toi, et non, ce n'est pas un ordre, crois-moi. J'ai eu papa au téléphone et je me rends compte que je lui ai fait beaucoup de peine.

Pourquoi est-ce que je suis tellement soumise à Franck...

Ça va changer, crois-moi.

Il m'a impressionnée mais c'est bien fini.

Je lui ai annoncé, sur ton conseil, que je souhaitais aller en Californie. Il m'a répondu, genre dur et sec, qu'il ne remettrait jamais les pieds aux E.-U. Il avait rompu avec son pays, avec sa famille, sauf David, bien sûr, et c'était irrévocable.

Parfois il me regarde comme si j'étais un mauvais achat. On l'a trompé sur la marchandise. Je ne crois pourtant pas être compliquée. J'aime bien sortir et rigoler, m'acheter des trucs.

Il a proposé de m'offrir une voiture. Là-dessus il n'y a rien à dire, il est vraiment généreux. Une décapotable ? Qu'est-ce que tu en penses ? On pourrait aller frimer sur la Côte pendant qu'il écrit ses horreurs...

Je blague.

Ah oui, papa a décidé de se mettre à l'informatique pour qu'on puisse s'écrire.

Lui, vraiment, je l'adore, le plus gentil papa du monde. Maman va faire la gueule, elle ne sait même pas taper à la machine.

Mais si, va à son pot, qu'est-ce que t'en as à foutre, tu te sapes comme une princesse et tu flirtes avec tous les mecs.

J'aimerais bien être là, je te montrerais !

Tu es la meilleure, n'oublie pas !

Bises, Sigrid.

Objet : « Je suis une conne, *bis*. »

Ecoute, je crois vraiment qu'on a traversé une mauvaise crise. Je suis une enfant gâtée et Franck est merveilleux. Il m'a expliqué qu'il avait eu des soucis, qu'il n'avait pas voulu m'en parler pour ne pas m'embêter. Je lui ai dit que j'étais là pour ça aussi, qu'il n'avait pas à me protéger comme ça. Il est en panne d'écriture. Entre nous, je pense que c'est la raison pour laquelle il est en panne ailleurs.

On est allés choisir ma voiture, un petit cabriolet Renault, très chou, d'ailleurs il est vert et puis on a fait un tour à la campagne, vers Rambouillet, on s'est baladés.

Il m'a dit que j'avais bouleversé sa vie. Il s'était habitué à sa solitude et il avait du mal à trouver ses marques mais j'étais un cadeau du ciel.

Il s'est mis sur un genou, genre chevalier, et m'a fait une déclaration mais je ne peux quand même pas tout te raconter et on a dîné dans une petite auberge, bougies, champagne et je peux te dire que quand Franck entre dans un lieu public, c'est comme une rock-star.

Je crois qu'on fait un super-beau couple et j'aime bien ça. Le regard des jaloux, ça me dope.

J'ai profité de ce moment parfait pour proposer qu'on reçoive mes amis à dîner et il a dit d'accord !

Tu seras la première invitée. Je sais comme tu as hâte de le rencontrer. Et ce n'est pas comme la dernière fois. On n'annulera pas.

Bon, j'y vais, je lui ai promis de devenir une bonne cuisinière et lui va m'apprendre l'anglais.

Je crois qu'un couple, c'est d'abord un projet, des projets... Euh, tu vois où je veux en venir ?

Sigrid.

Objet : « Bouhouhou. »

Franck ne veut pas de bébé.

Mais à un point !

Il est devenu presque violent.

Je profitais d'une nuit paisible et tendre et je lui ai dit que lui avait ses livres et que moi je n'avais rien.

Tu m'as moi, a-t-il répliqué.

Certes.

Mais ce que j'aimerais vraiment c'est un autre petit Franck ou une petite Franckie...

Putain, il s'est levé, tu sais, l'expression « il a jailli hors du lit ». Pour lui le mariage, ce n'était pas la procréation, et tous les clichés de la famille heureuse le faisaient gerber. Lui, son truc, c'était l'amour, l'amour à deux. Comment pouvait-on vouloir imposer à d'autres cette tragédie qu'est la vie ?

Je te jure, il avait l'air au bord de l'évanouissement.

Un conseil : ne te marie pas avant d'avoir expérimenté la vie commune. Je tombe de très très haut.

On se fait la gueule. Plus question de dîner. Sorry.

Heureusement, ce matin le téléphone a sonné, une rareté ici, et Franck doit aller voir son éditeur à Londres et moi j'ai dit que je ne l'accompagnerais pas.

Il m'a lancé un regard noir, un regard de suspicion, mais c'est comme ça.

J'ai envie d'être seule, de respirer un peu.

J'ai bien lu ton mail. C'est vrai que j'aurais beaucoup de mal à retourner à ma vie d'avant, mon petit boulot, mon petit salaire. Toi au moins tu vas de promotion en promotion mais moi, je ne serais pas allée bien loin.

Je sais que mon rêve est banal, mariée, des enfants, quelques sorties mais je suis comme ça.

Peut-être que je devrais le tuer, alors j'hérite et hop... Non, je blague.

Mais je devrais lire ses romans. Parfois je me dis que je partage le lit d'un inconnu et ça me fout les jetons.

Enfin, pas pendant deux jours et je peux te dire que je vais en profiter.

Tu es libre, jeudi soir ?

On se fait une petite bouffe comme avant ? Dans le Marais ?

Oui, je sais, c'est plein de pédés mais il n'y a pas que ça...

D'ailleurs, vilaine obsédée, il n'y a pas que ça dans la vie. Quoique...

A jeudi ?

Sigrid.

Objet : « Un homme peut en cacher un autre : *bis*. »

Pardon, je sais, je te délaisse mais je ne sais plus comment je m'appelle.

Dominick m'envoie trois mails par jour, ma vie le passionne, je le passionne. Il est drôle, un peu brutal, ça me change.

Mon étrange mariage l'intrigue beaucoup.

Je le revois cet après-midi. Merci pour les clés !

Il faut que je sois super-prudente.
Sauf que Franck a l'esprit ailleurs en ce moment.
Profitons-en, je te tiens au courant.
Je n'oublierai jamais que tout ça, c'est grâce à toi.
Bises, Sigrid.

Corinne m'a confirmé qu'elle avait prêté son appartement à Sigrid. J'y suis allée pour voir le décor dans lequel le mystérieux Dominick retrouvait sa maîtresse.

Un appartement dont le living est décoré en bleu et jaune, comme une imitation de décoration bourgeoise, sans anecdote personnelle.

La chambre est curieusement monacale. Un lieu pour dormir et s'habiller. De nombreux placards, un lit recouvert d'un patchwork ancien et une commode. Pas un objet qui traîne, pas un bijou, pas une photo.

Corinne s'est aménagé un bureau où la vie a laissé des traces. A défaut de vie, c'est plutôt le règne des capteurs de vie : ordinateur, cassettes, caméra, appareil photo, albums, télévision, quelques livres, peu. Pourquoi ai-je le sentiment que Corinne n'emprunte jamais les passerelles vers la vie dont elle s'est entourée ?

Un peu réticente au début, elle n'a pas résisté à la ritournelle des indiscrétions...

Oui, Sigrid avait besoin de séduire, surtout après son mariage qui, quoi qu'elle en dise, n'avait été qu'une longue frustration, précisa Corinne, pas mécontente de cette égalité entre elles.

Le jeudi de leur premier dîner de filles depuis le mariage, c'était en décembre 1999, après le départ de Franck pour Londres, Sigrid avait croisé le regard insistant d'un Américain. Elle ne savait pas d'abord que c'était un Américain. Un type ni très beau ni très séduisant, enfin... « Pas mon type. » Corinne fit une moue très lisible et, après dîner, Sigrid vira sa copine devenue encombrante pour aller boire un verre au Rosebud avec l'inconnu.

Ça, c'était du Sigrid pur jus.

Il ne s'était rien passé, bien sûr. Sigrid préfère l'antichambre à la chambre.

Après, oui, ils se sont donné des rendez-vous ici et ça a été la révélation. Découverte de l'orgasme multiple, s'extasiait Sigrid qui se retrouvait soumise et dépendante.

Mais l'Américain ne s'intéressait pas à Sigrid, Corinne en était convaincue. Il cherchait des renseignements. Et il en a eu tant et plus, Sigrid n'était pas la discrétion incarnée. Et là, ce type pouvait faire d'elle ce qu'il voulait.

Son nom ?

Dominick Blue.

Oui, un faux, Corinne en était persuadée. Elle était très sûre d'elle concernant cette liaison.

J'arrivai à lui extirper quelques détails : il n'était pas grand, très brun, vilaine peau, joli sourire.

Objet : « Barbe-Bleue. »

Ma très chère,

Je suis dans un état. La réalité est bien pire que tout ce que j'aurais pu imaginer.

Franck a fait un nouvel aller et retour à Londres.

Je n'avais pas envie d'y aller, lui non plus. Que j'y

aille, je veux dire. Parfois je crois qu'il ne me supporte plus.

Tu sais que je n'ai pas le droit d'entrer dans son bureau. Même pour y passer un chiffon. J'ai pris ça pour une lubie d'artiste, une superstition, et avec l'atmosphère lourde entre nous, l'impression constante qu'il me cache des choses, je me suis dit que je pourrais au moins jeter un œil dans son ordinateur.

Sauf qu'il y a mis un code et que ce n'est pas mon nom, mais ça on s'en serait douté.

Impossible de pénétrer dedans. Quelques notes de sa petite écriture en pattes de mouche, illisibles. Et rien... Pas une lettre personnelle, pas une photo, rien.

Je savais qu'il y avait une cave. Il m'avait dit qu'elle était vide, qu'il n'y avait jamais mis les pieds. J'ai fini par trouver la clé et c'est là, au fond d'une malle, sous des masses de papier – des notes, des brouillons, illisibles, tout en anglais, que j'ai découvert...

Au début j'ai cru que c'était de la doc pour ses bouquins, sauf que la photo du suspect numéro un, c'était bien lui, le même, Franck, plus jeune, avec un visage plus rond peut-être, et crois-moi qu'il est inutile d'être bilingue pour comprendre : *main suspect in wife slaying*. Et la morte, la pauvre, si tu savais, blonde comme moi, très jeune, tellement jolie, presque une enfant. J'ai parcouru deux articles, je ne comprenais pas grand-chose. Et puis j'ai tout remis en vrac. Et maintenant je ne sais plus quoi faire.

Je comprends mieux pourquoi Franck ne veut pas retourner aux Etats-Unis. Pays de violence immonde, comme il dit, ce n'est pas l'âge d'or, c'est l'âge dollar, plus aucune valeur à part un puritanisme autorisant les perversions les plus répugnantes. Tu parles ! C'est le pays où il risque d'être condamné à mort. Parce qu'il s'est tiré avant le procès et, apparemment, il a réussi à changer d'identité. En plus, je venais de refermer la malle quand la minuterie s'est éteinte. J'ai tâtonné à la recherche du bouton, j'ai appuyé, rien. Je suis sûre d'avoir entendu un froissement de tissu. Je me suis cachée derrière la porte et tout à coup j'ai entendu un bruit sourd. C'était la porte, en haut des marches, qu'on venait de claquer. Je suis sortie de la cave, je suis tombée sur la première marche. La porte en haut était fermée à clé. J'ai tapé, appelé. Rien. Puis je me suis rappelé la clé que j'avais laissée en bas. Je suis redescendue. Je pleurais. La clé n'était plus dans la serrure.

Ça a été atroce. A la fin, j'ai empilé deux malles pour me mettre dessus, à cause des rats, et j'ai fini par m'endormir.

C'est David qui m'a délivrée. Heureusement. Il avait essayé de m'appeler. Il était passé, inquiet. Il a les clés de l'appartement. Il a parlé avec la gardienne, qui lui a donné la clé de la cave.

Je t'avais dit qu'il était arrivé à Paris ?

Parfois je me dis qu'il protège Franck ou qu'il le surveille. En tout cas, il est très vigilant. Je voudrais qu'il s'installe avec nous. Je me sentirais plus en sécurité.

Je suis tombée dans ses bras, heureusement qu'il est costaud, je lui ai tout raconté. Je ne l'avais jamais vu aussi sérieux. Il m'a dit que Franck ne devait pas savoir. Il m'a juré que ce n'était pas un meurtrier, que c'était un coup monté, que c'est lui, David, qui l'avait poussé à quitter le pays, que grâce à moi Franck se reconstruisait une nouvelle vie mais qu'il était IMPÉRATIF que je lui fasse confiance.

Il parle un sabir hallucinant. Mais j'ai compris.

J'ai dit oui, à tout. En vrai, j'étais terrorisée.

Il m'a demandé ce qu'il y avait d'autre dans la cave. Je ne voyais pas ce qu'il pouvait y avoir de pire.

Il m'a fait boire un peu. Il m'a accompagnée faire des

courses. On a préparé le dîner pour le retour de Franck. David est resté, à ma demande. J'ai prétendu avoir la migraine et je ne sais plus ce que je dois faire.

Lui parler, le confronter ? Mais il ne me pardonnera jamais d'avoir fouillé.

Sauf si je trouve un prétexte.

Ecris-moi, donne-moi ton avis. Je suis larguée total.

Sigrid.

Voyages

C'est souvent le même gardien qui m'amène jusqu'au petit parloir. C'est drôle comme un endroit rébarbatif, indifférent d'abord, peut acquérir un charme insolite. J'ai presque du plaisir à franchir les sas de la prison, désormais.

A force, quelques-uns des gardiens me reconnaissent, ils me saluent, m'adressent un petit signe, je fais partie de la famille.

— Il vous attend ! me dit le gardien d'un air complice. Il est impatient. Il a voulu descendre plus tôt que d'habitude, alors il est déjà là.

Et je ne peux empêcher mon estomac de remonter jusqu'à ma poitrine car, moi aussi, je suis impatiente. Et je supporte l'idée de la longue séparation qu'implique mon voyage en Californie uniquement parce qu'il me semble que j'y rencontrerai encore Franck, un autre Franck.

Il se lève, il a l'air ému. Nous ne nous serrons plus la main. Un léger flottement d'attente de nos deux corps distants remplace le geste.

Tel un enfant, il m'indique les feuilles de papier, couvertes de sa minuscule écriture, soigneusement alignées sur le rebord de la table où il les a déposées.

Je place simplement la main sur la feuille du dessus et je le regarde.

— Ce sont des notes d'informations et les numéros de téléphone qui peuvent vous être utiles en Californie. C'est quoi, votre thème du jour ?

J'ai la gorge sèche, c'est idiot. « Vos mariages », j'annonce d'une voix de contrebasse comme s'il s'était marié plein de fois. Je m'ordonne de rester factuelle et professionnelle et continue :

— Corinne m'a transmis les mails de Sigrid, j'ai lu les articles concernant le meurtre de Blossom et je me demande... j'ai le sentiment d'un immense malentendu dans l'un et l'autre cas.

— Le mot « malentendu » est une sous-estimation. D'autant que je me sens coupable, pour Sigrid surtout. Je n'étais plus un enfant, si je l'ai jamais été. Elle avait l'air d'une petite fille en proie à un énorme chagrin. Très séduisante aussi. J'ai le sentiment de lui avoir servi un gros mensonge et d'être responsable des conséquences tragiques qui ont suivi...

Et en incise, solennellement, il déclare :

— Je ne veux pas, jamais, vous mentir.

Puis il reprend comme si cette phrase, phase, amoureuse n'avait jamais eu lieu :

— Mais ma solitude me pesait. Ma solitude affective. J'avais des aventures, bien sûr, mais vivre sous une identité d'emprunt, sans passé si ce n'est celui que je m'étais inventé, m'isolait des autres. Au fond, j'espérais rencontrer quelqu'un à qui je puisse tout confesser, me présenter dans un acte de vérité, « c'est moi, voilà mon histoire », et en être accepté.

C'est peut-être pourquoi j'ai décidé de reprendre

la route avec vous, quitte à revenir sur mes pas. Parce que, avec vous, j'atteindrai peut-être mon but. Pardon, je ne devrais pas vous coller ce paquet sur les bras. Je n'y reviendrai pas.

Donc, au lieu de la considérer, elle, ses besoins, ses désirs, j'ai envisagé ce dont moi j'avais besoin et on a fait semblant l'un et l'autre d'être ce qu'on n'était pas. Un gâchis...

— Vous êtes inquiet, à son sujet ?

Il prend un long temps de réflexion pour répondre à ce qui me semble une question simple.

Puis il me parle de la prison.

La prison où l'attente allonge le temps déjà très étiré, l'attente de la décision concernant l'extradition, l'attente des commentaires sur son dossier, l'attente de mes visites, de celles de son avocat.

L'enfermement et l'ennui qui l'accompagnent participent à cette extensibilité. Neroni me disait qu'il vieillissait d'un an par mois. Franck réfléchit devant moi à haute voix. Ça lui arrive de plus en plus souvent. Il explique que ça n'a rien à voir avec les éclipses de vie nécessaires au travail, par exemple. Ne pas mettre le nez hors de sa chambre tout en sachant que le monde continue à deux pas, accessible, c'est très agréable.

En prison, le monde libre s'active à un autre rythme, dans une autre dimension. Les événements qui semblent essentiels dehors se dissolvent dans la lenteur des heures dedans. La disparition de Sigrid, qui l'avait rongé avant que la police ne vienne l'interroger et l'embarque, se déroule désormais ailleurs, ne le concerne presque pas.

Son cerveau sait que c'est inquiétant, mais sa conscience n'est pas concernée.

— Vous saviez qu'elle avait un amant ?

— Je m'en doutais. C'était la répétition d'une situation que j'avais bien connue. Le cocu de service. Quelle vaste blague ! A une époque où l'engagement, la fidélité sont piétinés à l'envi, j'ai l'impression d'être un dinosaure. On m'a décrit comme un jaloux, un possessif. J'ai le sentiment d'être plutôt un incurable romantique. L'une et l'autre voulaient un enfant, vous savez ?

Son regard fouille le mien, brutal.

— C'est une idée récente de lier l'amour et la procréation. Une idée aberrante. On ne peut pas être mère et amante. Il faut choisir. Moi, j'ai choisi.

— Tout seul ?

— Tout seul.

J'ai entendu qu'il avait choisi entre mère et amante mais, avant que je décide de ne pas relever, il sourit d'un sourire déchirant qui se moque de lui et de sa philosophie, qui voudrait nier ses ratages. Je sens qu'il va me poser une question à laquelle je ne veux pas répondre, je feuillette sa liasse d'informations. Il comprend aussitôt, accepte de changer de sujet.

La préparation de mon voyage dans son passé nécessite quelques informations. Nous décidons de terminer sur cette note pratique.

Il m'explique qui est qui, qui a joué quel rôle et quand, quels sont, selon lui, les bienveillants, les malveillants, et puis il m'annonce que son frère

David, à qui il a écrit, m'attendra à l'aéroport et me servira de guide, si je le souhaite, bien sûr.

Il précise que David a toujours été le mal-aimé de la famille, pataud, mauvais élève, et que Francis était toujours cité en exemple, petit frère chargé paradoxalement de servir de tuteur au grand. Mais Franck m'affirme que, sans David, rien de bon ne lui serait arrivé. C'est lui qui a pris l'initiative d'envoyer le manuscrit à son copain Woolworth. C'est lui qui a compris avant tout le monde que Franck paierait pour O. J. Simpson et qui a arrangé son départ.

— S'il n'était pas mon frère, je dirais qu'il est un frère, un vrai... Simplement, ne dites jamais du mal de moi en sa présence. Il pourrait devenir dangereux.

Une lueur espiègle danse dans son œil comme s'il me disait : « Chiche. »

J'ai mis une fois les pieds dans un casino et j'ai été saisie d'une angoisse atroce. Je savais que je ne devais pas entrer dans cette spirale-là et je suis partie presque en courant.

Parfois, Franck m'évoquait une table de jeu, la case plus précisément où j'aurais décidé de placer tous mes jetons, après quoi il ne me resterait plus qu'à attendre de voir, le cœur palpitant, sur quel chiffre le tourniquet de la roulette allait s'immobiliser.

Californie

Mon seul souvenir de l'aéroport de San Francisco, ce sont les affiches omniprésentes vantant les oranges. A moins que ce ne soit le soleil. Et je crois bien avoir vu un stand d'exposition de motos, mais peut-être ai-je rêvé.

Quand je suis au travail, j'ai tendance à repousser la réalité du monde extérieur tant qu'il n'a pas partie liée avec mes recherches. Là, j'étais surtout préparée à rencontrer, enfin, David, le frère de Franck.

Il est énorme. Franck ne m'avait pas prévenue qu'il avait tant grossi, obèse comme le sont tant d'Américains, gros cul, ventre gonflé, vêtu d'un short de taille XXXL, c'est-à-dire trop large, en dépit de son embonpoint. Des chaussettes de tennis bien tirées sur les mollets et un tee-shirt-débardeur bien confortable aussi, recouvrant en partie ses fesses débordantes et déjà auréolé de transpiration sous les bras.

Il portait une casquette qui dissimulait mal ses cheveux d'un roux flamboyant. Il me reconnut instantanément et vint vers moi de cette démarche curieusement souple des gros.

Un petit élan de départ et ensuite, profitant de l'élan, une foulée décontractée après l'autre.

Il m'amena à mon hôtel. Encore une fois, je ne vis même pas le détail de ma chambre. Une chambre est une chambre. Avec salle de bains, en l'occurrence.

Il avait prévenu les gérants du motel du Soleil Levant de ma visite. Nous parlerions ensuite. Il se consacrerait à moi pendant mon séjour. Il connaissait bien la région, me ferait économiser du temps et de l'énergie. Si Francis me faisait confiance, lui aussi.

Nelly et Ron Lloyd ne sont pas les propriétaires mais les gérants du Soleil Levant. Ils précisent d'abord ce détail, capital à leurs yeux.

Ils ont si souvent raconté leur histoire qu'elle est formatée comme une disquette haute précision, jusqu'à leur propre dialogue qu'ils rejouent mot à mot. Ce qui continue de les épater, c'est que les flics étaient déjà venus une première fois ce jour-là, à cause d'une prostituée qui avait été tabassée et qui hurlait en petite culotte dans la cour pour clamer au monde sa fureur et sa peine, insulter son pseudo-fiancé, vrai souteneur, à chaque fois qu'il tentait de la ramener au calme, et exiger de l'aide, des secours, car cette fois on allait voir ce qu'on allait voir, il ne s'en tirerait pas comme ça. Et puis elle avait fini par céder, était rentrée dans la chambre de son tortionnaire et, quand les flics avaient frappé, proposant soutien et aide, en dépit de ses yeux noircis, de ses joues tuméfiées, elle avait affirmé que tout allait pour le mieux et de quoi venaient-ils se mêler ces gros porcs... Et leur avait claqué la porte au nez.

Une fois la voiture de police disparue au coin de l'avenue, Ron Lloyd était demeuré un moment, bras ballants au milieu de la cour de son motel : tout était redevenu calme.

Il avait poussé un soupir et s'était dirigé lentement vers son bungalow.

Sa femme avait profité de son absence pour changer de canal : pétrifiée, son fer à repasser à la main, elle écoutait le jeune interne, beau comme un fonctionnaire de l'administration Reagan, ambitieux de même, déclarer son amour éperdu à la femme de son patron.

Ron s'était approché du poste, avait changé de chaîne, sorti une canette de bière du réfrigérateur et s'était installé dans son fauteuil en osier aux trous comblés par des coussins.

Elle s'était remise à son repassage.

— Ils sont partis ?

— Hum...

— Ils l'ont emmené ?

— Non, la fille est rentrée dans sa chambre et, quand ils ont frappé, elle a répondu qu'on les laisse tranquilles, que tout allait bien.

— Avec son œil amoché et ses bleus plein les bras !

— Nelly, c'est pas nos affaires.

— Si, c'est mauvais pour nos affaires. C'était bien la peine d'ameuter toute la cour à hurler comme une folle, à poil au milieu de l'après-midi. Et qu'il allait la tuer. Les clients aux fenêtres...

— Ils valent pas mieux qu'elle, si tu veux mon avis.

— Et la dame du 27 ?

— A sa fenêtre comme les autres. Une petite distraction en attendant son gigolo.

— Qu'est-ce que t'en sais ?

— J'en ai vu à la pelle et je sais reconnaître les femmes mariées qu'ont un rencard pas légitime.

— C'est une femme qui a de la classe.

— Je vois pas le rapport. Tiens, v'là un client. Il entre direct au parking. Je te parie que c'est lui.

— Ecarte-toi que je regarde. Il est beau, la vache, je comprends la 27. Mais pas à l'aise. Regardez-moi ces petits regards apeurés...

— C'est peut-être la première fois. Les femmes sont plus à l'aise dans le mensonge que nous, c'est la vérité. Allez, vas-y, mon gars, elle t'attend, ta poule. Non, mais c'est pas vrai... Les numéros sont dans l'ordre, mon gars. Simple. Tu montes à l'étage. Voilà, la 27. J'te l'avais dit. Y en a qui vont pas s'embêter cet après-midi.

— Occupe-toi de ton match, Ron, c'est plus de notre âge.

— Parle pour toi, grommela Ron qui alla se chercher une autre canette.

L'après-midi était passé en même temps que le soleil sur les collines de Berkeley. Le jour était tombé en douceur et les lumières électriques avaient pris peu à peu sa place. Une à une, les chambres s'étaient allumées dans le motel du Soleil Levant.

La 27 était demeurée obscure mais certaines personnes préfèrent le noir.

Nelly avait sorti les plateaux télé-dîner de leur emballage, puis s'était exclamée :

— Bon Dieu, y a pas de serviettes à la 27.

— T'inquiète, ils ont autre chose en tête.

— Ah non, ça va pas du tout. Qu'est-ce qu'elle va penser ? Surtout si c'est comme tu penses. Je vais aller leur en porter.

— Tu peux que les déranger. Laisse donc.

— Non, ça va me tracasser à en plus finir. J'y vais.

— Occupe-toi plutôt du repas. J'irai, moi.

— T'es curieux comme un raton laveur.

— Quand je veux te rendre service...

Ron avait saisi la pile de serviettes, traversé la cour, ralenti imperceptiblement le pas en approchant de la porte 27 à travers laquelle aucun bruit ne filtrait. Vraisemblable qu'ils dormaient.

Il s'était gratté la tête, avait frappé un peu rudement. La porte s'était entrebâillée.

Ron avait courbé le dos car il avait deviné que c'étaient des ennuis qui l'attendaient là-derrière. Il avait déposé les serviettes.

— Y a quelqu'un ? Je peux entrer ?

Il avait poussé la porte, appuyé sur l'interrupteur.

La chambre n'était pas trop en désordre. La femme gisait sur le lit, renversée en arrière. Sa position était intenable par un corps vivant. Il ne restait plus grand chose de sa beauté. Elle avait été pilonnée avec un instrument lourd.

L'homme était roulé en fœtus sur la descente de lit. Il respirait doucement.

— Bon sang ! Il est pas mort.

Ron avait saisi le téléphone :

— Nelly, c'est moi. Appelle les flics, ça recommence.

Ils étaient assis sur leurs chaises en plastique tressé devant la porte de leur bungalow quand ils m'ont joué leur sketch tel que j'ai essayé de le transcrire.

Ils répondirent à mes questions avec une certaine lassitude. La femme, c'était la première fois qu'ils la voyaient. Il n'y avait eu aucune arrivée entre la femme et l'homme. Pas de voiture non plus. Ils avaient toujours l'œil aux aguets et rien pour les distraire. Cela avec un coup d'œil appuyé de Nelly à Ron. La femme avait payé pour une journée, enfin une nuit, en principe. En liquide. Elle était seule. Polie, oui, sans plus. Elle n'avait pas à leur raconter sa vie, sans blague. Ils avaient cinq studios loués au mois. Y compris la pute, oui. Le camion de la blanchisserie était passé et c'est tout.

La femme était normale. Juste un petit air de se foutre de la gueule du monde. Genre ironique, c'est ça. Il semblait bien à Nelly qu'elle chantonnait la chanson, là, très connue, *Like a natural woman*, Avec toi, je me sens comme une femme naturelle, quand elle était venue prendre la clé.

Ron grommela que Nelly en rajoutait toujours sur les détails.

Pour ce qui est d'éventuels appels téléphoniques de ou pour la chambre 27, la police avait vérifié. Selon les Lloyd, il n'y en avait eu aucun.

David m'expliqua que, dans un premier temps, en dépit de la blessure très superficielle qu'il avait reçue, Franck — comme il avait pris l'habitude de l'appeler en toutes circonstances afin de protéger son anonymat — était resté sonné.

— Il n'a jamais été très bavard mais là, c'était Fort Knox. Ma mère était K.O. Mes parents ont toujours été très soucieux de Franck et, là, on nageait en pleine tragédie, tout ce qu'ils avaient espéré lui épargner. Je n'ai pas énormément de qualités, mais j'ai du sang-froid. Il suffit de connaître Franck pour savoir qu'il est incapable de faire du mal à qui que ce soit. Même à Blossom. Que tout le monde a décrite comme une innocente enfant malmenée mais qui était une vraie pute, je n'ai pas peur de le dire. Et les putes, un jour ou l'autre ça se fait agresser. Les risques du métier, on va dire.

David doit avoir dans les quarante-cinq ans mais il a gardé un visage d'enfant, dû en partie à son obésité qui empêche la formation de la moindre ride mais aussi à son regard bleu qui semble sans cesse écarquillé d'étonnement joyeux. Même quand il débite des horreurs comme celle-ci :

— Je vous donne un exemple. Un jour, ils ont pris l'avion ensemble, pour aller à NY. Les premières vingt minutes, elle a zieuté un gamin à peine sorti de la maternelle. Ni une ni deux, elle est passée devant lui, regard de braise, elle est allée dans les toilettes et a laissé la porte ouverte pour qu'il la rejoigne. Pendant que cet innocent de Franck lisait William Gaddis. Non, je n'y étais pas mais je connais quelqu'un qui était sur le même vol et qui était soufflé du culot. Comme je lui ai dit, il aurait dû en profiter, elle l'aurait accueilli à cuisses ouvertes. Mais ça, c'est Franck, conclut-il bizarrement.

Sur Sigrid il fut moins catégorique. Sa misogynie restait flagrante. Il la voyait comme une faiseuse d'embrouilles, mais plus intelligente que Blossom, à qui elle ne ressemblait qu'en apparence. Des petites bombes sexuelles aguicheuses mais qui tiennent rarement leurs promesses. Il ne pensait pas qu'elle était morte.

— Parce que l'histoire ne se reproduit pas. Elle a lâché son Hiroshima et puis elle a eu peur des conséquences. Elle va réapparaître quand tout se sera calmé. O. J. ? il est coupable, bien sûr. Mais ça a été un argument supplémentaire pour convaincre Franck de se tirer. O. J. allait être injustement acquitté, Franck devrait payer. Pour compenser. Ma mère qui croit naïvement au système américain souhaitait le procès et la mise au jour de l'innocence de Franck mais il n'avait pas une chance.

La vérité ? Je ne suis pas Einstein. S'il n'y avait pas eu Woolworth et son enthousiasme, j'aurais laissé Franck se défendre en lui trouvant un excellent avocat. Là, j'ai trouvé un mec capable d'obtenir sa remise en liberté sous caution, ça nous a coûté assez cher... Enfin, ça a coûté à Blossom mais elle était morte et après, ça a coûté cher à ma mère mais Franck le lui a bien revalu.

Pourquoi je dis toujours mes parents ? Mais parce

que Franck n'est pas leur fils même si c'est tout comme. Il a été adopté.

Et ses yeux naturellement écarquillés s'agrandirent encore.

— Il ne vous l'a pas dit ? Ce n'est pourtant pas un secret. La presse française n'en a pas parlé ? Parce que ici, ils se sont déchaînés, à l'époque. Ecoutez, j'ai dans le coffre les articles que ma mère a découpés en pleurant. C'est bien les femmes, non ? Ça la fait pleurer mais elle s'obstine. Je vous les laisse en vous déposant à l'hôtel. Vous avez l'air fatigué, dormez un peu. Vous voulez qu'on dîne ensemble ? Non ? En tout cas, lisez, et puis demain vous pourrez voir ma mère, OK ?

Le décalage horaire repoussant le sommeil, je lus les articles découpés par Mme Towne.

Voici quelques-uns des gros titres :

LE FILS DU MEURTRIER DEVIENT MEURTRIER À SON TOUR.

Y AURAIT-IL UN ADN DU CRIME ?

J'AI RENCONTRÉ FRANCIS TOWNE EN PRISON.

LES CONFIDENCES DE L'ACCUSÉ

À SON COMPAGNON DE PROMENADE.

L'ENFANT DU PLACARD EST-IL SORTI

COMME UN CLONE DU MONSTRE PATERNEL ?

Je reproduis ici avec leur accord l'article du *Rolling Stone* qui résumait le mieux l'histoire d'origine.

Nous sommes en 1975. L'écume du mouvement hippie vit ses derniers jours. Deux jeunes gens rêveurs s'installent à San Francisco avec leur petit garçon. Ils ont vécu en communauté, ils ont fait la route de l'opium mais les années soixante sont finies, les années soixante-dix touchent à leur fin et la réalité a repris racine, dans leurs vies aussi.

Le manque d'argent, qu'on appelle la bohème à dix-huit ans, devient une frustration à trente. On allait devenir riches ou de grands artistes et, tout à coup, on n'est rien de tout ça, on n'a plus la naïveté de la jeunesse. On sait que le temps passe et qu'on ne restera pas jeune pour l'éternité.

Lui fumait des pétards. Aujourd'hui, reprenant la tradition des générations précédentes, il boit, et l'alcool le rend mauvais.

Elle pense à son fils, elle essaie de faire front. Elle fait des traductions. La maison ne tient que grâce à elle. Et elle est belle, très belle. Et les hommes la poursuivent.

Et sans doute en a-t-elle assez d'être maltraitée. Peut-être flirte-t-elle un peu. Peut-être va-t-elle plus loin mais lui, le raté, ne souffre pas ce qu'il considère comme une humiliation. Et un jour de folie, il la tue et se suicide ensuite.

Et l'enfant, me direz-vous ?

L'enfant qui a dû entendre les cris, les engueulades, a pris peur. Il s'est caché dans la buanderie de la maison pendant que ces actes affreux étaient commis et c'est la police qui l'a découvert, dans la machine à sécher le linge, apeuré et tremblant, un petit bout d'homme qui n'avait rien demandé à la vie et que le dur à cuir en uniforme a spontanément pris dans ses bras et emmené chez les voisins, bouleversé et ne sachant comment annoncer la nouvelle.

Ce petit enfant s'appelle Francis. Les voisins s'appellent M. et Mme Towne. Ils ont souhaité et réussi à adopter l'orphelin qui les avait toujours considérés comme sa deuxième famille.

Aujourd'hui M. Towne est mort et sa veuve se demande si les cauchemars se transmettent de génération en génération.

Témoignage d'un codétenu :

Francis Towne, je l'ai vu tous les jours pendant une semaine. Il ne dit rien. Il fait beaucoup d'exercice et il se tait. En prison, tout le monde le respectait.

Un jour il m'a demandé pourquoi j'étais tombé. Je lui ai dit : pour un petit braquage mais je suis innocent. Parce que je le suis, vous savez. La preuve, c'est que je suis sorti.

Et il m'a dit : On est tous innocents ici.

Et j'ai trouvé ça super.

Ecrit à la main en dessous du document : Transcription de l'interview télévisée du docteur Mathews.

L'homme est fait de réactions chimiques et d'expériences vécues. Autant certaines qualités sont transmises, l'aspect physique, une intelligence naturelle, autant ces qualités sont transformées par l'expérience.

Ce qu'a vécu Francis Towne enfant est, bien sûr, très traumatisant.

Mais il a été adopté par un couple aimant et dévoué. Il a été chéri et choyé. Il a bénéficié d'une aisance financière qui lui a permis de faire des études. De l'avis général il possède un Q.I. supérieur et il a donc eu tous les moyens de surpasser ce traumatisme.

Cela étant, épouser une femme plus jeune et légère, d'après ce qu'on a pu lire, c'est reproduire, inconsciemment, une situation conflictuelle dont il a pu souffrir enfant, pour la réparer ; mais la situation est plus forte que la volonté et, au lieu de réparer, on reproduit le même comportement pathologique.

Je ne dis pas – rien ne m'y autorise – que Francis Towne est coupable, mais je dis qu'il a le profil du coupable idéal aux yeux d'un jury.

Franck l'orphelin

A mon retour de Californie, j'étais à la fois impatiente et inquiète. J'allais devoir confronter Franck à son mensonge au sujet de ses parents, même s'il n'était que par omission.

Avant de le retrouver à la Santé, je lis la transcription de notre deuxième entrevue.

Il est vêtu, comme la première fois, d'un pantalon de toile kaki et d'un polo noir. Il m'écoute attentivement tandis que je lui fais part de mon protocole : je propose de parcourir en sa compagnie la route qui l'a conduit dans une prison parisienne en ce printemps 2000.

Je précise qu'il peut être emprisonné quoique innocent ou, logiquement, parce que coupable, mais que mon propos n'est pas de trancher. Je veux retracer les choix, car je pense que ce sont bien des choix qui l'ont mené là.

En exposant ce préalable, je me rends compte que ce protocole ressemble à celui proposé par un médecin à un malade qu'il ne compte pas sauver mais dont l'état l'intéresse.

De lui-même, Franck Anger soulève une objection : je n'ai aucune garantie de sa loyauté. Il peut mentir, me mener en bateau.

Argument connu. Le mensonge fera alors partie de ce cheminement qui m'intéresse mais, en fait, ce qui sera très vite clair c'est qu'il n'a pas intérêt à mentir. Car il ne s'agirait alors plus que d'un jeu entre nous, nos entretiens perdraient leur sens et nous avons besoin de sens, lui et moi. Sans parler du reste du monde.

Il recule sa chaise, étend ses jambes en croisant une cheville sur l'autre et sourit :

— Autre chose ?

— Je compte éventuellement publier ces entretiens, sous une forme à déterminer. J'ai besoin de votre accord préalable en sachant que vous pourrez exiger que cette publication se présente comme une fiction, aucun des protagonistes de l'affaire n'étant nommé.

Cette idée lui plaît, il n'essaye même pas de le cacher. Il me confie, d'un air gourmand, qu'il aimerait me voir inventer son histoire, que peut-être ainsi je me rapprocherais plus de la réalité.

De toute façon, il est d'accord pour tout. Il me trouve, à mon habitude, précise et claire. Il ne peut y avoir aucun malentendu.

Après lecture, je décide de ne pas me référer à cette conversation, d'éviter tout reproche. Une fois que nous sommes installés face à face, je me contente de lui raconter comment j'ai pris connaissance de l'histoire de son adoption.

En dépit de ma neutralité, de l'absence totale de sous-entendus dans mon récit, il m'interrompt, prend appui sur la table pour se pencher vers moi, ses yeux vrillés aux miens, la voix basse et urgente, avec les apparences de la colère, seulement les apparences :

— Je ne voulais pas être celui qui vous apprendrait ce passé soi-disant tragique. Tous ceux qui sont tombés sur ces informations en ont tiré des conclusions assommantes. Vous êtes en train de découvrir que mon histoire est d'une banalité terrifiante et cela me désole. Je suis ici aujourd'hui non pas à cause d'une erreur judiciaire, pensez-vous maintenant, mais parce que mes géniteurs m'ont transmis un héritage que je n'avais pas les moyens de refuser.

Mon père a tué ma mère avant de se suicider. Si je vous l'avais appris d'emblée, cela aurait entaché toute votre approche. Pourquoi croyez-vous que j'ai tenté avec Sigrid de recommencer une vie à l'abri des ombres du passé ?

J'ai même imaginé, naïvement, qu'une fois mon passé connu d'elle, je ne risquais rien, je veux dire : je ne risquais pas de la perdre quand elle apprendrait mon passé. Je vous l'ai dit, vous vous rappelez ? En espérant qu'avec vous...

Là, je vous regarde et je ne sais pas. Vous êtes différente. Vous ne réagissez pas comme on pourrait s'y attendre. Cela me fascine.

Je n'ai malheureusement aucun souvenir de la nuit où mes géniteurs sont morts, puisque ma mémoire ne s'est enclenchée qu'après.

Ma mémoire... vous voulez que je vous raconte mon premier souvenir ? Précisément, je suis à mon cours de piano et je bute de façon répétitive sur la mélodie si facile de Mozart, *Ah vous dirais-je, maman...* Mon professeur, M. Liebling, me la joue alors, sans faute, et je suis saisi d'une rage qui fait que mes vrais parents, Arthur et Lilian Towne (*ceux que Franck appelle ses vrais parents sont en fait ses parents adoptifs*), me privent de télévision pendant une semaine, ce que je ressens comme une injustice extrême.

J'ai éprouvé le même sentiment exacerbé vingt-deux ans plus tard. Je devais faire face à la réalité insupportable du meurtre de ma femme et, loin de rencontrer la moindre sympathie, j'étais immédiatement interrogé comme un criminel parce que je reproduisais, par atavisme en quelque sorte, l'acte de mon père.

A sept ans, ma chance a été que mes parents me permettent de reconstruire ma vie sur des bases neuves. A trente ans, ma fuite en Europe, ma nouvelle carrière puis la rencontre avec Sigrid m'ont permis de penser que je pouvais échapper enfin à la malédiction.

En réalité elle m'a rattrapée, puisque ma femme ne s'est résignée à me dénoncer que lorsqu'elle a appris cette part-là de mon histoire. Autrement, elle aurait parié sa vie sur mon innocence. Je le sais.

— N'aurait-il pas été plus simple d'affronter le procès aux Etats-Unis avec de grandes chances d'être disculpé ?

— Vous ne comprenez pas. J'aurais été jugé pour les actes de mon géniteur. Je ne voulais pas payer pour lui. Pareil aujourd'hui. Je ne veux pas retourner aux Etats-Unis parce que je ne veux pas rendre de comptes pour les fautes de mon géniteur. C'est hors de question.

— Y a-t-il jamais eu le moindre doute sur la culpabilité de votre père de naissance ?

— Aucun.

— Vous avez fait des recherches ? Vous vous êtes renseigné ?

— Mon père était un alcoolique notoire. Ma mère

voulait divorcer. Il ne l'a pas supporté. La maison était fermée de l'intérieur. Il m'aurait sans doute tué aussi si je ne m'étais caché dans le séchoir à linge, au sous-sol.

— Vous vous souvenez de ça ?

— Non. Mes parents me l'ont raconté quand des copains de lycée m'ont traité de fils d'assassin. Vous pouvez y aller. J'ai fait deux ans d'analyse, deux ans à tourner en rond dans la convoitise d'un psychiatre arrogant. J'avais mieux à faire de mon argent.

— Comme quoi par exemple ?

— Comme me payer la première édition française d'*Ulysse*.

Il sourit, parfaitement détendu, soleil qu'on n'attend plus après trop de nuages.

Et moi, je me demande pourquoi Sigrid ne mentionne jamais dans ses mails la mort violente des parents de son mari.

Californie

Mme Towne m'a accueillie avec beaucoup de gentillesse dans sa maison nichée dans les arbres, sur les collines de Berkeley. David est resté avec nous tout au long de ce premier entretien.

Elle m'a confirmé la passion de Francis pour les livres. A l'inverse de beaucoup de parents, Arthur et elle auraient souhaité contrarier, un peu, cette passion. Arthur, surtout, craignait que Francis n'y trouve un refuge contre la réalité.

— Il avait toujours un bouquin en poche, ce n'est pas vrai, David ? Je n'avais jamais vu un truc pareil. Il en changeait tous les deux jours. Et il pouvait citer des passages par cœur. Franchement, ça faisait un peu peur. Je lui disais de mâcher avant d'avaler. Ça le faisait rire. Il a toujours eu une mémoire incroyable. Sauf qu'elle a démarré après... après l'affaire. Oui, il a vu un psychologue, après. De toute façon, il fallait, pour l'adoption. Des années plus tard, il nous faisait rigoler avec ça. On pouvait se le permettre, il allait vraiment bien. On n'a jamais aimé la psychologie à la maison et Francis était pareil ! Il disait quoi déjà, sur les rêves, tu sais ?

David, sollicité et obéissant, a cité son frère :

— Il disait qu'il inventait les rêves que le docteur lui suggérait. Il les appelait les rêves Lego.

— C'était exagéré quand même. Il était petit à l'époque, tout juste sept ans quand c'est arrivé. Mais plus tard, il nous a sorti de ces formules ! Tu te rappelles, David ?

Et David, avec un sourire bonhomme, a cité encore :

— Il disait que les psychiatres étaient tous des charlatans qui faisaient leur beurre sur la vanité des hommes. Il disait que tout le monde pense que son histoire est forcément passionnante et pleine de secrets. Il disait que la vie est un parcours d'obstacles et qu'il ne sert à rien de pleurnicher quand on rate ses trois essais. Il suffit de s'entraîner.

— Françis ne se plaignait jamais. Il ressemblait à Arthur pour ça. Plus que toi, non ? Ce n'est pas que David n'est pas doué mais il manque d'obstination. On est d'origine modeste, mon mari a travaillé dur pour tout ce qu'on a. Il n'y avait personne pour nous aider. David a toujours connu la belle vie, l'aisance, quoi.

J'ai ma fiche sur la famille Towne : Arthur Towne a débuté dans la vie comme maçon avant de monter une entreprise de plomberie prospère. Et puis l'affaire a périclité et il est mort dans un accident de voiture, un an avant le meurtre de Blossom. Sa famille laisse entendre qu'il aurait pu se suicider pour qu'ils touchent l'assurance. Sur les photos, on voit un homme de petite taille, massif, très brun, avec quelque chose du taureau, on devine sa ténacité.

Je lui rappelai que Francis aussi avait bénéficié de cette aisance.

— Oui, mais il n'est pas né avec.

David intervint :

— Franck avait le sentiment d'une dette vis-à-vis de mes parents. Comme s'il devait faire ses preuves, étant donné... son passé.

— Vous lui parliez du meurtre de ses parents ?

— Bien sûr que non, répondit David.

Je précisai sèchement que j'avais adressé la question à sa mère.

— Si on lui parlait de l'affaire ? reprit Lilian avant un long temps pendant lequel elle sembla chercher ses mots. Justement non. Il ne voulait pas et, franchement, je ne vois pas ce que ça pouvait apporter à qui que ce soit. Mais il savait au fond qu'on l'avait sorti d'un truc terrible et qu'il devait être à la hauteur. Parce qu'on lui faisait confiance.

Je l'interrogeai alors sur l'adoption. Elle leur avait semblé aller de soi parce qu'ils connaissaient Francis depuis qu'il avait un an. Ils ne se rendaient pas compte des difficultés qu'ils allaient rencontrer. Un juge avait voulu renvoyer l'enfant en France, dans la famille de sa mère, mais ses courriers étaient restés sans réponse.

Les Towne avaient d'abord obtenu le statut de famille nourricière avant de pouvoir officiellement l'adopter et de lui donner leur nom. Une obsession chez Francis, cette histoire de patronyme, d'après Lilian.

J'insistai un peu pour mieux comprendre cette prise en charge qui ne me semblait pas aller de soi. Et Lilian me raconta « l'affaire » de son point de vue.

Les Towne habitaient à l'époque une petite maison dans le bas San Francisco. Les parents de Francis étaient leurs voisins et David et Francis étaient devenus amis malgré les cinq années qui les séparaient. Le drame avait eu lieu un dimanche et, le lundi, David attendait son copain sur le trottoir.

Au bout d'un moment il avait sonné et, comme rien ne bougeait, il était allé prévenir Lilian et c'est elle qui, à la fin, avait appelé la police. Un lieutenant avait découvert Francis endormi dans le sous-sol. Lilian avait recueilli chez elle l'enfant hébété et, dans un premier temps, ils s'étaient proposés comme famille d'accueil parce qu'on ne laisse pas un enfant tout seul comme ça après une histoire pareille.

Lilian est une petite blonde fragile, douce d'aspect. Elle a dû être jolie, de ces beautés qui se fanent soudain. Elle a, de toute évidence, été très marquée par le destin tragique de son fils adoptif mais, curieusement, même lorsque ses mots ou la forme de son récit impliquent une émotion, elle parle de lui avec distance, je dirais presque, une distance inquiète.

— Au début, il dormait tout le temps. Et le psychologue n'y a rien changé. Et puis, quand l'adoption a été prononcée, trois ans plus tard, on a déménagé. C'était impossible de rester à côté de... De toute façon la maison ne nous avait jamais bien plu. Du jour où on a emménagé ici, Francis est redevenu le petit garçon qu'on avait connu. Plus sérieux, c'est tout. Il travaillait dur, il était serviable, et David était ravi d'avoir un frère, hein ?

David acquiesce aussitôt avec enthousiasme.

Sur cette partie de leur vie à tous les quatre, Lilian est intarissable. Les affaires de son mari étaient florissantes, le passé enterré, et elle semblait penser que Francis avait eu une bonne influence sur ce paresseux de David.

Elle est nettement plus réticente à évoquer les protagonistes du meurtre. Quand j'insiste, elle affirme les avoir peu connus, à peine fréquentés.

— Le père de Francis était journaliste. Il était plutôt lunatique, non ?

— Journaliste pigiste, soi-disant. Mais on n'a jamais lu un article de lui et il ne mettait jamais le nez dehors. C'est comme son roman. Un roman qui n'a jamais existé, en réalité.

— C'est vrai, il ne gagnait pas d'argent. Il pouvait être très joyeux mais, une fois la porte de chez lui fermée, il pouvait être violent aussi. Je l'aimais bien quand même.

— Et sa femme ?

— Elle le méprisait, j'en suis sûre. Il l'avait déçue. Elle ne se prenait pas pour une queue de cerise, il faut le dire, malgré tout, non ?

— Ce n'était pas une queue de cerise, non plus, maman ! Francis lui ressemble beaucoup. Physiquement, en tout cas. Ça vous donne une idée.

— Et à votre avis, pourquoi ne l'a-t-elle pas quitté ?

— Elle l'en menaçait quelquefois. Mais elle adorait leur fils. Et peut-être qu'elle croyait que Bob allait devenir un grand écrivain et que leur vie changerait.

— Elle était trop intelligente pour ça, conclut David sobrement.

Cette filiation « littéraire » m'intéressait davantage que la criminelle.

Pourtant, quand j'interrogeai Franck Anger sur le rôle que les livres avaient tenu dans sa vie, espérant ainsi l'amener à me parler de son géniteur, il ne me parla que des Towne, comme si la vie d'avant n'existait pas.

— Il n'y avait pas de livres à la maison. Tout mon argent de poche y passait. Evidemment, je rêvais de devenir écrivain, mais à défaut... J'écrivais des petits slogans idiots qui ne servaient à rien. Ça a été une grande déception pour mon père. Surtout que David n'a jamais eu vraiment envie de travailler dans la plomberie. Il a fait un peu de droit. Après il a tâté de la comptabilité et papa l'a fait travailler sur des chantiers. Il voulait lui faire connaître tous les rouages de l'entreprise. David, c'est un cas. Il est intelligent mais il n'aime pas l'effort. Je crois qu'au fond, il se fiche de tout. Sauf de moi. Il a été formidable avec moi. Généreux. Mieux qu'un frère. Mais bon, il n'est pas ambitieux. Ce n'est pas sa faute si l'entreprise de papa s'est cassé la figure.

— C'est ce que pensait Arthur Towne ?

Franck haussa les épaules comme si je n'avais pas

posé la bonne question. Puis il fit l'effort de répondre précisément.

— Il avait rêvé qu'on forme un tandem de choc, qu'on développe l'affaire et qu'il prenne une retraite paisible comme le *happy end* d'une *success story*. C'est notre culture, vous savez.

— Vos parents, je veux dire Bob et Christine, ne vous avaient rien laissé ?

— Je vous l'ai dit : mon seul héritage, c'est ce foutu meurtre.

— Finalement, vous êtes quand même devenu écrivain...

Sa réponse m'étonna. J'attendais vaguement la confirmation qu'il avait accompli l'ambition paternelle en écrivant des romans. Non, il me répondit avec une sincérité stupéfiante :

— Ecrivain ! Vous plaisantez ?

Woolworth n'a pas le même point de vue que Franck sur son œuvre.

— Si c'était si facile d'écrire des best-sellers, tout le monde en écrirait. Vous en connaissez beaucoup, vous, des auteurs qui n'ont pas envie de vendre ? Je sais, je sais, Franck méprise son propre succès mais je crois que c'est à cause de son problème d'identité, c'est l'autre qui écrit ses livres et il est riche, alors que Blossom est morte. Il a été baptisé, vous savez ? conclut-il comme si cela expliquait tout. C'est David qui me l'a dit.

David me l'avait confirmé :

— Oui, Franck a été baptisé. Sa mère de naissance était française. Il s'en vantait parce que, chez nous, c'est une marque de différence mais ça n'a pas influencé sa vie. Non, pas d'être un peu français, il le cachait, mais d'être catholique. C'est son côté snob, faire partie d'une élite minoritaire...

J'adore Philip, c'est un homme d'affaires remarquable mais il manque de subtilité. Ça a toujours été le problème entre lui et Franck. Pourquoi vous avez besoin de savoir ce que *je* pense de ses livres ? Vous devez bien avoir un avis, non ? OK ? très bien.

Pour moi, c'est de la merde. Ce n'est pas du tout ce que j'attends de la fiction littéraire. Et la tragédie de Franck, une des tragédies de Franck, c'est qu'il le sait. Peut-être que le jour où il se penchera sur la réalité, sur *sa* réalité, il deviendra un écrivain.

J'étais petit mais je me rappelle très bien quand les parents de Franck sont arrivés. Comment ils ont réussi à convaincre le propriétaire de leur louer cette maison alors qu'ils n'avaient ni revenus ni rentes ? A mon avis, c'est Christine qui a dû arranger ce coup-là. D'une certaine façon, elle avait l'air riche.

Librement inspiré d'un récit de David

Septembre 1969.

Une vieille Coccinelle cabossée, qui avait été autrefois rouge mais n'avait plus de couleur officielle. Des baluchons attachés sur le toit, le coffre entrouvert sur des sacs et des valises. Le créneau sur une rue en pente de San Francisco n'est pas chose aisée mais la Coccinelle dut s'y reprendre à cinq fois, le conducteur baissant la vitre jusqu'en bas pour passer une tête furieuse et regarder en arrière où il allait, ce qui, d'une certaine façon, le résumait parfaitement. Comme pour la Coccinelle, on devinait sa couleur d'origine, blond, mais il avait presque rasé sa tête pour dissimuler un début de calvitie. Il avait les yeux sombres, la mine sombre en général, et les passants purent l'entendre jurer de loin et finir par insulter la femme assise à côté de lui :

— Ne descends surtout pas me guider. Laisse-moi me démerder jusqu'à ce que je défonce définitivement cette putain de bagnole qui n'est pas la seule putain dans le voisinage, comme on sait...

David, le petit garçon, regardait ces nouveaux voisins, assis sur la marche qui servait de perron à la maison, pratiquement sur le trottoir. Il était donc aux premières loges pour voir la femme de près quand elle décida d'obtempérer aux injonctions de son compagnon.

Elle était étrangement belle, d'une beauté démodée, ou classique, selon les critères. Elle avait noué ses longs cheveux raides en chignon banane, ce qui lui donnait un air d'élégance bourgeoise alors qu'elle portait un long jupon teint avec une chemise indienne en soie aux dessins psychédéliques.

Elle parlait avec un léger accent que le petit enfant ne reconnut pas, dont il entendit seulement le charme exotique.

Elle avait l'air absent, indifférent, et David devina qu'en dépit de sa grande gueule, son compagnon subissait le joug de cette femme plus qu'il ne lui imposait sa loi.

Puis elle vit David et lui sourit, et il tomba amoureux comme peuvent faire les enfants.

— Bonjour. J'ai un petit garçon, tu sais. Plus petit que toi. Peut-être que vous serez amis.

Comme si elle avait pressenti toute leur histoire.

David, sans rien répondre, s'était brusquement dressé pour disparaître dans la maison de ses parents. Il avait guetté par la fenêtre pendant que la femme allait récupérer un bébé dans son couffin, puis aidait l'homme à transporter leurs hétéroclites bagages.

Les maisons de la rue étaient toutes identiques, hautes de deux étages avec un jardinet sur l'arrière. On se serait cru en Angleterre si ce n'était la pente abrupte.

On entrait dans un petit vestibule qui desservait le living et la cuisine et on aboutissait à un escalier qui menait à deux chambres et une salle de bains, puis au deuxième étage à deux chambres à nouveau.

Les maisons dataient du début du XXe et les murs étaient assez épais pour isoler les familles dans leurs activités.

La femme fit un voyage exprès pour un seul objet, apparemment très précieux, une machine à écrire dans sa housse. David apprit plus tard qu'elle faisait vivre son fils et son compagnon, chichement certes, par des traductions de manuels, modes d'emploi et autres textes pratiques et sans intérêt, ce qui autorisait à son compagnon, l'artiste, à mépriser cette activité dégradante pour l'artiste qu'il rêvait d'être.

David vit grandir Francis. Christine, la maman de Francis, lui manifesta toujours une affection à laquelle il n'était pas habitué. Il avait plutôt l'habitude d'être moqué par ses camarades, déjà trop gros, trop lent, pas sportif, sans compter un léger bégaiement dont il finit par se débarrasser avec l'aide de son petit voisin.

Il trouvait que Francis, enfant, ressemblait à un petit Bouddha, un bébé sérieux et grave qui paraissait toujours considérer le monde de loin.

David avait posé un escabeau contre le mur qui séparait les deux maisons et il n'essayait pas de se cacher pour observer les activités de la maison d'à côté.

Bob mettait rarement le nez dehors. Il se levait tard et, à un moment ou à un autre, il « travaillait ». Pour David qui voyait son père partir chaque matin et rentrer tard le soir, ce drôle de métier qui consistait à rester assis en fumant des cigarettes et, après un certain temps, à vider des canettes de bière, était très mystérieux.

Christine lui avait expliqué que Bob écrivait un livre, un roman, comme on en achète dans les librairies. Elle disait qu'il était doué mais peut-être trop sévère avec lui-même, trop ambitieux.

Le cœur de David s'était serré de jalousie. Il s'était convaincu qu'elle n'aimait pas son compagnon et voilà qu'elle parlait de lui avec beaucoup de respect.

Parfois Bob partait en vadrouille et Christine aidait David à franchir le mur.

Il voyait bien que ses voisins étaient pauvres et, en même temps, rien ne lui avait jamais paru aussi beau, exotique, presque luxueux.

Les propriétaires de la maison l'avaient louée meublée, des meubles en pin de style anglais, mais Christine avait accroché des tentures, avait même couvert le plafond de sa chambre d'une toile de tente indienne lui donnant des allures de campement nomade. Une odeur d'encens régnait à tous les étages.

Christine était habile de ses mains. Elle avait cousu pour Francis un immense matelas bariolé avec des petits personnages découpés comme des incrustations.

Elle s'installait à la machine à écrire après avoir répété ses instructions à David comme à un vrai baby-sitter. Elle lui confiait Francis et elle tapait, tapait sur les touches, incroyablement vite. Parfois elle était fatiguée et ses yeux se remplissaient de larmes quand elle regardait son enfant.

David restait rarement longtemps chez ses exotiques voisins car Mme Towne finissait toujours par appeler du jardin, un peu inquiète. Elle voyait en Christine et Bob des hippies, des drogués, des gens de mœurs libres, voire dissolues, pas le genre d'adultes qu'on souhaite voir ses enfants fréquenter.

David était encore en primaire à l'époque. Il dut redoubler deux fois. « C'est comme si j'avais attendu Francis pour faire le chemin avec lui. » Effectivement, en dépit de leurs cinq ans de différence, entre l'avance de Francis et les redoublements de David, une seule classe finit par les séparer.

Et c'est David qui emmenait Francis à l'école. Christine se levait tard, en général. Elle sortait du lit, le temps de servir un bol de céréales et du chocolat à son fils et, hop, elle se recouchait. Avec Bob.

Oh, quel mystère que les voluptés interdites et mystérieuses, telles que se les figurait David pour qui le lit conjugal n'avait jamais représenté chez ses parents qu'un meuble austère et utilitaire qu'il n'avait pratiquement jamais vu les draps défaits.

Donc, au début, David servait de mentor et de protecteur à Francis jusqu'à ce que les rôles s'inversent.

Francis sut lire à quatre ans, c'était un enfant sage et discipliné, qui opposait à la bohème familiale son aspiration à une vie rangée, rassurante par sa régularité.

David faisait des bêtises, toutes les bêtises. Il trichait à l'école, il volait des bicyclettes et se faisait punir violemment, son père n'hésitant pas à lui coller des volées à chaque fois qu'il le prenait en flagrant délit.

Plus d'une fois Francis le couvrit et même, une fois, craignant sans doute que David ne se fasse proprement assommer, il endossa la responsabilité d'une vitre cassée en haut de leur rue.

Les conséquences furent terribles du point de vue de David car il était assez grand pour comprendre que Bob et Christine n'avaient pas d'argent et que le coût d'une vitre grevait sérieusement leur budget. C'est Christine qui alla remplacer le carreau car Bob avait deux mains gauches, comme disait Arthur Towne en secouant la tête.

David décida alors de se réformer et les Towne durent accepter l'idée que les hippies avaient au fond une bonne influence sur leur fils.

Ils adoraient Francis qui s'était toujours montré un enfant exemplaire, qu'on n'entendait pas. Jamais un cri, jamais une plainte. Pas très sportif en dépit de son physique d'athlète, mais excellent à l'école, et musicien. Christine avait fait réparer le vieux piano dans leur maison et elle donna ses premiers cours à Francis quand il eut quatre ans.

Bob garda jusqu'au bout un caractère exécrable. C'était un homme malheureux, frustré et amer, mais sa violence physique s'arrêtait là où commençait le monde de Francis.

David comprit intuitivement la puissance de Christine qui, sans explication, sans formulation, pouvait obtenir un tel contrôle de la part de son compagnon, même au plus fort de ses rages vociférantes.

Ils n'étaient pas mariés.

Quand David l'apprit, il resta fasciné. Décidément, la belle Christine était une créature libre et rebelle. Mais alors pourquoi restait-elle avec ce type invivable ?

Un autre mystère de cette étrange famille c'est que Francis adorait Bob, malgré tous ses défauts, alors que David n'aimait pas son propre père, malgré toutes ses qualités. En vérité, c'est sans doute la déception et le reproche qu'il pouvait lire dans le regard d'Arthur qui avaient fini par l'éloigner de son propre père.

Il faut dire que, quand Bob n'était pas bourré, il pouvait être drôle et inventif et tendre. Il intimidait David qui descendait rarement de son poste d'observation quand Bob était dans le jardin. L'écrivain irascible était le seul à avoir la capacité de faire rire son petit garçon sérieux. Il lui inventait des contes à dormir debout, jonglait avec les mots en magicien et lui apprenait à observer avec minutie jusqu'au moindre brin d'herbe. Et David finit par penser que Christine restait avec lui pour cette raison, peut-être même dans l'espoir que cette part de lui l'emporterait un jour.

Malheureusement, c'est le meurtre et la violence qui devaient l'emporter.

A force de vivre côte à côte, à force de voir les liens se nouer plus étroitement entre leurs enfants, une forme de convivialité s'était installée entre ces deux couples si dissemblables.

Arthur Towne, homme de tradition, plombier, était, bien sûr, bricoleur comme tout bon mari américain. A l'occasion, il donnait un coup de main à Christine qui devait faire face à tellement de tâches.

Mme Towne déposait parfois sur le perron de Christine des tartes aux pommes, sa spécialité, ou lui proposait, délicatement, un peu d'aide, jamais d'argent directement mais des vêtements que David avait portés – elle ne jetait rien –, ou un mixer en bon état quand elle-même venait d'acheter le modèle le plus récent.

La passion la moins retenue de Mme Towne consistait à acquérir des instruments ménagers.

Intuitivement, David devinait pourtant que sa mère n'aimait pas Christine, se méfiait d'elle, et accordait plus facilement sa sympathie condescendante à Bob.

Donc, le matin du meurtre, David, treize ans, se posta sur le trottoir à huit heures pile. Francis était d'une ponctualité parfaite. Quand, dix minutes plus tard, il n'avait pas paru, David n'hésita pas à sonner à la porte et, quand personne ne répondit, il courut prévenir ses parents. Par chance, exceptionnellement, son père était encore là.

On alla dans le jardin, on appela. Rien ne bougeait à côté et le silence avait quelque chose de terrifiant.

Ils essayèrent la porte donnant sur la rue, qui était fermée à clé. Par la fenêtre on ne pouvait rien voir derrière les rideaux tirés.

David monta sur son escabeau et passa dans le jardin. La porte de la cuisine était également fermée à clé.

Son père le rejoignit, nerveux, inquiet, finit par casser une vitre, ce qui, en dépit des circonstances, réjouit son fils et il ne put empêcher David de voir la scène de carnage dans le salon.

Christine avait été massacrée à coups de marteau, et elle gisait dans une mare de sang où l'avait rejointe Bob qui s'était tiré une balle dans la tête et reposait, crâne ouvert, sur le ventre de Christine presque entièrement dénudée.

M. Towne repoussa son fils dans le jardin. Il appela Francis mais personne ne répondit et ils téléphonèrent à la police, n'osant pas s'aventurer davantage dans la « maison du cauchemar », comme l'appelèrent les journaux.

Police

Non sans mal j'ai pu retrouver l'officier de police Bennett, qui a enquêté sur le meurtre de Christine. Il est à la retraite aujourd'hui. Nous nous sommes installés dans la petite cuisine étincelante, isolés comme au milieu d'un océan, pendant que sa femme vrombissait alentour, un plumeau à la main et des commentaires fielleux plein la bouche. Le métier de son mari avait apparemment été le grand rival de sa vie.

Bennett est un type costaud dont les muscles commencent à fléchir mais il reste impressionnant. Le plus intimidant chez lui, c'est son visage dont la moitié droite semble avoir été compressée par une machine, et je m'agrippais à son œil gauche, à sa joue gauche, résistant à l'attrait de sa part monstrueuse sans laquelle il aurait été plutôt séduisant, dans le genre italien, brun, œil de velours.

Cette affaire l'avait marqué, à cause de l'enfant, expliqua-t-il. Des crimes passionnels, bien dégoûtants, ça ne manque pas au cours d'une carrière, mais cet enfant-là...

Je décidai de lui laisser le champ libre, bien que je fusse venue l'interroger, en priorité, sur la position des deux cadavres et les relevés qu'il avait pu effectuer sur la scène de crime.

... un enfant étrange. D'emblée, Bennett s'était étonné que l'enfant ait choisi le séchoir à linge comme cachette. C'était le lieu de la punition, ce que le père avait trouvé de plus effrayant pour corriger son fils. Et puis, en y réfléchissant, le flic avait jugé Francis drôlement malin de se réfugier dans le dernier endroit où son bourreau irait le chercher.

— Avez-vous des indices qui permettent de penser que son père l'aurait effectivement tué, s'il l'avait découvert ?

— Aucun, mais c'est courant. La femme menace de partir avec l'enfant. Le mari flippe. Il a si peur de tout perdre qu'il préfère tout détruire plutôt que de voir ses biens lui échapper. C'est ce qu'ils croient, ces types-là... Que leur famille leur appartient. Des indices... C'est vrai qu'on aurait dit qu'une tornade avait traversé la maison, des placards ouverts, à moitié vidés, des tables renversées. C'était soit un exutoire à sa rage, soit une chasse à l'enfant. En tout cas, il est mort deux heures après sa femme. On imagine ce qu'ont été ces heures pour le gamin. Mais c'était un trou noir. Il était muet. Littéralement. Pendant quinze jours il a perdu l'usage de la voix. Il communiquait en écrivant des petits mots. Il ne se souvenait de rien. On lui a dit que ses parents étaient morts. Il est resté de marbre. Pas une larme, pas une grimace.

Moi, je comprends. Ça devait être l'enfer, cette vie-là. Le père alcoolique dégoulinant d'affection et puis, d'un coup, vociférant, brutalisant sa femme. Il paraît qu'il n'a jamais touché son fils mais moi je trouve que l'enfermer dans un séchoir pour lui apprendre, c'est pire que des coups !

Il était peut-être simplement soulagé que ce soit terminé. Ce qui est bizarre, c'est qu'apparemment il adorait sa mère. Mais les enfants, c'est mystérieux, et ça dit ce que ça a envie, si ça a envie. Un adulte, on finit toujours par le faire cracher, un gamin...

En tout cas, il est bien tombé avec les Towne. Des braves gens. Ils n'ont pas mérité tout ce qui est arrivé ensuite. Personnellement, je n'y ai jamais cru. Le motel, la femme massacrée, le mari endormi après une égratignure à la tempe. Ça pue la mise en scène.

La mère du petit avait été tuée d'une balle de revolver, puis battue, défigurée, cassée. C'est quelque chose de s'acharner sur un cadavre avec un marteau. Elle était salement amochée.

Lui, l'alcoolique, il était par terre, à ses pieds, en quelque sorte. Il s'était tiré une balle dans la tempe. Il a laissé ses empreintes sur le marteau et une confession écrite. Ça fait faire des économies à la justice. Vous le savez comme moi, tout le monde peut se procurer une arme dans ce foutu pays. Je ne sais pas combien de massacres d'enfants il va falloir pour que ça change. C'est pour ça qu'on est violent, dans la police. On n'a pas le choix. On demande son identité à un quidam, et pan il nous braque. Pas de respect. Rien.

La maison était fermée de l'intérieur. On en a fait le tour. Vous me croirez si vous voulez, mais la mort épaissit le silence. Même si Arthur Towne ne nous avait pas annoncé la couleur, on aurait cherché les cadavres. On a fait les sommations d'usage, un coup de pied dans la porte, et c'était parti. C'était vétuste, je peux pas mieux dire. On a entendu des éclats de rire, c'était bizarre. Dans la salle télé, le poste était allumé et vous savez ce qui passait... *Family Feud*, un jeu où deux familles s'affrontent à répondre à des questions idiotes. Si les membres de la famille s'aimaient avant, après c'est fini. Tous les dysfonctionnements et saloperies exhibés devant le pays. C'était organisé pour. A chaque question, un seul membre répondait. Mauvaise réponse ? Fallait voir la tête des autres, et je ne vous parle pas des insultes... Enfin c'était assez marrant quand même, comme émission. Mais dans ce contexte, ça faisait mal au cœur. Y avait juste un matelas en mousse recouvert d'un tissu, en plus des meubles en pin de la salle à manger. Un côté post-hippies quand c'est plus drôle parce qu'on est vraiment pauvres et largués, qu'on ne fait pas juste semblant en attendant mieux.

Bon, en bas, de l'autre côté, une cuisine ouvrait sur la courette arrière. La table était encore mise pour trois, les assiettes sales, du beurre en train de fondre dans son beurrier en plastique. C'est par là qu'étaient entrés le père et le fils Towne. Donc on a cherché le troisième cadavre après avoir trouvé les deux en bas.

Ecoutez, j'ai vu les photos après. C'était un joli couple. Elle, on aurait dit une Cheyenne avec ses longs cheveux noirs, mais c'était une Française. Un sourire... elle ressemblait à la chanteuse country, vous savez, Linda Cronstadt. Et lui un gars, tout maigre, très grand, une tête de môme, comme ces adultes qui gardent leur figure d'enfant et un jour ils sont vieux, y a pas d'entre-deux. Il avait une tête comme ça, taches de rousseur et nez un peu retroussé.

Mais la mort remet tout le monde à niveau. Les rictus, les chairs froides, la merde, l'urine, les regards vitreux, pour peu qu'il y en ait encore, des yeux. Quelle misère. Quel gâchis. Quand vous voyez la photo après, vous vous dites : ah les cons. Croyez-moi.

Y avait pas d'autre solution. La maison fermée de l'intérieur, les traces de poudre sur la main du type.

Pourquoi j'ai ouvert cette saloperie de séchoir ? Allez savoir. Il était tout replié sur lui-même, la joue posée sur ses bras croisés, et il dormait comme qui dirait de toutes ses forces. Ça se sentait que c'était la seule issue qu'il avait trouvée. Je ne peux pas vous dire. On m'a toujours jugé trop tendre pour être flic mais j'ai pas de honte à ça. Je l'ai pris dans mes bras en essayant de ne pas le réveiller. Il a eu peur en voyant ma tête. J'ai toujours eu la tête de travers. Une histoire de forceps mal manœuvrés mais je lui ai demandé s'il voulait aller voir son copain David à côté et il a bâillé, comme ils font petits, ça leur dévore le visage et il a hoché la tête, j'avais la gorge nouée, je peux vous dire. Vous l'avez vu, non ? Il a toujours ces yeux incroyables, profonds comme des lacs ? Il les avait à l'époque. Il a vu les voitures de flics, l'ambulance devant chez lui, et là j'ai senti la panique, son corps tout tendu, ses yeux écartelés et je lui ai dit qu'on lui expliquerait, qu'il y avait eu un accident. Et Towne l'a pris dans ses bras.

— Il était encore là ?

— Ben oui. Il nous avait appelés et, après, il était resté sur le trottoir. Avec son gamin David, qui était excité comme ils sont quand il se passe quelque chose de terrible. Son père lui a dit de lui ouvrir la porte parce que, avec Francis dans les bras, il ne pouvait pas.

— Et sa femme ?

— Justement. C'est elle qui nous a accueillis quand on a répondu à l'appel mais après... J'ai vu sa tête quand elle a ouvert la porte à son mari et aux deux gamins. On aurait dit un fantôme. Normal, remarquez.

Je l'ai interrogée plus tard, le lendemain, je crois. Elle essayait de ne pas le montrer mais, à mon avis, elle n'aimait pas trop la morte. Une forme de jalousie, je pense.

Un drôle de couple. Un plein rayon de cassettes pornographiques au-dessus de la télé. C'est étrange, la vie qui installe côte à côte des familles si différentes et mêle leurs destins à les confondre.

Apparemment tous les gens qui ont croisé cette Christine en ont gardé un souvenir fort. Et elle en est morte.

Vous seriez étonnée du nombre de victimes dont la première et unique faute a été de sortir du lot. De ne pas être comme les autres. Comme si on les désignait pour la gloire ou le supplice.

J'ai remercié le capitaine. Je l'ai félicité pour sa mémoire, il avait été très précis après tant d'années. Il m'a avoué qu'il s'était un peu préparé pour le rendez-vous et puis, comme il m'avait dit, cette histoire-là l'avait particulièrement touché. Peut-être à cause du suicide après ?

Je ne compris pas de quel suicide il parlait. Le suicide du mari ?

J'étais déjà en train de prendre congé et je m'étais retournée vers lui. J'entendais, en fond, sa femme qui faisait des bruits renifleurs pour marquer sa désapprobation générale, je pense, pas seulement celle qu'elle m'adressait.

Il corrigea que non, il parlait du suicide qui avait eu lieu trois jours plus tard. Il ne s'en était pas occupé parce que ça n'était pas dans sa juridiction, mais il avait suivi l'affaire de loin. Toujours à cause du gosse, sans doute.

Comme une parenthèse, il précisa qu'il avait appelé les Towne régulièrement, pour savoir comment Francis évoluait, tout ça. Jusqu'au jour où Arthur Towne lui avait demandé gentiment d'arrêter, vu que Francis s'était rétabli au mieux et que, pour lui, il valait peut-être mieux ne pas trop remuer le passé. Il avait certainement raison. C'est ce que disait sa femme aussi, que cette affaire le faisait travailler du chapeau. Mais il se sentait lié à ce gamin, peut-être parce qu'il n'avait marqué aucune réticence face à sa tronche de cauchemar. C'était rare, ça.

— Le suicide, vous disiez...

Il avait complètement perdu le fil, me regarda presque interloqué avant de faire la soudure.

En réalité, il s'agissait d'une mort par overdose. Un musicien rock dont on commençait à parler, Ira Doe. Pianiste, chanteur d'un groupe qui s'appelait les Sparows. Il était de San Francisco mais il avait percé sur la Côte est après avoir sacrément ramé. Ils venaient d'arriver pour une série de concerts en Californie quand on l'avait retrouvé mort d'une overdose dans sa chambre d'hôtel. Seulement, d'après les autres membres du groupe, il ne touchait pas à l'héroïne. Il fumait, trippait à l'acide, tout ça, mais jamais à la blanche. Il avait les mêmes yeux que le gamin.

— Je n'aurais pas dû vous en parler. C'est ma femme qui a raison. D'ailleurs l'affaire a été vite classée parce que, dans ces milieux-là, ce genre d'accident était quand même monnaie courante, mais ça m'a fait un flash. C'était une de ces réunions où des collègues viennent présenter leurs affaires, au cas où il y aurait un lien avec d'autres affaires. Un truc d'entraide. Maintenant, il y a les ordinateurs pour ça. Mais j'ai vu la photo du type et, pendant un quart de seconde, j'ai pensé que c'était le père du gamin. Et je n'ai jamais pu me sortir ça de la tête. Voilà.

Police française

C'est moi qui ai sollicité un rendez-vous avec le lieutenant Rapin qui était supposé s'occuper de la disparition de Sigrid Anger.

Sa principale théorie, justification et conclusion consistait à affirmer qu'une personne vivante est beaucoup plus facile à cacher qu'un cadavre.

Donc, Sigrid devait être encore vivante. D'autant que, ainsi qu'il me le précisa d'un ton docte, un mari qui tue sa femme, c'est relativement courant, mais un mari *serial killer* de ses femmes successives, Landru mis à part, c'était rare de chez rare.

Il parlait comme ça, il était très agaçant.

Je lui appris que j'étais peut-être la dernière personne à avoir vu Sigrid avant sa disparition. Ce qui l'intéressa médiocrement.

Je me fis l'avocat du diable. Je l'avais bien déposée devant son immeuble, à sa demande. Pourquoi serait-elle partie ailleurs ?

Et, j'y pensai soudain : où était passé son cabriolet ? Est-ce qu'on avait retrouvé sa voiture ? Elle aurait pu vouloir se faire déposer chez elle pour la récupérer.

Il répondit que la voiture était à sa place, dans le parking.

Je trouvai ça inquiétant. Si elle avait voulu partir quelque part... Il n'y avait que la parole de Franck Anger qui affirmait qu'elle n'était pas rentrée cette nuit-là, lui qui, pourtant, n'avait manifesté aucune inquiétude à rester sans nouvelle les jours suivants. La police avait-elle décidé de le croire sur parole ?

Non, Rapin ne pensait pas que Anger avait fait disparaître sa femme puisqu'il n'y avait pas de mobile. Cet homme intelligent devait bien savoir que son histoire, qui était connue de chez connue, finirait, un jour ou l'autre, par lui péter à la figure.

En plus, sans lui, elle n'était rien. Il n'avait qu'à la quitter et elle était punie.

Il pensait qu'elle avait choisi de disparaître pour mettre Anger dans la panade. C'est même pour ça qu'elle avait laissé sa voiture derrière elle. Le reste...

Bien sûr, elle avait eu un amant. Ce n'était pas interdit par la loi. Oui, Rapin l'avait rencontré, un Américain lui aussi, sans doute rentré aux Etats-Unis maintenant. Il s'était montré coopératif et il n'y avait pas de motif de le retenir en France.

Il s'appelait Dominick Green mais il utilisait divers pseudos. A croire que c'était une mode là-bas. Enfin, dans son cas, c'était justifié. Un journaliste. Qu'il disait ! Mais bon, il avait une carte.

Il couchait avec la femme d'une célébrité. Il faisait son métier.

Son rire gras s'éteignit sans mon aide.

— La lettre que Sigrid Anger a envoyée à son père pour l'histoire de la cave ? Bien sûr que vous pouvez la lire...

La lettre était datée du 11 novembre 1999.

Mon papa d'amour,

Tu avais raison, tu as raison, tu avais raison, tu as raison, j'ai fait une grosse erreur en me mariant. Je t'écris en cachette parce que j'ai l'impression d'être sous surveillance et que je n'ose pas parler au téléphone et que, si j'essaie de te rencontrer, il se passera quelque chose de terrible.

S'il te plaît, ne dis rien à maman. Tu la connais mieux que moi, je ne supporterais pas ses réactions hystériques ou dubitatives. Au choix. Au fond, elle est flattée d'avoir un gendre célèbre et elle refusera qu'il soit un meurtrier, de peur de perdre ce petit reflet de gloire. Je suis peut-être injuste mais sois gentil, ne lui dis rien.

J'ai trouvé dans la cave de notre appartement une malle contenant plein d'articles parus dans la presse américaine il y a cinq ans. Quand Franck s'appelait Francis Towne. Il a été accusé du meurtre de sa femme d'alors et il a quitté le pays, changé d'identité, puis il m'a épousée. S'il avait été innocent, est-ce qu'il serait parti ?

Un article fait allusion à son père qui aurait lui-même tué la mère de Franck et laisse entendre que tel père, tel fils.

Je saute peut-être un peu vite aux conclusions mais il y a de quoi, non ? Si au moins... S'il m'en avait parlé de lui-même, s'il m'avait expliqué, j'aurais pu le croire mais là... Tous ces mensonges.

Et puis, maintenant que je sais ça, son obsession de me garder pour lui, sa jalousie maladive deviennent drôlement inquiétantes. Mon papa, je me sens en danger et j'ai peur. J'essaie de donner le change mais je me demande si je ne devrais pas aller à la police.

Corinne et le frère de Franck savent que je suis descendue dans la cave et peut-être Franck. Si c'était lui qui m'avait enfermée ? Parce que quelqu'un m'a délibérément enfermée quand même.

Est-ce que tu peux me téléphoner et me dire juste : « Oui, je crois que c'est une bonne idée » ou « A mon avis, tu devrais... » Tu comprends ? Pour que, s'il écoute, il ne sache pas de quoi on parle.

Je suis peut-être un peu hystérique mais, honnêtement, je crois avoir de bonnes raisons de l'être.

Je me dis que je devrais trouver le courage de lui parler directement, de lui poser la question mais on ne s'est jamais parlé de rien, le passé, le sien, le mien n'ont jamais été évoqués.

Il ne voulait pas que je lui parle de ma vie dont il disait être jaloux. Ce n'est pas normal. Quand je pense que ça me flattait ! J'aurais dû me méfier.

Il y a d'autres choses dont une fille ne peut pas parler à son père, mais je suis sûre, j'ai toujours été sûre de ton amour. Tu sauras me conseiller et j'en ai bien besoin.

En même temps, l'idée d'un divorce, de repartir de zéro me semble paniquante.

Je suis décidément encore ta petite fille.

Pardon de t'embêter, de tempêter.

J'espère qu'on se reverra bientôt, tranquillement, et que tu pourras te moquer de mes inquiétudes.

Je t'embrasse, très fort, merci.

Sigrid.

Le flic me regarda lire puis conclut :

— Ecoutez, il n'y a franchement pas de quoi se relever la nuit. Qu'il n'ait pas voulu lui en parler, ça se conçoit. Qu'il ait gardé des traces de son histoire, c'est humain.

C'est une maligne, cette petite bonne femme. Elle réussit sans difficulté à affoler son père qui l'adore.

Il secoue le cocotier à sa place, il fait tout le boulot pour elle et elle réapparaîtra quand l'extradition sera décidée.

Oui, à mon avis, il sera extradé, du moment qu'on garantit à la France qu'il ne sera pas condamné à mort.

Quant à l'histoire de sa voiture, il n'y a pas de quoi souffler dans le ballon. Vous n'étiez pas au courant ? Le lendemain de la disparition de sa femme, il a déposé sa BMW chez un garagiste pour une révision avant sa mise en vente. Le rendez-vous était pris depuis quinze jours. C'est d'ailleurs en la prenant au parking qu'il a vu le cabriolet de son épouse à sa place et qu'il s'est étonné qu'elle ne l'ait pas pris pour aller à son dîner. Il m'en a parlé très spontanément.

De toute façon, on aurait découvert des traces de l'épouse dans la BM, ça n'aurait rien prouvé. Non, croyez-en mon expérience. La fumée, c'est l'œuvre de Mme Anger et de personne d'autre, et il n'y a pas de feu à éteindre.

Voilà, il avait fait sa démonstration et ne m'avait autorisée à lire la lettre que pour mieux me convaincre qu'il savait ce qu'il faisait, et au revoir.

Rapin m'était antipathique et la réciproque était apparemment vraie. On se quitta sinon ennemis, du moins pas amis du tout. Quitte à être misogyne, j'aime qu'on soit au moins conscient de l'être.

Je ne mentionnai pas le mystère des coupures de presse relatives au meurtre de Blossom déposées chez moi. Je n'y avais rien trouvé sur le meurtre de la mère de Francis. Apparemment, Sigrid, elle, avait mis la main sur un dossier plus complet. Mais pourquoi Sigrid en parlait-elle à son père et pas à sa copine ? Et pourquoi m'avoir déposé des éléments tronqués ? La réponse à ces questions me livrerait peut-être l'identité de la personne qui m'avait remis le dossier.

Europe, Amérique

Franck me tend la main avec cérémonie. Le temps a été relativement clément jusque-là mais c'est un jour pluvieux, plombé, et même le néon en devient réconfortant dans sa tentative de lutter contre les ténèbres extérieures.

Je centre ma première question sur la France, Paris. Pourquoi ce choix ?

— Ça s'est fait de proche en proche. Le Canada d'abord était pratique, parce que facile d'accès, à cause de mon ami éditeur. Pour cette première partie du plan, j'ai utilisé le passeport de David. J'ai passé la frontière en car. Croyez-moi, ils ne regardent pas les photos de près. Et puis je n'étais pas non plus l'ennemi public numéro un. Pas encore.

Quand j'ai eu l'avance de mon premier livre, j'ai pu me procurer des papiers québécois. Enfin, les acheter. Ce n'est pas compliqué et l'avantage est que je parle français. Ma génitrice, la morte, m'a souvent parlé français, paraît-il, et ma mère m'a encouragé à continuer. Il en est sans doute resté quelque chose. Mais ce n'est pas à cause de la morte. Vous pouvez tout de suite vous ôter cette idée de la tête.

Je voulais m'éloigner du continent américain.

L'Europe, c'était un vieux rêve. Impossible de ne pas en rêver quand on aime les livres, je crois.

Oh oui, David a joué un rôle essentiel dans tout ça. Il m'a poussé à partir et je crois bien qu'il a eu raison. Il m'a filé ses papiers, en dépit du risque que cela représentait et... J'adore David mais il est instable, imprévisible. Il n'a jamais réussi à se fixer un objectif, au grand dam de notre père, mais j'ai toujours pressenti qu'il avait du flair pour l'argent, qu'il le reniflait en quelque sorte. Oui, bien sûr, parce qu'il aime ça. On ne développe de talent que par inclination ou l'inverse...

Comme j'étais devenu l'homme invisible, il m'a représenté. Au début, je faisais semblant de lui donner quelques directives et puis, très vite, je lui ai laissé carte blanche. Nous ne serions pas aussi riches aujourd'hui sans son talent et, oui, je persiste, sans son amour pour l'argent. La morale n'a rien à voir là-dedans. Je n'ai jamais compris quel mal il y avait à aimer l'argent.

Sigrid a été un bon renfort, bien sûr. Ils étaient faits pour s'entendre, ces deux-là. Quand ils parlaient affaires, j'avais l'impression d'entendre une langue étrangère sans racine commune avec la mienne, les miennes.

Moi ? Je ne crois pas aimer l'argent tant que ça, mais il est indéniable qu'il a acheté ma liberté. Mon impunité, je peux même dire. C'est une sensation véritablement jouissive que de ne plus avoir d'existence légale. Je circulais, payais mes impôts sous un nom d'emprunt, signais mes livres par un pseudo. Personne ne savait à quoi je ressemblais. Des journaleux ont essayé de me coincer mais c'est impossible. Je mène, menais une vie absolument banale. Et légère. Je pouvais m'envoler du jour au lendemain.

C'est là aussi que mon mariage avec Sigrid a été une erreur. Elle me lestait.

Oui, l'Europe.

J'ai fait un séjour à Londres où je réside régulièrement. Il est très difficile d'y avoir une vie sociale sans investir beaucoup de temps et de régularité. L'Allemagne n'est pas pour moi. Les Italiens m'agacent. Bon, je ne vais pas faire un état des lieux général. La France est en équilibre entre tous ces pays et l'attrait de la langue et des femmes aussi... Il règne encore ici une atmosphère de séduction qui est un baume après les Etats-Unis.

Jusqu'à Sigrid, j'ai connu des aventures sans lendemain, assez formelles. Jamais plus de quelques mois. Ma vie sociale ? C'est très simple. David prenait contact avec mon éditeur local qui s'empressait de lui ouvrir quelques portes ; il m'introduisait à son tour. Je suis bien élevé, cultivé, je plais aux femmes, qualité essentielle pour circuler aux bons endroits. Oh non, j'ai fait mon trou sans difficulté. J'ai également acquis la réputation d'un Don Juan, une réputation qui participait à ma « légende ». Et mystérieux. Je disparaissais parfois, je me disais fils de famille, et je m'étais inventé une histoire qui prenait sa source en Alaska car, je ne sais pas si vous avez remarqué, mais on ne rencontre jamais personne qui vienne de l'Alaska.

Mais Sigrid, Sigrid, je l'ai rencontrée tout seul.

J'allais souvent au Harry's Bar, quand j'avais

envie de parler ou simplement d'entendre parler ma langue. Vous avez vu Sigrid. Vous avez vu comment elle se tient, comme les enfants, le ventre en avant, les mains aux hanches mais en retrait comme pour cacher ses ongles. Et puis elle se mord la lèvre quand elle est perplexe et un petit bout de langue pointe à la commissure.

Et là, elle pleurait, en plus, une vraie môme avec un gros chagrin. J'ai fondu. Avant même qu'elle n'ouvre la bouche.

Je l'ai invitée à dîner. Elle m'a raconté sa vie. Je l'ai raccompagnée. Oh, sans surprise. Je n'avais pas esquissé le moindre geste équivoque. Je l'ai emmenée un week-end au bord de la mer, deux chambres séparées nous attendaient à l'hôtel. Elle ne savait plus que penser. C'est elle qui est venue frapper à ma porte pendant la nuit avec son petit visage chiffonné d'inquiétude.

— Et vous avez eu envie de l'épouser tout de suite ou bien...

— Je n'avais aucune intention de l'épouser, vous imaginez bien. J'avais organisé ma vie de façon quasi parfaite. Cette jeune fille me ravissait... c'est sans doute idiot mais j'étais définitivement guéri du mariage. Que je croyais. Parce que... Comment dire ? Elle était formidablement naïve. Sous ses airs délurés, elle ne connaissait rien à la vie et j'étais... pas Dieu, vous allez me prendre pour un mégalomane, et le Père Noël ce n'est pas une image très sexy, mais, tant pis pour la mièvrerie, c'était une petite fleur qui s'ouvrait aux rayons de mon soleil.

Et j'ai eu envie, très fort, de l'abriter pour toujours. De faire en sorte que la vie ne la blesse jamais.

Son prince charmant devait l'épouser. C'est comme ça dans les contes. Je ne peux m'empêcher de marquer mon incrédulité.

— Sans doute étais-je immensément naïf. C'est ce que vous croyez. Mais son regard confiant et neuf me transformait. Me lavait sans doute de mon passé. Elle était la clé de ma nouvelle vie. Je décidai de nous enfermer dans le bonheur. Car elle était heureuse, je vous assure. Et moi aussi. A part les quatre heures par jour où je pissais ma copie, j'étais tout à elle et elle tout à moi.

Le silence tombe sur la petite pièce vibrant de l'écho toujours plus faible de ce bonheur passé. Je ne bouge pas, regarde son visage détendu, habité d'images qu'il ne veut pas partager avec moi.

Je reprends le fil, me sentant horrible dans le rôle de la représentante d'une réalité blessante, inévitablement blessante. La femme mûre, raisonnable, rationnelle. Sans séduction. Pas l'exquise jeune fille dont la naïveté a transformé le cynique en prince charmant. Ma voix est sèche.

— Mais ça n'a pas duré.

— Oh si, ça a duré. Mais... vous avez lu ses mails. Elle est intelligente sous ses airs incultes. Peut-être a-t-elle grandi, malgré moi, malgré mes rêves. Ma maturité me permettait de mesurer la supériorité du rêve, son immaturité l'a fait céder à la tentation de l'expérience. La constance de mon amour, le miroir flatteur que je lui tendais tous les jours la lassèrent, je crois, du fait même qu'elle ne pouvait pas craindre qu'ils lui fassent défaut. Je croyais nourrir son innocence mais je gavais sa vanité.

Elle avait accepté que je ne nous encombre pas de mon passé. Je croyais l'avoir convaincue que ma vie d'avant ne pouvait qu'être une ombre projetée sur notre présent, elle commença pourtant de me questionner, suscitant ma mauvaise humeur. Et un jour, nous étions en Italie, sur le lac de Côme, un séjour de rêve. Oui, elle avait arrêté de travailler, à ma demande.

Tandis que je tapais sur mon clavier, comme chaque matin, je reçus un coup de fil inquiet de David, que je voyais beaucoup moins qu'avant, en dépit de ses fréquents séjours en France.

Les parents de Blossom avaient engagé un enquêteur privé pour retrouver ma trace. J'essayai de le rassurer. Même alors, je n'y croyais pas. Lui, si. Il tenait à me voir. Je le sentais au bord de l'hystérie, je craignais ses initiatives. J'acceptai de le rencontrer à Paris le lendemain. Bref, Sigrid bouda, elle se trouvait très bien en Italie. Pourquoi ne pouvais-je pas aller à mon rendez-vous de travail tout seul et la rejoindre ensuite pour prolonger notre séjour ? Je reconnais que j'avais tendance à céder à tous ses caprices. Je cédai donc, et à peine avais-je le dos tourné qu'elle essaya sa liberté toute neuve.

Ce n'était rien de grave mais comment aurais-je pu le savoir ? Au lieu de m'absenter quarante-huit heures, j'abrégeai mon séjour en France de moitié. Espérant la surprendre par mon retour surprise, je trouvai la cage vide et l'oiseau envolé. Rien de grave, je le répète. Elle était allée danser avec un garçon de son âge qui la raccompagna sagement à notre hôtel au petit matin.

Je lui fis une scène terrible qui se termina dans les larmes et les baisers. Du cliché, du terrible cliché. J'aurais dû voir le plaisir qu'elle y prit. Cela aurait dû m'alerter. J'aurais pu réorganiser notre mode de vie. Et d'ailleurs, dans une certaine mesure, je tentai d'accommoder ses humeurs car, de retour à Paris, j'acceptai qu'elle s'occupe à décorer mon appartement dont j'aimais tant la neutralité. On ne dira jamais à quel point l'écueil premier du couple, c'est le compromis. Le compromis finit par devenir un mode de vie et le cortège qui le suit est composé de regrets et de rancœurs.

J'ai oublié de vous dire qu'un des signes de la rébellion de Sigrid consistait à me reprocher notre mariage en catimini, qui avait blessé ses parents et ses amis. Alors qu'elle avait établi une distance maximale avec sa famille, dont elle souhaitait s'émanciper, et n'avait, de fait, qu'une seule amie, sa collègue Corinne, à qui elle envoyait des mails assidus et qui, à mon avis, a eu sa part dans l'effondrement de mes projets.

Donc, elle tenait son rôle de femme au foyer, et elle voulait les clés de toute la maison, comme la femme de Barbe-Bleue... Ne faites pas cette tête-là, je sais très bien que tout le monde est tombé d'accord sur cette référence me concernant, en dépit de cette différence de taille : je n'ai tué personne. Donc les clés, donc la liberté d'aller partout, y compris... dans la cave.

J'y résistai, elle s'est donc obstinée et a trouvé

l'accès pendant une de mes absences. C'était en novembre, je crois, en novembre dernier. Je n'imaginais pas, je dois dire, qu'elle puisse aller fouiner comme ça.

Moi, je ne l'aurais jamais fait.

Aller dans sa messagerie ? Je ne pourrais même pas en considérer le projet...

Ah, ça ? Mais c'est elle qui m'a fait parvenir un message qui lui était adressé. C'était tellement enfantin comme provocation que je ne le lui ai même pas mentionné. Ce qui a dû la décevoir. Oui, j'ai trouvé sur ma messagerie un courrier amoureux signé D. et qui, clairement, ne m'était pas adressé.

Tel que je l'ai interprété, elle m'envoyait un message : si toi tu ne m'aimes pas, d'autres pourraient bien prendre la place laissée libre...

Il secoue la tête comme s'il n'en croyait pas ses oreilles avant de poursuivre :

— J'avais entassé dans des malles des manuscrits inachevés ou inaboutis, les coupures de presse que vous savez, de la documentation parfois macabre, c'est mon boulot qui veut ça, un peu de courrier et quelques traces de mon passé que j'ai eu la faiblesse de conserver, dont certaines que David, à mon insu (il a le double de toutes mes clés), avait collectées. Donc, pour répondre à votre question, on peut dire que la curiosité et le manque de confiance de Sigrid sont les toutes premières causes de ma présence ici devant vous. Et pas le contraire.

L'alter ego

— Ce mariage a été une vraie connerie. C'était évident pour tout le monde, sauf pour eux.

Impossible de savoir si David parle du premier ou du deuxième mariage. Cette conversation a lieu lors de son premier séjour à Paris. Curieusement, nous n'avons pas eu les mêmes aux Etats-Unis et en France. Les thèmes étaient différents. Les Etats-Unis appartenaient au passé, à l'enfance, la France au présent, à l'âge adulte.

Je l'ai rencontré à plusieurs reprises, malgré ses réticences, et toujours au même endroit : la Closerie des Lilas dont il est un habitué. Il parle français plutôt bien, en dépit d'un accent qui le rend parfois incompréhensible.

Notre premier rendez-vous parisien a eu lieu à onze heures du matin, heure à laquelle je l'ai vu avaler, sans sourciller, deux scotches sec. J'ai pu observer à plusieurs reprises que sa jovialité de bon gros se mâtinait alors d'agressivité. Il venait de découvrir que Franck avait vendu sa voiture et il trouvait que c'était une erreur de première. Pour lui, en tout cas. Il finit par rire de son propre égoïsme.

Extrêmement protecteur vis-à-vis de son jeune

frère, il me considère comme une intruse maladroite qui s'amuse à remuer une boue qui s'est depuis longtemps déposée, laissant limpide la vie de Franck Anger. Mais le désir de Franck étant sa loi, puisque Franck le désire, David me voit.

Il me confirme avoir joué un rôle décisif dans le destin de son frère. A force de tout gérer, il est devenu l'intermédiaire de Franck avec le monde extérieur.

— Aujourd'hui, la bouchère du coin se fait lifter, alors ce n'aurait pas été une telle affaire que Franck se refasse la tête de son choix. Oui, c'était une idée de Philip au départ. Enfin, bon, vous l'avez vu. La vanité n'épargne personne, lui moins qu'un autre. Peut-être qu'il s'imagine qu'il a mérité sa belle gueule, allez savoir. Il m'a suivi sur beaucoup de choses, mais sur ce terrain-là, *niet*. Et ce n'est pas faute d'avoir insisté ! Il y aurait gagné en liberté. Mais j'ai fini par comprendre que sa liberté c'était sa solitude, apparemment subie, mais qui, au fond, l'arrangeait bien. Ce n'est pas le champion des rapports humains. Il ne comprend rien aux gens. C'est un intellectuel. Blossom, c'était typique. N'importe qui aurait dit : j'ai rencontré un canon, rien dans la tête tout dans les hanches. Non, lui, il me dit : j'ai rencontré *Le Lys dans la vallée*. C'est un roman français. Je ne l'ai pas lu mais Franck me l'a raconté.

Il la voyait comme un ange de pureté et, du coup, elle y a cru. Alors que c'était une petite gamine comme il y en a des millions, avec des petits rêves et des petites possibilités. Même sa beauté n'aurait pas tenu le coup. Aucune classe. De la fraîcheur mais une fois passée la date limite d'utilisation... Une enfant ? Rien du tout. Une roublarde, oui, et une cossarde. Qu'est-ce qu'elle a vu ? Le plus beau mec du coin et qui, en plus, était un artiste comme papa.

Franck ne lui a jamais demandé d'arrêter ses études. D'ailleurs, il ne lui a jamais rien demandé. D'abord, lui, il bossait, et en plus il avait décrété qu'elle était parfaite, *Le Lys dans la vallée* encore un coup. Ce que croit Franck doit être : c'est son évangile personnel. Il était comme ça à vingt-six ans, et raccord aujourd'hui. C'est sa force et sa faiblesse. A part ça, je l'adore. Loyal comme tout. Il m'a sauvé la vie plusieurs fois, avec toutes les conneries que j'ai pu faire. J'ai toujours été plus jeune que lui en dépit de nos âges réels. Il m'a toujours couvert vis-à-vis des parents et le reste. Mais bon, c'est une autre histoire. On a déjà examiné ce terrain-là à San Francisco.

Après le meurtre, c'était du Franck ronéotypé. Puisqu'il était innocent, ce serait prouvé. Point.

L'avocat général n'avait qu'à faire circuler une jolie photo de Blossom, plus les parents qui voulaient la peau de leur gendre, les témoignages sur la jalousie de Francis, leurs engueulades, cette histoire « incroyable » du coup de fil anonyme et de la présence dans son dos. Vous avez lu ses romans ? Il sait faire mieux que ça, en terme de crédibilité. S'il avait voulu inventer, il aurait raconté autre chose.

Pour le convaincre, je lui ai parlé du meurtre de son père. C'est un sujet tabou mais aux grandes causes, les grands moyens.

Vous vous rendez compte que pas une fois il ne m'a interrogé sur eux. D'accord c'était cracra mais de là à faire semblant que ça n'existait pas. Ecoutez, je peux respecter la pauvreté. Mon père a été pauvre. Mais eux, ils étaient pauvres parce qu'ils le voulaient bien. On joue aux artistes et puis on vient pleurnicher quand la vie vous rattrape. Francis, c'est un artiste. Un vrai. Maintenant qu'il en a les moyens, s'il veut écrire autre chose, il peut. Pas comme l'autre, le pochetron qui jouait les terreurs dès qu'il avait un coup dans le nez. Il s'enfermait pour écrire sa grande œuvre. Il ne fallait plus entendre une mouche voler dans la maison. C'est pour ça que Franck venait si souvent chez nous. Au moins, il pouvait parler, jouer, normal.

Sa mère, elle, faisait des traductions du français ou en français. Pas de la littérature, non, des manuels, des trucs techniques. C'est pour ça que Franck est bilingue. Elle était française. Mais elle ne parlait pas beaucoup. Une femme humiliée, à mon avis. Elle apportait toujours quelque chose pour remercier maman de s'occuper de Franck, des fleurs, une vinaigrette, elle préparait très bien les vinaigrettes. Ou alors elle proposait de s'occuper de son repassage, mais elle n'acceptait rien pour elle. Jamais.

Pourquoi elle restait avec l'autre ? Pour son fils, à mon avis. Oh, évidemment, comme tous les minables, il hurlait qu'il en avait marre de se casser le cul pour élever son bâtard, mais ça veut pas dire qu'il n'était pas le père.

Même mon vieux, ça lui arrivait de dire des trucs équivalents parce que j'avais foiré un examen ou autre chose. Ça ne veut rien dire.

Mais Franck était spécial, déjà petit. Doué. Il a

toujours bossé mais il était doué. Ça aide. Doué, ça veut dire doué, bon en maths, bon en anglais, bon en langues, bon au piano. Y a qu'avec les gens. A la fois méfiant et crédule, ça joue de drôles de tours.

Enfin, bon, un jour je suis allé jeter un œil sur la grande œuvre du pochetron. C'était un hasard. Il avait oublié la clé sur le tiroir. Vous me croirez si vous voulez, il y avait une seule phrase écrite plein de fois : « Saturne n'en finirait jamais de dévorer ses enfants. » Inoubliable, non ?

Ecoutez, personne ne m'a jamais demandé mon avis mais ce que je crois, c'est qu'un jour sa femme est tombée sur le manuscrit et le lui a collé sous le nez. Pour ça il aurait pu la tuer et se tuer après, parce que cette illusion-là c'est tout ce qui le retenait à la vie. Voilà ce qui se passe quand vous fondez votre vie sur un mensonge.

Mais non, je ne pense pas à Franck en disant ça. Vous avez l'esprit mal tourné, franchement.

Christine, croyez-moi, elle était d'un autre tonneau. La grande classe. Jamais compris comment elle s'était retrouvée dans un merdier pareil. Une aristocrate. Très spéciale. La soie et les dentelles pour elle, pas cette espèce de raté tyrannique qui ne pouvait lui offrir de la viande qu'une fois par semaine. C'est pour ça qu'elle était devenue végétarienne.

Bien sûr, j'étais amoureux d'elle. Vous imaginez, grandir à côté d'une femme comme ça ! Vous avez vu ma mère ?

Quelques faits

Je ne prétends pas rechercher la vérité. Je ne peux que traquer les faits. Seule la justice ose prétendre qu'établir les faits, c'est établir la vérité. La vérité est plus complexe.

Les récits des uns et des autres sont ma source première mais j'avais besoin de données objectives. Justement parce que Franck les avait niées toute sa vie. Ça n'a pas été sans mal, mais j'ai réussi à recouper des faits concernant Bob et Christine.

Robert Wright était natif de l'Oklahoma. Il est né juste avant le départ de son père parti défendre la démocratie en Europe. Ronald Wright, revenu médaillé, progressa rapidement dans la Fargo's Bank, jusqu'à devenir directeur de succursale. Sa mère élevait ses trois enfants. Robert alla étudier à Berkeley grâce à une bourse. La guerre du Viêt-nam n'était jamais rassasiée de chair humaine. Monstre insatiable, il lui en fallait toujours plus.

Comme la majorité de ses copains, Bob réussit à se faire exempter. Son père, ce héros d'une guerre plus légitime, refusa ce qu'il considérait comme une lâcheté et la rupture entre eux fut consommée. Bob resta en Californie. Avec un copain chimiste, il monta un business de fabrication et de vente d'acides. Il semblerait que sa rencontre avec la mère de Franck fut déterminante. Elle l'encouragea à sortir de l'illégalité pour se consacrer à l'écriture de son roman mille fois médité qui devait retracer le parcours initiatique d'un jeune appelé au Viêt-nam. Il envisageait la guerre comme une métaphore du dieu Saturne dévorant ses enfants. Il avait collecté des récits, en particulier celui d'un de ses meilleurs amis, mais cette expérience de seconde main avait sans doute rendu l'écriture de son roman difficile, même impossible, s'il faut en croire David.

Il est plus délicat de retracer l'histoire de Christine. Tout ce que j'apprends, dans un premier temps, c'est qu'elle a rencontré Bob alors qu'elle vivait dans une communauté de Heightbury en plein *flower power*. Elle prétendait être d'origine indienne en dépit de son accent français. Elle s'inventait une histoire différente selon ses interlocuteurs. Le plus probable est quand même qu'elle s'était laissée entraîner à dix-huit ans par un dealer pour qui elle avait transporté de la drogue jusqu'en Californie et avait alors décidé de faire sa vie à San Francisco. En 1968, année de naissance de Francis, Robert partit réconforter sa mère après la mort de son père.

Rien n'interdit de penser que le chemin de la Française et du futur écrivain se sont croisés à cette époque, rencontre dans un lit, et que Robert ne découvrit sa paternité qu'à son retour. Le fait demeure qu'ils ne s'installèrent en ménage qu'en 69, alors que Francis avait un an. Ils ne se marièrent jamais. Francis est officiellement né de père inconnu. Mais sa mère le présentait comme Francis Wright.

On peut craindre que la vérité ne soit enterrée avec Christine.

Forte de ces informations, je tente de titiller David.

— Vous voyez, dis-je pour le relancer, c'est une contradiction. Vous adoptez un point de vue moral sur le mensonge et pourtant vous êtes carrément hostile à mes recherches sur l'histoire de votre frère. Au pire, c'est la vérité qui pourrait sortir du puits.

— Vous êtes comme ces foutus psychanalystes qui ont provoqué tellement de dégâts dans mon pays. Regardez. Vous fouinez dans une histoire ancienne, celle de la mort des parents de Franck, comme s'il fallait remonter aux origines les plus éloignées pour déchiffrer le présent. Pourquoi vous arrêter en si bon chemin ? Remontez à Adam et Eve et n'en parlons plus. Moi, je me bats pour que Franck ne soit pas extradé parce que je sais qu'il ne sera pas jugé sereinement. Lui m'aide du bout des doigts. J'ai presque l'impression qu'il souhaite en finir, comme s'il était résigné. Franchement je me demande si vous ne jouez pas un rôle dans cette démoralisation. S'il vous voit comme une distraction pour passer le temps, pourquoi pas ? Mais si ça focalise toute son énergie...

— Vous croyez à sa culpabilité ?

— Non. Même si je pense qu'il aurait eu toutes les raisons du monde de la faire disparaître.

— Imaginez qu'au bout de mon travail je rencontre l'assassin véritable...

— Vous m'avez dit que vous ne faisiez pas une enquête.

— Ça pourrait arriver quand même, et alors ça résoudrait tous vos problèmes, non ?

— Ici ? A Paris ? Cinq ans après ? Soit vous êtes d'une arrogance folle, soit vous avez plus d'humour que je ne croyais.

Franck Anger

La conversation qui va suivre eut lieu au retour de mon deuxième séjour en Californie. Quelque chose avait changé, que je vais tenter d'élucider en préambule.

Franck Anger, rassuré peut-être sur l'honnêteté de ma démarche, était prêt à s'ouvrir davantage. Contrairement à ce que David avait sous-entendu, je n'étais pas devenue son divertissement premier, focalisant toute l'énergie qu'il aurait mieux utilisée ailleurs ! Nous n'en étions pas moins insensiblement passés d'un rapport de méfiance, voire d'agressivité, à un abandon né de ma propre détente.

Un jour, il m'avait dit, d'un ton très dur : « Heureusement que vous n'êtes pas mon type ! » et j'avais répliqué : « En effet, je ne suis pas une bimbo de vingt ans que vous pouvez dominer sans effort. » Nous nous étions regardés, haineux presque, et il était sorti sans poursuivre l'entretien.

Cet épisode m'avait humiliée parce qu'il m'avait obligée à considérer que mes sentiments débordaient de plus en plus ma démarche professionnelle. Je n'allais pas au-delà du terme assez vague de « sentiment » mais il faut bien que je mentionne ce brouillage des ondes qui commençait à intervenir dans mon histoire. Tout ce que je glanais, les informations que je récoltais venaient d'abord renforcer ou fragiliser mon sentiment. Le paradoxe, c'est ma conviction, aujourd'hui, d'avoir plongé au fond du puits de la vérité avec davantage d'élan parce que le sentiment m'y a poussée.

Je souhaitais désespérément croire en lui sans pour autant rester sourde aux assourdissantes similitudes entre les deux disparitions, celle de Blossom et celle de Sigrid. Similitudes d'autant plus bruyantes qu'elles concernaient essentiellement leur rapport avec Franck.

L'une et l'autre avaient manifesté leur indépendance, l'avaient marquée plus particulièrement un soir et n'avaient plus jamais été revues ensuite.

Sigrid reviendrait peut-être – je restais accrochée à cet espoir – car le contraire ne pouvait qu'entraîner des conséquences graves pour Franck. C'est dire à quel point j'étais déjà de parti pris : j'entendais bien le protéger.

Blossom Farrow avait vingt ans quand elle a épousé Francis. Son père, rock star, avait été de tous les combats de sa génération : opposant à la guerre du Viêt-nam, sympathisant des Panthères noires, avant de se rabattre sur la défense des droits civiques, de soutenir la campagne de McGovern et, aujourd'hui encore, sans être aussi radical, il est resté un libéral au sens américain du terme. Sa mère, Randy, avait été une groupie peu farouche avant de réussir à alpaguer la future vedette, juste au moment où elle commençait à décoller.

Blossom a été élevée dans un climat de liberté et de tolérance, jusqu'à sa décision d'épouser Francis. Il n'était pas question pour ses parents d'interdire ce choix mais ils ont, semble-t-il, argumenté tant qu'ils ont pu contre ce mariage. Ils auraient préféré qu'elle s'essaie d'abord à la vie commune mais qu'elle n'aliène pas, si jeune, sa liberté. Elle était fascinée par Francis, m'a dit sa mère quand je l'ai vue à sa sortie du centre de désintoxication Betty Ford. Ils n'avaient rien contre le jeune homme qui était intelligent, responsable, cultivé mais il était « comme une lune noire, quand elle évoquait plutôt un soleil au solstice d'été », m'avait précisé John. On reconnaît le style du rocker.

L'un comme l'autre évoquent un rapport fusionnel entre les deux jeunes gens. Elle s'était coupée de ses amis, avait arrêté ses études. « Il la dominait totalement. » Elle s'était réveillée au bout de trois ans, et avait voulu reprendre sa jeunesse là où elle l'avait laissée, retrouver l'insouciance d'antan.

Elle a pris des cours de théâtre, a participé à des spectacles. Ses parents ont soutenu ce retour à l'indépendance. Ils sont persuadés que Francis ne l'a pas supporté. Sa culpabilité ne souffre pas le doute, surtout pour John. Ils admettent l'éventualité qu'elle ait eu des amants, démarche logique pour se trouver, puisqu'elle était vierge lors de son mariage. « A vingt ans ! » soupirent-ils incrédules... Eh oui, les temps avaient changé, non pas comme Dylan l'avait annoncé mais dans une bascule qui enjambait allégrement les années soixante. John et son ex ont d'ailleurs gardé, chacun à sa façon, une vision du monde assez proche. Curieusement, elle est moins nostalgique que lui, alors qu'elle semble avoir plus de mal à affronter ce tournant du siècle que lui. Sans doute parce qu'il est caméléon alors qu'elle est plutôt persistante.

Francis leur avait reproché, à l'un et à l'autre à tour de rôle, de tout faire pour le séparer de sa femme. « Nous ne parlions pas la même langue », m'a précisé John tandis que je me demandais qui pouvait partager le style métaphorique du rocker inspiré. Puis il continua son portrait de Francis :

— Il était très tendu mais très contrôlé. C'est quelqu'un qui n'est pas en contact avec ses émotions, alors un jour, forcément, ça explose. Nous n'avons rien vu venir, Josépha et moi. Josépha adorait ma fille autant que si ça avait été la sienne, elle aurait tout fait pour elle mais elle a été aussi soufflée que moi. Parce que Blossom aimait Francis. Elle n'a jamais envisagé le divorce. C'est lui qui en a parlé le premier et elle était effondrée. C'était du chantage. Il voulait lui faire peur pour la reprendre en main. La veille de sa mort elle est venue dormir chez nous. Elle était très déprimée. Elle s'est enfermée dans sa chambre de jeune fille. Le matin elle est partie courir et, au retour, elle était métamorphosée. Elle a pris un air mystérieux pour dire que tout allait s'arranger et elle est partie. Au milieu de la nuit, la police nous a appelés pour nous annoncer qu'elle était morte.

— Vous savez, m'a dit Randy, la première femme de John, j'ai toujours pensé que nos enfants ne nous appartenaient pas, que leur disparition était inscrite dans leur vie, que c'était le prix de la liberté. J'ai souvent évoqué, pour me donner de la force, la disparition de ceux que j'aime, mais quand ça arrive en vrai...

Cette femme lucide et dure, apparemment cynique, les cheveux noués à la diable, son visage lisse de tout maquillage, s'est dissoute à mes yeux. La bouche lasse, isolée du monde par la douleur, elle a laissé ses traits marqués s'effacer dans un gonflement de chagrin.

Voilà.

Au retour de mon deuxième voyage en Californie, je résume à Franck ce qui précède. Il m'écoute attentivement, comme toujours.

— C'était un coup de foudre, commente-t-il froidement. Celui de deux jeunes gens sans expérience qui croient que l'amour fou est une garantie contre la médiocrité du quotidien. Blossom était ravissante, pas besoin d'être expert pour s'en rendre compte. Je veux dire qu'elle ne passait pas inaperçue. Mais son vrai charme, pour moi, était qu'elle semblait n'en avoir aucune conscience. Ce qui est une absurdité puisque, à longueur de journée, elle subissait la jalousie des autres femmes et le désir des hommes. En réalité, elle m'avait choisi pour tenir le rôle du miroir, comme dans Blanche-Neige : « Oui, tu es la plus belle... » Et j'ai pu la rassurer tant que j'y ai cru. Le miroir du conte ne saurait mentir. L'amour non plus. Un jour, je ne l'ai plus trouvée belle du tout, mais capricieuse, superficielle, velléitaire. Tout n'était qu'affaire de rapport de forces. Il fallait que l'un d'entre nous cède. Et le moment est arrivé où je n'ai plus voulu céder. Sur rien.

— Vous pouviez divorcer.

— C'était effectivement mon intention, mais pas la sienne.

— Vous connaissiez le motel du Soleil Levant ?

— Pas du tout.

— Comment vous y êtes-vous retrouvé ?

Il se passe la main en douce sur la cuisse et répond très vite :

— Un coup de fil anonyme qui m'annonçait un « *flagrante delicto* ». C'est un récit que je vous ai déjà fait, je crois.

Il me regarde d'un air de reproche, mais je persiste :

— Vous n'avez pas reconnu la voix ?

— Je ne sais même pas si c'était un homme ou une femme.

— C'était grave qu'elle vous trompe ?

— A ce moment-là, non.

— Mais alors...

— C'était un argument fort pour la convaincre d'une séparation civilisée. Je n'ai jamais été épileptique. C'est une invention des journaux. J'ai eu pendant longtemps, cadeau de mon géniteur, des crises qui y ressemblent, des espèces de transes. Mais j'en suis guéri depuis longtemps. Grâce à l'homéopathie.

J'ai poussé la porte qui était entrouverte. La pièce était dans la pénombre. Vous connaissez la suite...

L'étrange, c'est que je ne croyais pas réellement à cet adultère. Blossom aimait flirter mais le sexe en soi la laissait plutôt indifférente. Nous étions assez inexpérimentés l'un et l'autre quand nous nous sommes mariés, mais quand même... non, je crois vraiment que cela ne l'intéressait pas trop.

Ce qui m'a troublé dans le fait qu'elle a été étranglée, c'est que j'avais l'habitude de lui masser le cou parce qu'elle avait les cervicales fragiles et j'ai ce souvenir obsédant de mes mains sur son cou, pétrissant la peau délicate, rencontrant la résistance d'un collier fin, d'une chaîne avec une petite breloque, il me semble, et de son visage basculé en arrière, alors qu'elle aurait dû être allongée sur le ventre, logiquement. Je veux dire : pour un massage. Et qu'elle ne portait pas de chaînette. Et je n'arrive pas à savoir d'où émerge cette image. Peut-être, en la découvrant inanimée, l'ai-je caressée, d'instinct, avant de m'évanouir.

— Vous n'aviez rien entendu préalablement, ni pas, ni porte, ni respiration ?

— J'imagine que toute mon attention était concentrée sur Blossom. La moindre des choses, non ?

— Mais elle avait le visage abîmé. Vous ne vous en souvenez pas ?

Il ferme les yeux très fort comme un enfant à qui on repose une question piège de la table de multiplication, dont jamais il n'arrive à donner la réponse automatiquement. J'enchaîne tranquillement et il rouvre les yeux tout aussi tranquillement.

— Vous n'avez jamais essayé de retrouver le correspondant anonyme ? Ça ne vous a pas troublé, cette volonté de vous nuire ? Parce que, si votre version est la bonne, quelqu'un vous a tendu un piège. Délibérément. Vous ne semblez même pas vous interroger sur son identité.

— Je n'en ai parlé à personne sauf à mon frère, parce qu'on ne m'aurait pas cru de toute façon. Ma première idée a été que Blossom avait monté le coup elle-même. Rien de pervers de sa part. Elle suivait des cours de théâtre. Croyez-moi, elle cherchait à tromper l'ennui plus qu'à me tromper moi. Il lui est arrivé de m'embrouiller dans des psychodrames qui étaient, à ses yeux, des exercices d'improvisation dans la vraie vie. Je l'avais mise en garde contre le danger de mélanger fiction et réalité. Elle avait une personnalité assez fragile déjà.

Elle avait reçu une éducation très libérale, basée sur toutes ces conneries concernant l'imaginaire de l'enfant qui ne doit pas être contrarié, et sans aucune discipline. Ses parents n'ont jamais voulu grandir eux-mêmes. Et même Josépha a dû s'incliner sur ce plan-là.

Blossom m'avait raconté qu'enfant, elle passait régulièrement à table à onze heures du soir ou pas du tout. Si sa mère, je parle de Randy bien sûr, avait oublié qu'un dîner était prévu, tout le monde finissait devant un bol de céréales. Elle en a souffert, c'est sûr. Je vais vous paraître dur mais, selon moi, ses parents lui ont fait beaucoup de mal. C'est une autre forme de carcan que ce refus permanent des conventions. Quand il a été question de notre mariage, on aurait dit que je voulais violenter leur fille, alors que c'est elle justement qui tenait à une cérémonie traditionnelle avec tout le tralala. Je crois qu'elle avait choisi le camp de Josépha contre sa mère.

Moi, je voulais lui faire plaisir.

J'y ai souvent repensé après coup. Peut-être que moi aussi j'avais besoin de croire à la vie comme à un conte de fées. Alors, j'ai fait semblant. Il me semble parfois qu'on faisait tous semblant. Et il a fallu ce meurtre pour remettre les pendules à l'heure de la réalité.

Sigrid, ce n'est pas la même histoire. Du tout. D'ailleurs elle n'a pas été assassinée, que je sache.

Il faut croire que les parents, la famille, tout ça, ce n'est pas mon truc. Avec mon histoire, c'est assez logique, vous me direz. C'est une drôle de chose quand même, vous tombez amoureux et vous vous retrouvez avec la famille sur les bras. Ils ont fait beaucoup de conneries pendant les années soixante-dix mais au moins, là-dessus, ils ont été clairs : pas de mariage, pas d'embrigadement, pas de relations obligées.

Les parents de Sigrid ? Incroyable mais je suis passé entre les gouttes, je ne les ai jamais vus. Je crois qu'elle préfère. Elle a peur de mon jugement. Vous avez vos parents ?

Je lui répondis que non mais que je le regrettais.

— Vous avez tort. Ni parents, ni enfants, ni mari, vous êtes une femme libre. Vous pouvez être une femme amoureuse. Sinon, quel pataquès ! Cette folie de mélanger l'amour et le parentage. Deux domaines incompatibles. Comment aimer la mère de ses enfants ? Comment aimer quelqu'un qui se définit par sa fonction ?

Dans tout ce bordel, la personne que j'ai le plus appréciée finalement, c'est Randy, la mère de Blossom. Elle est restée rebelle. On s'entendait bien. Malheureusement, Blossom voulait se définir uniquement par opposition à sa mère.

En tout cas, j'avais de l'estime pour elle. Je ne sais pas ce qu'elle est devenue.

La mère de Blossom

Moi aussi, Randy m'intriguait. Il fallut parlementer avec John, d'abord, puis avec elle, par courrier, par téléphone ensuite, avant qu'elle accepte de me voir.

Elle s'était installée à Rochester dans une maison de deux étages d'un quartier résidentiel modeste. Elle louait deux chambres à des étudiants. Je pense qu'elle appréciait l'atmosphère universitaire de la ville.

Quand elle allait « trop loin » – son expression pour parler de l'alcool –, elle se faisait nettoyer le système, comme elle disait. Et John payait. En cachette de Josépha !

Elle avait été à deux doigts d'être belle, intéressante. Elle m'ouvrit la porte clope au bec et ma réaction – je faillis pousser un petit cri scandalisé – me fit comprendre à quel point j'avais intégré la règle anti-tabac de ce pays. C'était la première fumeuse que je voyais depuis mon arrivée. Ses cheveux teints en châtain pendaient sur ses épaules. Elle n'était pas maquillée, à part ses lèvres peintes en rouge foncé. Elle avait épaissi, comparée aux photos de sa jeunesse que j'avais pu regarder, mais elle portait avec élégance un pantalon ample à taille haute et un petit gilet.

Elle souriait peu, ce qu'on regrettait quand elle s'y abandonnait car on aurait bien aimé que la petite fille malicieuse qui remplaçait alors la femme cynique nous tienne compagnie plus longtemps.

Randy est un prénom de garçon.

Elle haussa les épaules quand je m'en étonnai, affirmant que ç'avait été un moyen de sortir du lot, à l'époque où elle suivait les tournées des grands groupes de rock.

Elle avait fini par revenir dans la ville de sa jeunesse. C'est à Rochester qu'elle avait rencontré un *roadie* à la fin des années soixante et l'avait suivi parce qu'elle voulait vérifier que le monde continuait au-delà des frontières de l'Etat de New York.

— Je n'avais aucun talent particulier, à part ma curiosité et mon appétit, mais ces deux qualités-là je les possédais dans des quantités qui valaient un moteur turbo.

Elle m'expliqua que la plupart des groupies étaient des gamines hystériques dont les hauts faits consistaient à se faire baiser en trois minutes et demie par des musiciens camés qui ne se souvenaient pas d'elles le lendemain. Elles finissaient entre les mains d'un technicien qu'elles étaient obligées de sucer pour avoir à nouveau accès aux coulisses.

— La grande misère de cette grande époque..., conclut-elle avec un air de nostalgie. La libération sexuelle aura quand même essentiellement profité aux mecs.

Une des deux photos que la presse a constamment publiées au moment du meurtre de Blossom montre Randy, façon Patti Smith, adossée à un camion, androgyne et sauvage, longue maigrichonne dans un jean droit et un tee-shirt blanc. Elle fixe l'objectif d'un air de défi. Une main masculine est posée sur son épaule mais l'homme est coupé.

Sur l'autre, John et elle sont sur un trottoir, il la tient par la main. Elle n'est pas maquillée, elle porte une robe à fleurs qui pendouille. Ils sont tous les deux pieds nus. Lui a les cheveux qui lui descendent aux épaules, il porte une tunique indienne blanche et un jean effiloché. Leurs visages n'expriment pas grand-chose. Il veut échapper aux photographes, elle s'en fiche.

C'est une des photos que j'ai regardée le plus souvent pendant cette année de mon enfermement dans l'affaire Towne. Tels clichés rendent nostalgiques d'un temps qu'on n'a pas connu. Ils ont un charme particulier que j'ai du mal à analyser. Un temps où on était jeunes pour toujours, où on ne se projetait pas dans l'avenir parce que la mort était à deux pas. Où les notions de retraite, pension, sécurité faisaient ricaner parce que la vie était ailleurs, à inventer autrement. John et Randy sur cette photo, et Randy quand elle est seule, évoquent la liberté précieuse de ceux qui se définissent hors du regard des autres.

— Ne rêvez pas trop là-dessus. On s'est bien amusés, c'est sûr. Mais il y a eu beaucoup de dégâts.

Elle était en train d'allumer encore une autre cigarette et son petit rire étouffé se transforma en quinte de toux.

— Je ne suis pas devenue une alcoolo par hasard. Je pense que ça a été aussi la décennie des frustrations. La dope nous a aidés à rêver le monde mais nous en a aussi isolés. Nous n'avons pas accompli grand-chose. Ce ne sont pas les hippies qui ont arrêté la guerre du Viêt-nam. Qui a vécu assez longtemps pour rester idéaliste même dans sa vieillesse ? Les Stones qui ont compris avant tout le monde que la rébellion pouvait rapporter un max ? Tom Hayden qui a financé ses campagnes électorales avec les cours d'aérobic de Jane Fonda ? Dylan qui a surfé sur les grands thèmes de l'époque, avec génie, c'est sûr, mais d'abord pour faire son blé.

John a découvert Dieu et a fini par épouser le double de sa mère. Oui, John est d'une famille bourge et vous l'avez vue, la Josépha ? Cruella en rouge. Castratrice, autoritaire. Sa seule ambition, c'est de rester dans la liste des femmes les plus élégantes et d'avoir sa maison photographiée dans des magazines de déco.

Il n'est pas très malin, mais je l'aime bien. Lui aussi, il picole. Maman veille au grain mais il suffit de voir son ventre ! Et sur scène, il était... puissant, sexy, tout ce qu'il n'est pas dans la vie. Et puis il est gentil. C'est lui qui me paye Betty Ford chaque fois que je dérape trop violemment. Il se croit responsable de ma déchéance. Mon mode de vie, mon mode de pensée surtout, même si c'est moi qui le dis, l'atterrent. Parce que je n'ai pas vraiment changé. Et qu'il trouve ça naze.

Tenez, regardez mon voisin, il fait ça trois fois par jour.

Un clairon venait de retentir. J'avais vaguement remarqué le jardin hérissé de drapeaux. Trois fois par jour, ce jeune type au crâne rasé hissait les couleurs, saluait le drapeau et faisait le tour de son poteau au pas cadencé.

— Il n'a jamais réussi à entrer chez les marines. Alors il se camoufle sous les tatouages, il pratique la muscul et il rêve. Le pauvre bâtard.

Bon, je ne veux pas vous faire perdre votre temps. C'est quand même pas ma vie qui vous intéresse ? Comment va Francis ?

Elle me regarda, œil direct et clair. C'était une vraie question.

— Oui, j'aimais bien Francis. Je ne sais pas s'il est innocent ou pas. C'est un garçon compliqué. Double ou triple. Et Blossom... Ç'avait beau être ma fille, Blossom avait hérité du cerveau et des dents de son père : faibles. Et Francis était très intelligent et ambitieux. Alors, réfléchissons. Quel était l'atout majeur de Blossom en dehors de son cul ?

Eh oui, son père, la rock star pleine aux as. Josépha s'occupe très bien de ses finances.

Vraiment, ça vous intéresse de savoir qui je suis ? Vous me flattez.

Remarquez, vous n'avez pas tort parce que j'étais comme Francis, intelligente et ambitieuse. J'ai voulu John parce qu'il était accessible. J'ai fait les Who, j'ai fait Dylan... inaccessibles. John avait un truc, c'est qu'il n'était pas à l'aise. C'est un guitariste génial mais ce n'était pas son monde. C'était un fils de famille un peu coincé. Ce que je lui ai apporté, c'est le mode d'emploi et la légitimité.

J'ai fait de nous un couple culte et c'est le meilleur service que je pouvais lui rendre.

Oh, bien sûr, on ne réfléchit pas à tout ça sur le moment, mais un couple, c'est aussi tâcher d'obtenir ensemble ce que chacun veut très fort. Moi je voulais les feux de la rampe, même par ricochet, lui voulait être une icône. Sans moi, impossible. Sans lui, impossible.

Donc, j'ai commencé une affaire avec lui, puis je l'ai trompé avec ses musiciens. On s'est réconciliés très publiquement. On s'est engueulés, devant les photographes de préférence. On s'est défoncés et je me suis fait arrêter par des douaniers anglais sans humour parce que j'avais deux joints dans la poche. Il a volé à mon secours. On a fini par se marier au cours d'une cérémonie bouddhiste. Le bouddhisme, on croyait que c'était une mode vestimentaire. Ah oui, j'étais déjà enceinte de Blossom.

Tout ça ne tenait que parce que le regard de la presse nous justifiait. Ça n'avait aucune réalité. Et nous n'étions faits ni l'un ni l'autre pour avoir des enfants. Nous étions encore des enfants nous-mêmes. Egoïstes. On a innové comme beaucoup de notre génération qui ne voulaient pas reproduire la catastrophe parentale. Il fallait qu'on invente la nôtre de catastrophe. Blossom faisait ce qu'elle voulait quand elle le voulait. Elle venait aux fêtes avec nous et s'endormait sous la table. Elle m'a vue baiser avec le batteur de son père parce que je ne voulais pas être hypocrite.

C'était une petite fille triste et sérieuse. On lui a volé son enfance. John a grossi, il a perdu sa pêche, il a connu deux bides à la suite avec son album *Transcendance* et le suivant, *Le Cœur solitaire*. Et Josépha est entrée en scène, pour le quatrième acte.

Je n'étais plus de force à l'époque et je n'en avais rien à foutre de toute façon. Les temps avaient commencé de changer et je n'aime pas les fantômes. On a eu beaucoup de morts, vous savez. Je leur ai laissé Blossom et j'ai emménagé dans une petite maison que John m'a achetée à San Francisco.

Josépha a mis Blossom en pension, et John sous cloche. Elle lui a fait sortir un nouvel album de vieux tubes remixés. Pas con. On l'entendait dans tous les ascenseurs de la Côte ouest. L'argent rentrait et la respectabilité l'accompagnait, cette fois.

J'ai fait un ou deux esclandres en souvenir du vieux temps. Ça n'a ému personne.

J'ai essayé de maintenir le contact avec Blossom mais je lui faisais un peu peur, je crois. J'étais sale, à ses yeux.

Elle m'a quand même présenté Francis. Il la rassurait. C'est quelqu'un qui n'exprimait pas ses émotions, très *british* à sa façon. Ça la changeait de ses parents et de sa belle-mère, l'hystérique qui pète les plombs une fois par mois, c'est pas croyable.

Lui n'exprimait rien, écoutait bien, un vrai gentleman, élégant mais original. Ce que John aurait pu être s'il n'avait pas été un bon guitariste.

Et il la respectait. Alors que Blossom, franchement, sous ses dehors de petite fille innocente, c'était une traînée. Parce qu'elle n'avait aucune estime d'elle-même. Ça, c'est ma plus grande faute. N'éprouvant que du mépris pour sa pauvre petite personne, elle devait justifier son sentiment en permanence. Le premier mec venu, le plus minable de préférence, n'avait qu'à claquer des doigts et hop. Mais non, elle n'était pas vierge. C'est un fantasme de John, ça.

Francis lui a redonné une virginité, une assise. Il a fait semblant de la mettre sur un piédestal et il l'a voulue tout à lui.

Ça ne marche pas ainsi. Vous le savez, j'espère.

Et me fixant d'un regard droit, et froid, elle m'interrogea :

— Il vous plaît ?

Son regard me transperçait. Je restai interdite, mes joues s'échauffant légèrement.

— Il vous plaît ! Bonne chance. Et un petit conseil de quelqu'un qui a bien roulé sa bosse : ne vous abandonnez jamais totalement. Ça, c'est toujours vrai.

Elle hocha la tête comme si les souvenirs se succédaient dans sa tête avant de reprendre le fil, son fil zigzaguant.

— Ma théorie sur Francis, c'est qu'il voulait réparer la vie des autres pour réparer la sienne. Mais peut-être qu'à force d'écrire des horreurs, ça lui a passé. Il s'est peut-être réconcilié avec le cauchemar. C'est le parcours obligé, non ?

La fin ? Je ne suis pas sûre qu'elle l'ait trompé, une fois mariée. Elle avait trop besoin de se reconstruire. Elle faisait semblant de le tromper peut-être. Pour le regagner parce qu'elle l'avait perdu. J'en suis sûre, il aurait divorcé. Il était très beau, il avait traité Blossom comme une princesse. Elle aurait vécu un divorce comme une humiliation. Et aux yeux de son père, elle serait retombée de l'état adulte à celui d'enfant.

John est persuadé qu'il adore sa fille, mais ce n'est pas vrai. Elle l'a toujours encombré. Et maintenant qu'elle est morte, elle lui rapporte !

Je ne suis pas méchante. Je suis réaliste. Demandez à mes locataires. Dès qu'ils ont un problème, eux ou leurs amis, ils viennent me consulter. Surtout depuis que je ne touche plus une goutte d'alcool.

C'est ma seule nostalgie. Le corps quand on est jeune, on peut tout lui faire subir, on a un crédit ouvert. L'addition est pour plus tard. Peut-être que les overdosés sont les plus malins. Ils ont compris qu'il valait mieux franchir les bornes que s'y arrêter.

Ira Doe, oui, ça me dit quelque chose. Comme John Doe, le nom donné aux personnes non identifiées, ça m'a fait rire, ce nom. Je crois que John et lui ont joué ensemble. Les communautés, ça n'a jamais été mon truc mais John a donné. Il a donné dans tous les clichés de son temps. Et il continue. Il est à fond pour Bush.

Vaste connerie !

L'autre mère

Difficile d'imaginer femmes plus différentes que les deux belles-mères successives de Franck Anger.

Mme Bourguignon m'a contactée quand elle m'a su de retour des Etats-Unis. J'ai tout de suite senti l'hostilité sous la politesse. D'ailleurs, elle n'essayait pas de la dissimuler. Je pense qu'elle s'était chauffée toute seule pendant mon absence, persuadée que j'étais partie en Californie pour sauver Franck. L'innocenter.

Elle n'avait pas tort.

Nous étions sur la terrasse en béton derrière le pavillon. Elle avait réchauffé du café servi dans un petit pot de porcelaine. Tasses, sous-tasses, sucrier, répartis sur un plateau de rotin avec napperon.

Elle voulait me convaincre de la culpabilité de son gendre, me convaincre de sa terreur. Et moi, pas vraiment hors sujet, indifférente à son combat qui me paraissait secondaire, j'avais envie de comprendre comment cette femme s'était transformée en une ménagère maniaque. On avait l'impression que même la maigre pelouse avait été balayée, astiquée. Et je reste persuadée qu'aucune petite fille ne naît ménagère.

La femme de Bennett punissait son mari en s'activant bruyamment. Mme Bourguignon semblait justifier sa vie, ou s'en protéger, par une tenue domestique maniaque. Quelle angoisse se nichait sous tant d'occupations insensées ?

— Sigrid n'avait aucune imagination...

— N'avait ?

— Je sais qu'elle est morte. Je suis sa mère et je le sais. Je fais semblant, je nourris l'espoir, pour mon mari surtout, mais je sais. Il est capable d'en mourir, comme je le connais.

Elle dit cela d'un ton de reproche, presque furieux. Elle subirait sa mort à lui, en plus ! Et la question sortit presque agressive :

— Vous avez lu la lettre, la dernière lettre de Sigrid ?

— Non. J'ai lu celle où elle raconte à son père sa découverte du passé de Franck Anger.

— S'il n'avait pas été aussi cachottier... Trop tard pour ça maintenant, mais, tenez... j'en ai fait une photocopie avant de la leur donner. J'étais sûre qu'on ne la récupérerait pas de sitôt.

Elle me tendit deux feuilles.

Papa chéri,

Je compte sur ton bon sens pour me remettre un peu de plomb dans la tête parce que j'ai peur de devenir folle. Il n'y a que Corinne au courant et je te supplie de ne parler à personne de ce que je vais te dire.

Je devrais sans doute quitter le domicile conjugal au plus vite sauf que j'ai peur de voir mon sort réglé en deux temps, trois mouvements si Franck apprend ce que je sais maintenant.

Il m'a constamment menti, comme le prouvent les articles que j'ai trouvés dans sa cave et comme je te le disais, en plus il est d'une jalousie maniaque et dangereuse.

Et maintenant la cave est vide. Je n'ai plus la preuve de rien. Mais je SAIS.

J'ai rencontré un journaliste, un Américain, qui s'intéresse à moi et à l'histoire de Franck. Dominick Blue. Il a manqué se faire renverser par une voiture deux jours plus tard. Je me sens constamment sous surveillance et j'ai peur pour mes proches, pour vous, pour Corinne. Mais maintenant que je n'ai plus aucune preuve, il est forcément persuadé de sa parfaite impunité.

Tu peux imaginer que je ne pense qu'à ça et voilà que je me suis rappelé un événement terrible.

C'était au temps de notre lune de miel, cela me glace rien que d'y penser. C'était en Italie, sur le lac de Côme. J'avais rencontré un producteur de cinéma américain, Philip Crain, avec qui j'avais juste sympathisé comme ça. Et quand Franck est venu me rejoindre à la réception, je les ai présentés. Crain n'arrêtait pas de dire qu'il était sûr de connaître mon mari, de l'avoir déjà rencontré, et Franck, flegmatique et coupant, avait affirmé que non, il était sûr que non.

Bon, on avait beaucoup discuté avec ce producteur pendant que j'attendais Franck, et nous avions rendez-vous le lendemain. Encore une fois, tu me connais, en tout bien, tout honneur... et il n'est jamais venu.

Ces choses-là arrivent, bien sûr, mais maintenant je me pose des questions. Peut-être que Crain avait reconnu Franck mais sans le situer. Peut-être qu'il commençait déjà à être jaloux.

Je n'ose pas me réfugier chez vous de crainte de vous créer des ennuis mais j'ai peur. Et s'il m'arrivait quelque chose, je voudrais être sûre qu'au moins une personne saura ce qu'il en était.

Ne dis rien à maman, je n'ai pas besoin de son hystérie...

J'arrêtai là ma lecture. Personnellement, je trouvais Sigrid très imaginative et j'avais déjà lu tout ça dans un mail à Corinne.

Mme Bourguignon dut lire le scepticisme dans mes yeux car elle me tendit d'un air triomphant une enveloppe adressée à Sigrid Bourguignon. Les lettres étaient dessinées en bâton et une erreur de code postal avait retardé l'arrivée du courrier.

C'était une coupure de presse d'un quotidien suisse datée de deux ans auparavant : « Un jeune producteur américain, Philip Crain, trouve la mort dans un accident de voiture. Son véhicule s'est écrasé dans un ravin au lieu-dit du Mont-Noir et a pris feu. Les secours n'ont pu que constater le décès de M. Crain qui était venu repérer des décors pour un film à suspense que devait réaliser Oliver Stone. »

— J'ai vérifié les dates. C'était le 28 mai 1999. En plein pendant le fameux voyage de noces. La lettre est arrivée il y a une semaine. Mais celui qui l'a envoyée l'avait postée avant la disparition de Sigrid.

— Pourquoi l'avez-vous appelée Sigrid ?

Mme Bourguignon me regarda d'un œil flou avant de retrouver la netteté de l'image. Ma question l'avait momentanément déstabilisée.

— A cause de... c'est joli, non ? J'ai pensé que c'était un joli prénom. Original. Il n'y a pas de motif caché. Je ne sais pas à quoi vous vous attendiez...

— Et vous n'avez pas souhaité avoir d'autres enfants ?

— Si... Mon mari ne voulait pas. Il avait peur de donner moins d'amour à sa fille si elle ne restait pas unique. Moi, je pense que c'était une erreur. Surtout que, quitte à arrêter de travailler, j'aurais aussi bien pu m'occuper de plusieurs enfants. J'étais prof à l'Alliance française. J'adorais ça, le contact avec des étrangers du monde entier. J'avais commencé quand j'étais étudiante et puis ils m'avaient embauchée.

J'interrompis un long silence rêveur.

— Et que s'est-il passé ?

On ne sait jamais quel sésame ouvre les portes de l'intimité. A chaque fois que cela arrive, je reste immobile, attentive. Les petites grâces qu'octroie la vie prennent facilement peur. Tout à coup Mme Bourguignon ne cherchait aucun détour. Elle en était métamorphosée, physiquement aussi. Son visage était lumineux, détendu, tout masque disparu.

— J'ai rencontré l'amour de ma vie, j'imagine. C'est ce que je me dis maintenant. A l'époque, c'était considéré comme un peu plouc, libération sexuelle oblige. L'amour était universel, pas exclusif.

Moi j'aimais Sven, exclusivement. Et lui aussi. Il était suédois. Il était venu passer un an en France pour apprendre la langue. Le hasard a fait que j'étais son professeur.

La femme guindée se métamorphosa. Le fantôme de la jeune fille amoureuse qu'elle avait juste endormie se réveillait doucement et recouvrait peu à peu sa physionomie d'un voile tendre. Les personnes vieillissantes nous semblent si souvent n'avoir pas eu de passé, ni leur part des rêves, d'espoir, de passion, parfois déçus, mais qui ont réellement existé.

Aussi extraordinaire que cela puisse paraître, Mme Bouguignon avait donc été jeune et une part d'elle l'était restée, ce qui me réjouissait.

— Mais alors...

— Il est reparti en Suède. Il m'écrivait deux ou trois fois par semaine. Moi aussi. Et un jour, plus rien. Mes lettres m'ont été renvoyées pas ouvertes. J'ai su, bien après, que mon père lui avait écrit et avait exigé, au nom de mon bonheur et de ma tranquillité, qu'il me laisse en paix. J'ai rencontré mon mari, platement, au cinéma. Il était le contraire de Sven, raisonnable, organisé, fiable. Il savait qu'il voulait être expert comptable, il savait qu'il voulait m'épouser, acheter une maison. La vie balisée. La vie que mes parents me souhaitaient. Mon amour m'avait rendue tellement malheureuse que j'ai cru qu'une vie sans passion était la certitude d'un bonheur paisible.

L'avenir m'a prouvé le contraire.

La mère de Sven s'appelait Sigrid. Je ne l'ai jamais revu.

— Vous aimez votre fille ?

Elle réfléchit longtemps, longtemps à sa réponse. Nous avions maintenant établi un rapport de confiance et elle ne pouvait plus me répondre en automatique.

Combien de fois l'ai-je observé : c'est comme le dialogue quotidien du : « Ça va ? Ça va. » Combien de nos échanges ne sont fondés que sur la convention ? La réponse attendue fuse dès que la question familière a été posée. Et si, par malheur, la réponse honnête, inattendue, surgit, elle a toutes les chances d'être mal reçue.

— J'ai longtemps été jalouse d'elle. Plus maintenant. Maintenant je suis triste de l'avoir ratée. C'est drôle. Généralement, à la mort de ses parents, on regrette la fameuse discussion à cœur ouvert que l'on n'a jamais eue avec eux. J'ai cette sensation-là avec ma fille. C'est pourquoi je sais qu'elle est morte. Parce que nous ne nous parlerons jamais.

J'étais jalouse qu'elle soit jeune quand je ne l'étais plus, j'étais jalouse qu'elle ait des aventures quand j'avais été sage, j'étais jalouse qu'elle profite des combats de ma génération sans se poser de questions et je l'ai haïe quand elle a rencontré Anger. Elle avait bénéficié de l'amour exclusif de mon mari et elle allait vivre une grande romance, celle qui m'avait été interdite.

Sigrid devinait, je crois, ce fond de malveillance chez moi et elle se tenait beaucoup sur la défensive.

Nous sommes décidément des créatures étranges car, malgré tout, je l'aimais et lui souhaitais tout le bien de la terre.

Mme Bourguignon se mit à pleurer. Le flot était ininterrompu, gros de tant de chagrin retenu depuis quarante ans. Un fleuve de larmes silencieuses et continues. Ces larmes-là ne la soulageraient pas car les occasions ratées, les rêves perdus ne s'effacent jamais, ni les regrets qui les accompagnent.

J'essayai de me convaincre qu'en ce moment, du

moins, ils étaient reconnus, inscrits dans son histoire au lieu d'être niés.

Je fis quelques pas dans leur jardin terne et sans charme. J'avais le cœur noué de la tristesse sur laquelle parfois se bâtit la vie.

Je me demandai, comme souvent, ce qui serait advenu de mon propre couple s'il n'y avait pas eu le Mexique et ce meurtre insensé. Et puis mon petit cœur sec s'est raffermi. J'avais une mission qui remplissait ma vie, lui donnait du sens. C'était davantage que la plupart des gens, davantage que cette pauvre Mme Bourguignon pour qui je ne pouvais rien.

La porte d'entrée du pavillon s'ouvrit bruyamment. M. Bourguignon entra, pâle comme la mort, se précipita vers sa femme en larmes et lui dit :

— Tu es déjà au courant ?

Elle leva vers lui un regard d'incompréhension. Je m'arrêtai net, tendant l'oreille.

— Je suis venu aussi vite que possible. Les pompiers viennent de me prévenir. On a retrouvé le corps de Sigrid... noyée. Notre petite fille est morte.

Je crus, de loin, qu'il allait frapper sa femme pour que la réalité la pénètre, pour qu'elle pénètre peut-être aussi son cerveau à lui.

Il s'assit tout raide, dans son pardessus bien boutonné. Il prit la main de sa femme et ils restèrent côte à côte, chacun plus seul qu'on ne peut imaginer.

Franck Anger

— Merci.

Franck a le visage fatigué de l'insomniaque et il me regarde comme s'il essayait de lire au-delà de mon cerveau jusque dans mes veines. Il s'est retourné, à mon entrée, pour me faire face. Il se tenait, légèrement tourné vers le mur de droite, mains croisées dans le dos.

Mon étonnement devant ce mot-là en guise de préambule doit être très visible car il se justifie aussitôt :

— Merci d'être venue si vite. Je me sens moins abandonné. Ça va être l'hallali maintenant.

Je vais m'asseoir sans rien dire. Il se tait aussi. Je sens son regard. Je garde l'œil sur la table qui traditionnellement doit nous séparer et remplit particulièrement bien sa fonction.

— Je ne connaissais pas bien Sigrid mais sa mort me fait de la peine.

— Moi pas. Je me sens anesthésié des émotions humaines habituelles. Cela fait de moi un monstre peut-être. Comment l'avez-vous appris ?

— Par son père.

Ma réponse l'arrête net.

Moi-même incertaine, je laisse le silence interrompre la conversation entamée. J'ai l'habitude d'entretenir le flot des paroles pour abolir l'autocensure inévitable dès que l'interruption permet la réflexion.

— Sa mère venait de me faire lire la fameuse dernière lettre. Celle où elle vous désigne comme une menace. Sigrid vous avait parlé de sa découverte à l'époque ? Vous en aviez discuté ?

— Non. Mais... vous ne connaissiez pas Sigrid. Elle avait du mal à camoufler ses sentiments. Par goût du drame aussi, je crois. Il y a des acteurs qui veulent rendre lisibles toutes leurs émotions, comme s'il y avait un public présent même en l'absence de spectateurs. Sigrid était comme ça. L'idée qu'elle aille fouiller dans la cave ne me serait pas venue à l'esprit. Jusqu'à ce qu'elle annonce qu'elle allait dormir chez ses parents, qu'elle avait besoin de réfléchir. Là, j'y suis descendu. La cave était vide. Qui d'autre que Sigrid aurait pu s'emparer de la malle ?

— Ce n'est pourtant pas elle, on le sait maintenant. Alors qui ? Qui a conservé tous ces papiers avant de m'en déposer une partie de façon dramatique ? Vous ? Vous auriez pu décider de vous en débarrasser...

— A quoi bon ? Une fois qu'elle avait trouvé les articles...

— Ils vous incriminaient.

— Ce n'étaient pas des exemplaires uniques, originaux. Mon histoire est connue, répertoriée. Cela n'aurait pas eu de sens d'essayer de la dissimuler.

Et, à ce stade, je considérais que ma relation avec Sigrid était moribonde.

Je ne peux m'empêcher d'entendre : « Sigrid était moribonde. »

Je laisse tomber, n'insistant pas pour comprendre son étonnant manque de curiosité. Il a pourtant bien fallu que quelqu'un aille chercher les documents pour ensuite me les livrer dans une mise en scène grotesque. L'identité de ce quelqu'un ne semble pas plus l'intriguer que celle de son invisible assaillant au motel du Soleil Levant, ou celle de l'interlocuteur anonyme qui l'avait convoqué au motel... Le mystère d'un inconnu cherchant à manipuler sa vie le laisse indifférent. C'est incompréhensible. Comme si une partie de son existence se déroulait dans une autre dimension, affectait un domaine auquel il n'avait pas accès.

— Vous vous souvenez de Philip Crain ?

Pendant un moment, clairement, il ne sait pas de qui je parle. Ensuite il me dévisage, incrédule.

— Qui vous a parlé de lui ?

— Mme Bourguignon.

— Elle pense que je l'ai tué aussi, peut-être ? Ces gens sont cinglés.

Il semble abasourdi, presque amusé, puis intéressé, et il reprend la parole lentement, comme s'il réfléchissait à cette question pour la première fois, ce qui est peut-être le cas.

— Si je me souviens de lui, c'est parce qu'il a été le premier ver dans le fruit, si je puis dire. Le type même du frimeur, tout dans l'apparence, rien dans le fond. Et quand j'ai vu Sigrid frétiller en sa présence, l'œil brillant, tâchant de l'épater, de l'intéresser, je me suis posé des questions sur notre rencontre. Après tout, Crain n'avait pour lui que d'être un producteur en pleine ascension. Et moi, j'étais un auteur à succès. C'est idiot car je ne vois pas comment elle aurait pu connaître mon identité lorsque je l'ai abordée au Harry's Bar. Mais au vu de ce qui s'est passé, mon plus grand charme à ses yeux ne pouvait être que ma notoriété.

— Elle est morte.

— Vous pensez que je l'oublie ? Vous voulez me rappeler qu'on ne doit pas dire du mal des défunts ? Pour moi, la vérité n'est pas le mal. Vous me décevez de penser ainsi.

— Comment avez-vous appris la mort de Crain ?

— Par Sigrid, je crois. Elle nous voyait déjà à Hollywood. Ou devrais-je dire, elle se voyait...

Il est assis depuis un moment, et soudain il prend sa tête entre ses mains et je vois son corps secoué de sanglots secs.

Il est comme moi, il n'a pas de larmes. La douleur lui a définitivement asséché les canaux lacrymaux. Cet homme-là brûle. C'est à ce moment exact que je tombe amoureuse de lui. Je me suis maintenue en équilibre précaire au bord du précipice mais, en une seconde, je bascule sans résister. Et simultanément, je nie mon sentiment et le recouvre de milliers d'autres émotions plus banales mais susceptibles de justifier mes réactions, aussi irrationnelles soient-elles.

D'autant que c'est la première fois que je le surprends en flagrant délit de mensonge.

Au bout d'un long moment, il me dit :

— Sa mort a été une catastrophe, pour elle, pour moi, pour nous. Comment se fait-il que personne ne mesure à quel point ces tragédies sont catastrophiques, pour moi ? Il faudrait que je sois un malade mental pour accomplir des actes à ce point autodestructeurs.

Et le silence semble souligner trois fois l'expression « malade mental ».

— La mort de Philip Crain, vous l'avez apprise en Suisse ou plus tard ?

— En Suisse.

Après tout, peut-être ne ment-il pas. Peut-être l'a-t-il su sans que Sigrid en soit informée. Peut-être Sigrid a-t-elle oublié de préciser dans sa lettre que Crain était mort. Mais pourquoi cet envoi anonyme ? Et par qui ?

Je pourrais le pousser dans ses retranchements, c'est ce que je ferais en temps normal, mais je le vois émerger de sa tristesse comme d'un cocon paralysant et je décroche :

— Vous vouliez sérieusement être acteur ?

A force, il s'est habitué à mes coq-à-l'âne. Ils s'y habituent tous. Je crois même qu'il éprouve du soulagement à se concentrer sur une question incongrue, incongrue en apparence.

— Je voulais surtout sortir de mon milieu. C'était la voie la plus facile. Je ne vais pas me voiler la face, et encore moins voiler la vôtre.

Il s'autorise un sourire.

— Je savais que mon physique passait bien et je croyais que c'était la première qualité d'un comédien. C'est un milieu que j'aimais. Le sérieux appliqué à une activité foncièrement légère... j'appréciais le paradoxe. Et puis j'ai compris que ce n'était pas si léger, que c'était même sans doute une part essentielle de l'être humain en général et j'ai appris à respecter ce que Pascal appelle le divertissement.

C'est à l'école de théâtre que j'ai rencontré Blossom. Elle n'était pas douée du tout et sa conception du métier était celle d'une midinette.

Ça m'a touché, je crois. Je ne sais plus maintenant. C'est étrange, j'essaie de retrouver des images et je me rends compte que les deux se brouillent, deux fantômes qui auraient fini par se ressembler, à cause de mon regard qui était le même et les rendait semblables. C'est atroce d'une certaine façon, comme si je les niais en tant qu'individus.

Non, attendez... j'ai tort. Blossom, teinte en blonde, un vilain blond trop pâle. Elle portait des godillots et une mini-robe informe. Elle est montée sur scène. Un seul spot sur elle. Son inquiétude était palpable. Sa présence tremblait mais, du coup, c'était comme une petite flamme qui vacille et on a envie de mettre sa main en coupe pour la protéger. Blossom a touché quelque chose de profond en moi...

— Je ne comprends pas. Vous n'étiez plus acteur quand vous avez rencontré Blossom...

Il semble sortir d'un songe.

— Je vous parle de la première fois que je l'ai vue. Elle avait seize ans. Je l'ai retrouvée plus tard.

— Vous êtes sûr ? Ses parents m'ont dit qu'elle s'était mise au théâtre après vous avoir rencontré...

— Ah ? C'est étrange. Je la revois si précisément. Ou alors c'était quelqu'un qui lui ressemblait.

Son regard s'enfonce en lui-même, troublé, inquiet, et j'essaye de ne pas prêter attention à la petite voix qui demande qui était cette jeune fille de seize ans qu'il aurait voulu protéger et ce qu'elle a bien pu devenir. Et quel enfant il voulait protéger en ne s'attachant qu'à des femmes vulnérables.

Je ne suis pas vulnérable, je suis forte et résistante. Cependant mes chances de résister s'amenuisent. Mais je ne me l'avoue pas encore en ces termes.

Je continue :

— C'est curieux mais, quand vous m'avez raconté votre rencontre avec Sigrid, elle avait quelque chose de théâtral aussi.

— Je vous l'ai racontée ?

J'avais déjà remarqué qu'il ne gardait rien de nos conversations, comme s'il me chargeait de cette mémoire-là. Mme Towne m'avait pourtant parlé de sa mémoire exceptionnelle.

Je ne veux pas lui citer mon autre source, le courrier de Sigrid, et je reprends dans la veine précédente :

— Qu'est-ce qui vous a fait arrêter le théâtre ?

— Je n'étais pas bon. Oui, c'est ce que m'évoquait la scène avec Blossom. Elle a commencé un monologue d'après Tchekhov. Celui d'une femme qui parle de tous ses maris en se remémorant ce que chacun lui a appris, quelle vie elle a menée avec chacun. Blossom parlait faux, comme on dit. Elle était maladroite. Mais à travers cette maladresse quelque chose passait, qui était sans doute son besoin d'être le point de mire d'un public, de se mettre sous la lumière et d'être quelqu'un d'autre, acceptable enfin, ou reconnaissable. C'est un peu confus, peut-être. Moi je n'avais pas ça, je n'avais pas cette nécessité. Je voulais juste devenir une vedette. Nous voulions tous devenir des vedettes, mais moi, c'était juste pour ne plus être un fils de plombier.

— Mais au fond, vous n'étiez pas un fils de plombier.

Il reste un moment le regard basculé d'incertitude.

— Mais si...

J'enfonce le clou un peu plus :

— Votre père était ou souhaitait être écrivain, non ? Et vous l'êtes devenu...

— Vous parlez de mon géniteur ? Vous voulez dire : à sa place ? Non. Non. C'est totalement faux. Regardez ce qu'il a fallu comme événements pour que j'écrive mon premier livre.

— Vous l'aviez déjà écrit, ce premier livre, quand Blossom est morte ?

— Ah oui. Oui, c'est vrai. Disons, pour le publier alors.

— Vous n'avez pas l'air sûr.

— Si, si, ce sont vos questions qui me troublent.

Je me dis en moi-même : aurait-il été jusqu'à commettre un meurtre dans le seul but de devenir écrivain ?

— Et là, vous n'écrivez pas ? Ce serait peut-être bien pour vous, cela vous aiderait...

— Ce que j'ai toujours apprécié avec la fiction, c'est qu'elle oblige à s'abstraire de la réalité et à en créer une autre, plus sûre, aussi horrible soit-elle, moins chargée de conséquences réelles. Ma vie se joue en ce moment et je suis incapable d'en faire abstraction. Incapable. Excusez-moi. Je suis fatigué, épuisé même. On pourra poursuivre un autre jour ?

Je note, pour la première fois, que c'est toujours lui qui met fin à nos entretiens et cela m'intrigue sans que j'y prête encore l'attention que je devrais.

La morte

Sigrid Anger née Bourguignon.

Un mètre soixante-neuf, quarante-huit kilos.

Brune teinte en blonde. Yeux marron.

Ce qu'il en reste. Un corps abîmé d'ecchymoses, retrouvé à Saint-Germain-en-Laye, gonflé, blanchâtre, les yeux disparus.

Cause probable de la mort : hydrothermie.

Impossible de savoir si elle a été frappée avant la noyade ou si les ecchymoses et côtes cassées découlent de son long séjour accidentel dans l'eau.

Aucun témoin. A-t-elle sauté à l'eau, a-t-elle été jetée dans le fleuve, consciente, inconsciente... La mort remontant à au moins huit semaines, le légiste est incapable de le dire.

Par contre, il peut témoigner qu'elle était enceinte d'un mois et en bonne santé. Pour une morte.

Elle avait l'estomac vide. Elle portait les mêmes vêtements qu'à la fête de Frédérique.

La seule certitude est que cette jeune femme, pétant de santé et de colère, envisageant l'avenir avec énergie et espoir, a été réduite à rien.

Les circonstances rendent le suicide improbable. Restent la mort accidentelle et le meurtre.

Et le précédent, bien sûr, du pont Alexandre-III.

— Enceinte !

David a pris le premier avion après la découverte du corps de Sigrid.

Il s'est précipité à la prison de la Santé pour voir son frère et n'a accepté un entretien avec moi que deux jours plus tard. Il ruisselle littéralement d'énervement, et d'agitation sans doute. On dirait que sa graisse suinte.

— Enceinte ! Alors que Franck ne voulait pas, ne pouvait pas vouloir d'enfant. A notre époque ! Les femmes sont toutes des couveuses, faut croire. Elles appâtent le gars en jouant les créatures et puis hop, le bébé, et on rentre en conjugalité et en parentalité, ou je ne sais pas comment dire, et l'amoureux est blousé et la femme réduite à deux mamelles. Et nous, on s'est déjà coltiné une mère, avec ce que ça pèse, et on se retrouve avec une mère de notre âge qu'on avait prise pour une femme. Hallucinant, non ?

— C'est drôle. J'ai toujours eu l'impression que vous aimiez bien Sigrid. Dans ses courriers quand elle parle de vous, c'est comme d'un allié, d'un arrangeur d'embrouilles.

— C'est ce que je souhaitais qu'elle croie. Pour Franck. Elle l'avait épousé. Qu'est-ce que vous vouliez qu'il fasse, le malheureux ? Il n'a jamais su y faire, avec les femmes. Moi non plus d'ailleurs, sauf avec les siennes.

— Sa mort ne vous affecte pas ?

— A la vérité, non. Sauf dans la mesure où elle affecte Franck.

— Vous vous sentez si proche de lui ?

— Pas sentimentalement, seulement dans la mesure où cela va influencer la décision des juges, modifier son statut pénal. Je suis pratique et concret. Pas émotif. Du tout. Je suis le contraire de Franck.

— Vous le trouvez émotif ?

— Je le sais émotif. Ne me faites pas croire que vous êtes de ces personnes qui pensent que les émotifs sont les gens qui pleurent, se tordent les mains ou éclatent de rire pour que nul n'ignore... Franck ne montre rien. Legs de l'enfance. C'est sa protection.

— Il n'a pas vu le cadavre de ses parents, si ?

— Non, mais il a su. Et selon moi, il a entendu. Il n'aurait pas eu besoin de s'endormir, autrement. Il aurait réagi plus normalement, dans la terreur ou les larmes, je ne sais pas.

— Est-ce que vous savez quand il a rencontré Blossom pour la première fois ?

— Facile. Je les ai présentés. Honte à moi. Ecoutez, j'ai cru bien faire. Elle était pleine aux as. Il voulait sortir de son monde. Il avait le physique, le cerveau, la classe. Il pouvait faire son chemin. Et moi... dans son sillage. J'avais le sens pratique qui lui manquait. Son roman, si je ne l'avais pas poussé au cul... C'était de la merde, pas de valeur. Il l'avait écrit, quand même. Je l'ai lu en cachette sur son ordinateur. Et j'ai fait les démarches sans lui. Qu'est-ce qu'il y a ? J'oublie quelque chose ?

Ah oui, la rencontre... c'était vraiment la pauvre petite fille riche. Mal aimée de sa mère, une belle-mère momifiée, un père crétin. Musicalement doué mais... vous l'avez rencontré ; c'est pas une flèche.

Elle, elle a pris le contre-pied de la contre-culture, c'est-à-dire qu'elle était réctionnaire, prônait la virginité avant le mariage, je crois même qu'elle faisait partie de l'association des vierges autoproclamées. Et Franck, tout le monde est d'accord, n'est-ce pas, c'est le prince charmant. En apparence, c'est le prince charmant. Et Blossom vivait pour les apparences, digne fille de ses parents.

Vous avez rencontré la mère pochetronne, la mère mochetronne, la rebelle du supermarché ? Tout dans la frime, pas de consistance.

Franck, enfin Francis, l'aimait bien. Des goûts et des couleurs...

Vous n'avancez pas, n'est-ce pas ? Ça ne rime à rien, vos questions. J'aimerais être sûr de ce que vous cherchez. Franck est différent. Il a changé et je crois que c'est vous plus que la prison qui l'avez changé. Il est fragile. Il est influençable. Je ne suis pas content que vous vous soyez rencontrés, tous les deux.

— Emotif, fragile, influençable. Il aurait peut-être accepté l'enfant, c'était peut-être la solution à leurs problèmes.

— C'est bien une réflexion de bonne femme. Et de quels problèmes vous parlez ?

Il est difficile de savoir si c'est son inquiétude pour Franck ou son agressivité naturelle qui le font s'emporter pour tout et rien. Nous parlons depuis moins d'une demi-heure et ses aisselles sont déjà auréolées de taches d'humidité qui menacent d'atteindre la poitrine.

Il y a, chez David, quelque chose d'opaque, de résistant, que je ne comprends pas.

Son intérêt financier me semble clair mais le réseau de liens souterrains ou visibles le reliant à Franck est certainement plus compliqué.

Je lui demande si Blossom avait souhaité un enfant.

— Elle était une enfant. Ç'aurait été un beau désastre.

— Elle n'était pas enceinte quand elle est morte ?

— Vous avez l'esprit tordu. De toute façon, ni l'une ni l'autre ne pouvaient être enceintes de Franck. Il s'était fait faire une vasectomie. Par idéologie. Voilà, ça c'est Franck pour vous. Trop d'enfants, pourquoi les femmes auraient-elles seules le souci de la contraception, de toute façon, moi, je n'en veux pas et hop ! C'est irréversible, et alors ? Démonstration faite que Sigrid trompait Franck, au fait !

— Un jaloux qui tue une deuxième fois, vous voulez dire ?

— Vous avez décidément l'esprit tordu. Au fond, vous avez raison. Allez, on dit que ça reste entre nous comme information, d'accord. Vous êtes d'accord qu'il vaut mieux que ça ne se sache pas ?

— Au contraire. Si ça prouve que Sigrid était une femme infidèle ! Ça prouve aussi que c'était une menteuse. Le fond de ma pensée, vous le voulez ? Je suis persuadée qu'il vaut toujours mieux affronter les difficultés. Pourquoi refuser l'extradition ? Ne pensez-vous pas que Franck serait soulagé de savoir la vérité sur la mort de sa femme ? Il efface au fur et à mesure. Il croit effacer mais tout est là. Bien sûr. En plus, si effectivement ça a été un coup monté, il vaudrait mieux savoir qui a pu lui vouloir du mal à ce point ?

Il fait mine de réfléchir, je dis : mine, parce que je suis sûre qu'il calcule tout face à moi, chaque mot, chaque expression. Ce gros garçon apparemment spontané et peu réfléchi est la méfiance incarnée.

— Le risque est trop gros. La peine de mort, quand même ! Vous allez faire un livre de notre histoire ?

— Je ne sais pas encore.

— Bon, j'ai à faire. Tenez-moi au courant.

— David n'aurait pas dû vous le dire. Ce n'est pas que j'aie honte mais dans le genre intime... je pense que l'espèce humaine est la pire chose qui soit arrivée à la planète. Sans même parler des problèmes de surpopulation, l'idée de participer à l'hégémonie de cette espèce malfaisante me dégoûte. Vous avez l'air stupéfaite. Je sais que les femmes ne raisonnent pas pareil, elles ne peuvent pas. Leur instinct est de perpétuer l'espèce, justement. Pourquoi n'avez-vous pas d'enfant, d'ailleurs ?

— J'ai eu un fils. Il est mort.

— Vous voyez, c'est atroce. La vie est atroce. Vous n'avez pas eu envie d'en avoir un autre ?

Je l'aime aussi de ne pas s'excuser comme ferait n'importe qui.

— Je n'ai juste pas envie d'en parler. Mais dans votre propre vie, vous n'avez pas des souvenirs heureux, des instants de joie ou de passion qui justifieraient même l'horreur ?

Il prend le temps de réfléchir. Il semble presque étonné de ma question, de ce qu'elle sous-entend de possibles. Dans ces moments-là, il est désarmant.

— Je crois que mes seuls instants de vrai bonheur, c'est quand j'écris, même mes misérables histoires de sang et de fureur. Parce que je suis alors dans un monde où rien n'existe pour de vrai, y compris la souffrance, un monde dont je suis le maître sans en être l'acteur.

— Vous voulez donc tout contrôler ?

— Franchement, qu'est-ce que je contrôle ? Regardez ma vie.

— Quand j'ai parlé avec votre éditeur, il s'est référé soit à Francis, soit à Franck comme si c'étaient deux personnes différentes.

— Il a toujours fait ça. Ça ne veut rien dire. De fait, il a connu d'abord Francis, par David, puis Franck par mon manuscrit. Donc, lui a bien connu deux personnes distinctes. Et ne s'est jamais fait à leur unité. C'est un homme d'affaires doué mais c'est un homme simple, vous savez.

En tout cas, oui, je sais que Sigrid m'a trompé mais, contrairement à tout ce qui a été dit et écrit à mon sujet, je n'ai jamais cru qu'on possède ce qu'on aime. Si elle est allée voir ailleurs, c'est qu'elle ne trouvait plus ce qu'il lui fallait auprès de moi. Comment lui en vouloir ? Je suis très conscient que la vasectomie a quelque chose de définitif, très paniquant pour une femme. Je n'aurais jamais dû le dire à Sigrid.

Vous me trouvez froid et dur ? Ne vous fiez pas tant aux apparences. J'ai l'impression parfois que, si je me laisse aller à une émotion telle qu'il en remue dans mon ombre intérieure, sa force serait capable de me détruire. Ce serait peut-être une belle façon d'en finir.

Durant tout ce temps, j'oscille entre la confiance et la méfiance, l'une et l'autre absolues. Une voix bien enfouie me dit qu'il me manipule avec la virtuosité d'un marionnettiste professionnel, une voix bien plus présente me chuchote qu'il s'essaie au strip-tease mental et que ses formules littéraires, ses phrases toujours construites, grammaticalement organisées, sont un reste de pudeur. D'un ton presque badin, il m'interroge :

— Votre fils est mort en même temps que votre mari ? C'est ce qui vous a faite telle que vous êtes. Je suis sûr que vous étiez différente, avant. Vous n'auriez pas pu me faire autant de bien, car vous m'en faites, je vous assure. Beaucoup de bien. Moi qui suis plongé dans le mal depuis l'enfance.

Et ça n'a rien à voir ni avec vos questions ni avec votre projet. Qui n'aboutira pas. Vous le savez, non ? Vous savez qu'il n'est plus question de cela depuis longtemps ?

Je prends un air serein et détaché pour affirmer le contraire et nos regards restent un instant crochetés l'un à l'autre. Sans rien en montrer, je sais qu'il a gagné cette manche-là, alors que j'ignore encore l'enjeu de notre duel.

Et comme ma pensée continue d'avancer presque malgré moi, de petit caillou en petit caillou, je me dis qu'enceinte d'un mois Sigrid pouvait ne pas savoir qu'elle attendait un bébé. Et si elle ne le savait pas, comment Franck l'aurait-il su ? Et cela a-t-il une quelconque importance ?

Courrier

Je reçois la première lettre de Franck le lendemain de cette conversation « à cœur ouvert ». Il dû l'écrire à peine de retour dans sa cellule.

Extrait :

J'espère ne pas gêner votre démarche avec un courrier intempestif. Je sais depuis longtemps dans quelles circonstances votre mari et votre fils sont morts. Pardon de les avoir évoqués. Je sais aussi le lien que cette communauté de destins a tissé entre nous. Ce que je ne peux pas, ne pourrai jamais vous dire, qu'il m'est plus facile de vous écrire, c'est que la mort de Sigrid, devant rester, j'en suis sûr maintenant, inexpliquée, ne sera jamais acceptable. C'est un étrange paradoxe de la nature humaine : la mort des vôtres, aussi absurde soit-elle, aussi ridicules et mesquins qu'en aient été les motifs, a trouvé une explication. Celle de Blossom, même si on n'en connaît pas le responsable, a été un meurtre, ce qui, d'une certaine façon, définit un cadre. Je ne saurai jamais si la mort de Sigrid est un accident, un suicide ou pire et, du coup, il me semble que je ne l'accepterai jamais vraiment parce qu'elle-même restera un fantôme hésitant entre ici-bas et au-delà.

Je ne suis pas de nature mystique, habituellement, mais cette vieille histoire de la sépulture, du repos, de l'accompagnement, peut s'interpréter de tas de manières. A l'heure actuelle, mon soulagement et sa libération ne pourraient venir que de la connaissance. Espoir vain, bien sûr.

Je suis fatigué et commence à penser que j'ai tort de me battre contre l'extradition. En finir. A tous points de vue, en finir. Décidément le repos, moi qui n'ai jamais aimé les vacances...

J'ignore si c'est le but recherché mais j'appelle immédiatement à la Santé, oubliant qu'on ne peut communiquer avec les prisonniers comme avec des pensionnaires. Sans trop en rajouter dans l'hystérie, je suggère de surveiller Franck Anger, sous le prétexte qu'il m'a semblé triste et même accablé depuis la découverte du corps de sa femme.

Je pourrais pourtant me douter qu'il est la dernière personne à envisager le suicide comme solution à quelque problème que ce soit mais il faut parfois laisser les informations brouiller les pistes pour retrouver la bonne route.

Et avec la même fausse logique qui me caractérise par moments, devinant la résignation sous sa décision de se remettre aux mains de la justice américaine, je décide aussitôt qu'il faut à tout prix la combattre.

Sigrid était morte la nuit de notre rencontre ou le lendemain matin. Sur ce point, la médecine légale pouvait s'engager. La police française fit interroger Dominick Green par le truchement de collègues américains. Il affirma ne pas avoir été au courant de la grossesse de sa maîtresse. Il présenta, de plus, un solide alibi pour les deux jours encadrant le moment probable de sa mort. Il avait été le seul suspect immédiatement envisageable. La théorie ne tenait pas la route. Alors ?

Rien dans la personnalité de Sigrid, dans ce qu'on m'en avait dit, ou dans ce que j'avais ressenti pendant notre brève rencontre, n'en faisait une candidate au suicide mais le suicide demeure un acte mystérieux. Un accident restait toujours possible mais, dans ce contexte, il était difficile de ne pas envisager le meurtre en priorité.

Je reçois alors un paquet de l'agence spécialisée qui a rassemblé toute la presse relatant les meurtre et suicide des géniteurs de Franck.

Ce n'est pas énorme.

Une affaire sans grande marge d'erreur possible, le meurtrier s'étant fait justice après avoir rédigé une confession, les deux victimes ayant été automatiquement cataloguées comme des marginaux. Seul l'enfant avait alléché quelques journalistes mais il avait été très protégé par les Towne, apparemment, et par la police, probablement par l'intermédiaire de Bennett.

L'absence de photos me frappe davantage. Un seul journal a réussi à dégoter un cliché pris dans une communauté de Heightbury à San Francisco.

Et pour la première fois, je lis le nom de jeune fille de la mère de Franck, un nom bien français, Christine Maurière. Typique mais peu courant, comme je m'en assure rapidement.

Il existe une famille Maurière à Paris. J'appelle

sans hésiter et demande à la voix de femme âgée qui me répond si elle est parente d'une Christine Maurière ayant vécu aux Etats-Unis dans les années soixante dix.

Je n'aurais jamais imaginé qu'une voix puisse se verrouiller. C'est pourtant ce que j'entends.

— La personne dont vous parlez est morte depuis longtemps.

— Je sais. Mais il serait très important que je retrouve des membres de sa famille.

— Important pour qui ?

— Pour beaucoup de monde...

Je me présente, laisse présager quelques secrets intriguants, finis par éveiller la curiosité et peut-être même un retour d'émotion enfouie sous des décennies de fossilisation, bref, obtiens un rendez-vous.

Assez satisfaite, je regarde ensuite la photo, l'unique photo pour l'instant, où apparaît la mère de naissance de Franck. Photo noir et blanc, un groupe de hippies typiques de ces années-là, garçons aux cheveux longs, pantalons larges, jeans brodés, chemises fleuries, chemises à jabot, filles en jupon, chemises indiennes ou calicots à l'ancienne. Une croix marque la victime de la tragédie qu'on aurait, en toutes circonstances, distinguée du groupe. C'est d'elle, clairement, que Franck tient sa beauté particulière. Elle a les cheveux longs, foncés et lisses, tombant sur les épaules, un bandeau d'Indienne ceinture son front et son crâne. Le regard est profond et vague en même temps. Des sourcils fournis, en arcs parfaits, des yeux immenses, un grand nez d'aristocrate et la bouche, longue et fine, très dessinée sur laquelle erre un sourire indéchiffrable. Elle porte une robe à fleurs et à godets, très années trente. Elle possède une élégance et une distance qui la démarquent du groupe. Il faut dire que cette assemblée de jeunes gens souriants pourrait illustrer n'importe quel article sur les années hippies aux Etats-Unis. Les uniformes, décidément, effacent les traits individuels, même quand ils croient être l'émanation d'une liberté et du choix qui en découle.

Bob, le père de Franck, n'est apparemment pas sur la photo. Je cherche à la loupe, ne le reconnais pas. S'il était présent, une croix l'aurait également identifié.

Je tombe alors sur des yeux immédiatement identifiables. Un jeune homme au dernier rang, le haut de son visage seul visible, regarde l'objectif, me regarde donc avec la profondeur lisse qui caractérise le regard de Franck. C'est troublant.

Christine est deux rangs devant lui. Elle n'est pas grande. Sa main gauche pend le long de son corps et la droite est invisible, l'épaule un peu rentrée en dedans permettant au bras d'obliquer vers l'homme au regard de Franck. Lui a-t-elle donné la main en secret ? En secret, en ces temps d'amour libre ?

Le petit commentaire sous la photo indique simplement qu'un correspondant anonyme, informé semble-t-il des recherches entreprises par l'agence, a envoyé cette photo « en souvenir des années heureuses ».

Je me demande aussitôt si l'homme mystérieux de la photo ne serait pas Ira Doe, le pianiste suicidé. J'appelle un ami spécialiste du rock avec lequel je prends rendez-vous avant de partir dîner en tête à tête avec moi-même dans ma cantine, le vietnamien de la rue qui ne s'est jamais senti obligé de jouer les hôtes débonnaires ni de me faire la conversation. Sa cuisine n'est pas fameuse mais la paix qu'il me fiche est royale. Je pense que nous nous comprenons.

Je me surprends à rêvasser sur le courrier de Franck au lieu d'analyser les nouveaux éléments en ma possession...

En dépit du style alambiqué et des précautions pudiques, j'y reconnais notre première lettre d'amour.

Je me rappelle aussi qu'il y a bien deux ans que mon corps n'a plus connu de corps d'homme. L'idée s'esquisse que choisir un prisonnier comme amant n'est pas la solution la plus satisfaisante. Je me dis alors sérieusement que, si je commence à tout mélanger à ce point, je n'aurai d'autre choix que d'arrêter net une entreprise devenue malsaine. Mes ardeurs s'en trouvent efficacement refroidies.

Autre fille, autre mère

La femme qui m'ouvrit la porte au cinquième étage de la rue Lauriston portait bien ses soixante-quinze ans. La bouche était devenue amère, peu amène, par principe, je pense, plus que par réaction. Elle semblait dire : « Ah, c'est vous, je m'attendais à mieux. » Elle ponctua notre rencontre de mimiques comparables, à plus ou moins bon escient. C'était sans doute un tic.

Après un salut bref, elle marqua un temps comme pour me faire savoir qu'elle ne me laissait entrer qu'à contre-cœur. Au premier coup d'œil, l'appartement était impeccable. Une fois installée sur le canapé à deux places, je laissai mon œil fureteur dénicher rapidement la poussière sur les étagères, les taches anciennes sur le parquet. La saleté propre aux vieux sévissait ici, en dépit d'un ordre supposé la cacher.

La dame sévère ne m'offrit pas à boire. Elle s'assit, chevilles croisées sous son fauteuil, mains croisées après une longue hésitation. Elle portait une robe blanche, plissée, genre robe tennis, et des tennis également. Ses cheveux gris étaient brossés courts en une mise en plis impeccable. Je la soupçonnai d'être allée chez le coiffeur à cause de ma visite le matin même. Ce qui suggérait qu'elle n'en recevait pas beaucoup. Un avantage pour moi.

Des photos partout, d'un homme, beau bourgeois élégant, sourire retenu, cheveux lissés, et d'un jeune homme au regard incertain. Pas de femme. Aucune photo de l'occupante des lieux non plus.

Je ne cherchai pas à faire la conversation. A mon habitude je laissai les noirs choisir leur ouverture.

Mme Maurière suivit mon regard et commenta :

— Mon mari. Il est mort après le départ de Christine. Peu de temps après. Il était malade. Mon fils, le frère de Christine, ne me donne pratiquement plus de nouvelles depuis son dernier mariage. Voilà ma famille.

Elle renifla.

J'hésitai mais, malgré ses tentatives de jouer les victimes, elle avait l'air costaud. Mieux valait une attaque frontale.

— Votre petit-fils est en prison en France, à la Santé.

— Je n'ai pas de petit-fils.

Son visage s'était recroquevillé sur une douleur intime.

— Le fils de Christine.

— Qu'est-ce que vous en savez ? Christine est morte depuis longtemps.

— Vous n'avez pas envie de le voir ?

— Qui ?

Regard perdu tout à coup. Elle ne savait plus de qui je parlais, de son mari, de son fils...

— Votre petit-fils.

— Je n'ai pas...

Elle s'interrompit, ses yeux éclaircis par l'âge se brouillèrent un moment sous le coup d'une émotion obscure. Ses lèvres tremblèrent. Elle se mit à balbutier :

— Qu'est-ce que vous voulez, enfin ? Vous me racontez je ne sais pas quelles histoires. Il faut vous expliquer clairement, ma petite. Qui êtes-vous, d'ailleurs ?

Je résumai ma biographie à nouveau, expliquai comment j'en étais venue à m'intéresser à Franck Anger. Elle ne connaissait pas, ne lisait plus les journaux depuis belle lurette, depuis la mort de son mari exactement, l'actualité n'avait plus de sens puisqu'il n'en faisait plus partie.

Puis, sans entrer dans les détails, je lui parlai de mon séjour à San Francisco et de ma découverte de la véritable identité de Franck, qui recouvrait en fait une ultime identité, celle du fils de Christine Maurière, assassinée par son mari, laissant un orphelin qui avait été recueilli et adopté par les voisins.

Elle suivit parfaitement et conclut, la voix rêveuse :

— Un fils...

Puis, sa nature méfiante reprenant le dessus :

— En quoi cela vous regarde-t-il ?

Je me contentai de sourire. Je connais les vieilles dames, l'attrait de se raconter est toujours le plus fort.

— Parce que... vous déboulez chez moi, vous venez remuer de vieux souvenirs douloureux et je ne vous connais ni d'Eve ni d'Adam, il faudrait vous croire sur votre bonne mine. Figurez-vous que les choses ne sont jamais si simples. Christine n'était pas un cadeau de la nature, croyez-moi. Déjà enfant, c'était l'égoïsme personnifié. Mon mari était très faible avec elle. Elle était jolie, c'est sûr, savait jouer de son charme, bonne en classe, mais obstinée, n'en faisant qu'à sa tête. Nous avons dû intervenir avec force pour qu'elle renonce à ses velléités théâtrales, après elle s'est entichée de philosophie alors qu'elle avait toutes les qualités requises pour faire un bon mariage. A condition d'être dans le bon milieu. Mais non, elle ne ramenait à la maison que la lie de la faculté. Des marginaux hirsutes et insolents qui hurlaient des gros mots et prenaient la sexualité pour un sixième sens.

A dix-huit ans, elle nous a annoncé qu'elle partait de la maison, qu'elle se débrouillerait sans nous.

Mon mari m'a dit : elle n'y arrivera jamais. Elle s'était entichée d'un garçon. Pas pour longtemps. Il voulait l'épouser, le pauvre. J'y ai mis bon ordre.

Elle m'avait dit : « Si vous avez tellement besoin que je me marie, je l'épouse, mais ce sera une belle connerie. Echec garanti. »

Comment voulez-vous raisonner avec un caractère pareil ? Le pauvre garçon ! Quand je lui ai demandé pourquoi diable il voulait épouser Christine, il m'a répondu d'un ton bêlant : « Parce que je l'aime ! » Il se prenait pour un héros romantique. Pas elle. Alors moi je lui ai dit : « Je vous crois mais elle ne vous aime pas. » J'ai cru qu'il allait s'évanouir. Qu'est-ce qu'ils savent de l'amour ? Le sexe a brouillé les pistes. Nous, on savait faire la différence. Rien à voir, pourtant, croyez-moi. Oh, vous pouvez sourire !

Et un beau jour, mon mari venait d'avoir sa première crise cardiaque, mais on était encore pleins d'espoir, envolée ! Un mot par la poste, sec comme un coup de trique et *ciao*.

Je n'ai rien dit à mon mari. Ça l'aurait tué. Ce qui ne l'a pas empêché de mourir, remarquez !

Deux mois après.

Et je me suis retrouvée seule. Mon fils a toujours été un bon à rien. Il venait me voir quand il avait besoin d'argent.

J'étais sûre qu'elle était morte. Ça ne m'a pas surpris quand le consulat m'a prévenue.

On m'a proposé de rapatrier le corps. Pour quoi faire ? On m'a dit aussi qu'il y avait un enfant. C'était à mon tour de faire la morte. Me retrouver avec une Christine *bis* ! On ne m'avait pas dit que c'était un garçon. Je ne me rappelle pas. En tout cas, personne n'en avait rien à faire. Une belle réussite. C'était bien la peine...

Non, je n'ai aucune photo d'elle. Je les ai toutes détruites. A quoi ça sert, les photos ? A rappeler la perte et l'absence ? Merci bien.

Elle prit note de mon regard sur les photos alentour.

— Eux, ce n'est pas pareil. Ils ne m'ont pas abandonnée. Pas comme elle.

J'avais eu la bonne idée de prendre une photo de Franck. Elle la regarda longtemps.

— Vous croyez que ça lui ferait plaisir ? Une visite ? Vous êtes sûre ? Je ne suis pas sûre. Il a l'air d'avoir le même caractère qu'elle ! Sauvage. Qu'est-ce qu'il a fait pour être en prison ?

Peut-être rien ? Je n'y crois pas une seconde. Personne n'est en prison pour rien. Et la responsabilité ? A moins que vous ne croyiez vous aussi à toutes ces bêtises, pas assez aimé, orphelin, pauvre... Moi je pense à tous ceux qui ont eu des enfances misérables et qui ne se retrouvent pas en prison. Alors ? Eh oui, alors, rien.

Ecoutez, j'y réfléchirai.

Et elle, elle n'a jamais fait de prison ? Un vrai miracle. Qu'est-ce qu'elle est allée chercher là-bas qu'elle ne pouvait pas trouver ici ? Vous pouvez répondre à ça ? Vous croyez vraiment qu'on trouve ailleurs ce qu'on n'a pas chez soi ?

J'étais incapable de répondre à cette interrogation.

Je parvins *in extremis* à lui extorquer l'adresse de son fils.

Elle me raccompagna à sa porte, l'ouvrit puis soudain bien en face me demanda :

— Elle a beaucoup souffert quand elle a été... Vous savez ça ?

Je lui répondis plus ou moins honnêtement qu'à ma connaissance, non. En vérité, je n'en savais rien.

Elle se détendit soudain :

— C'était une beauté, vous savez !

Et sous les rides et la peau distendue, je vis la belle femme qu'elle-même avait été et à laquelle elle pensait, j'en étais sûre, et dont personne ne savait plus rien, ne saurait plus jamais rien, et c'était assez désespérant et pour elle et pour moi. Et pour Christine aussi.

Désespérant comme le temps qui s'enfuit. Irrattrapable.

L'oncle

Comme je l'appris par la suite, c'est la quatrième femme du fils qui m'ouvrit. Elle avait pour seul attrait sa jeunesse extrême. Un peu boulotte, sans chevilles, très maquillée, mais assez jeune pour me faire sentir vieille aussitôt.

— Patrick, c'est la dame pour toi ! Il est dans son bureau.

Elle m'indiqua une porte et disparut dans la salle de bains.

Je toquai à la porte indiquée, une voix de basson m'invita à entrer.

Le gène de la beauté avait décidément sévi dans cette famille. Patrick portait encore haut les couleurs de sa jeune cinquantaine. Les cheveux malheureusement teints, le ventre rentré à toute force dès sa levée du fauteuil, il gardait des traits charmants encore visibles sous la mollesse du dessin de son visage. Héritier d'une plastique presque parfaite, sa personnalité avait fini par abîmer l'héritage génétique. Il avait les yeux aussi clairs que sa sœur les avait eus foncés.

Il me serra la main, passa l'autre dans ses cheveux d'un air débordé. Sur sa table, l'écran d'un ordinateur projetait sa lumière blanche.

— Vous tombez à pic, me dit-il. Je travaille sur l'arbre généalogique de ma famille et l'impasse que représentait Christine me posait un vrai problème. Alors, vous l'avez connue, c'est cela ?

Je n'éprouve pas de vanité particulière par rapport à l'âge mais je n'avais pas celui d'avoir pu connaître sa sœur. Je me rendis compte que, dans son esprit, il avait toujours vingt ans et me considérait pratiquement comme une contemporaine un peu plus âgée. Je m'aperçus rapidement qu'il était assez sot, ce qui est toujours bêtement une déception quand l'apparence a accompli son travail de séduction.

Je me gardai bien de lui annoncer la couleur et montrai au contraire une curiosité passionnée pour son entreprise. Je passe sur les informations dont il me fit part concernant les générations précédentes et me contenterai de résumer ce qui concernait directement Christine.

Christine était née, cinq ans avant son frère, en Algérie, en pleine prospérité, leur père ayant hérité des terres familiales. La mère était une continentale rencontrée à un bal de 14 Juillet lors d'une fête étudiante à Lyon. Par amour, elle avait suivi son beau pied-noir à Oran.

La guerre d'Algérie les avait laissés pauvres et isolés, sur une terre inhospitalière supposée être leur patrie. Les beaux-parents leur avaient offert l'hospitalité, à reculons. Le père était devenu représentant en alcools et s'était tué à la tâche. Littéralement. D'après le fils, la crise cardiaque était directement due à des horaires et des parcours trop contraignants.

Il prit l'air faraud du type sans préjugé ni tabou et

qui espère secrètement choquer, donc intriguer. Je décidai que Christine avait été seule héritière du magot cérébral familial.

— J'étais amoureux de ma sœur. La vraie came. Amour incestueux, attirance incluse. Elle n'a jamais répondu à mes avances. Même pas gênée. Elle trouvait ça incongru, je pense. C'était une princesse. Une princesse sans château et sans or mais une princesse. Le tout, c'est d'y croire. Et elle y croyait. A part ça, c'était le cerveau de la famille, faut reconnaître. Bac avec mention à seize ans, j'en ai entendu parler, croyez-moi !

Je le remerciai silencieusement de répondre à mon souhait.

— Mais sans ambition. Pas la peine quand vous êtes une princesse. Tout devait lui tomber du ciel. A peine si elle aurait eu l'énergie de tendre la main. Les autres ne comptaient pas pour elle. C'était sans méchanceté. Je crois qu'elle n'avait pas de cœur. Vraiment. Elle l'avait perdu quelque part en route. J'avais cinq ans de moins qu'elle et, aussi loin que je remonte, je ne l'ai jamais vue émue, sauf au cinéma. Totalement indifférente à la réalité.

Vous pouvez imaginer le succès qu'elle avait auprès des garçons ! Il y en a un, un jour, qui l'a fait pleurer, alors je lui ai cassé la gueule. C'est longtemps après que j'ai compris qu'elle n'avait pas pleuré à cause de lui mais à cause de la bague qu'il voulait récupérer et qu'elle espérait garder. Un petit diamant.

Son départ ? Elle était coincée, ici. Avec papa malade sur qui elle ne pouvait plus compter, sa mère sur qui elle n'avait jamais pu compter. Et moi sur qui elle avait décidé que les parents pouvaient compter, merci, frangine.

Elle était prête à tout. Alors je ne sais pas ce qu'elle a fait pour son billet d'avion mais l'Amérique, ç'a été sa terre promise. Sa ruée vers l'or.

Alors, comme ça, elle a eu un fils ?

Maman ne me l'avait jamais dit.

C'est une bonne nouvelle. Moi, j'ai trois enfants. De trois mères différentes. Et je n'ai pas dit mon dernier mot. La lignée n'est pas près de s'éteindre.

Il a trente-deux ans ? C'est vrai qu'elle était jeune à l'époque.

En taule ? Génial. Ça va nous changer un peu, corser l'arbre généalogique.

Alors, vous croyez que je peux aller le voir ?

Franck Anger

Je n'ai jamais connu Franck que pâle, de ce teint particulier que donne la détention, comme si les rayons du soleil n'avaient pas la même puissance d'action dans la cour fermée d'une prison et dans le plein air d'une vraie liberté.

Cette fois, il est carrément gris, les yeux cernés, rapetissés, la bouche fine, tout son corps exhalant une tension exceptionnelle.

Je le salue en le regardant bien en face, il ne peut pas répondre, ses yeux fuient les miens, non pas par gêne mais par un excès de rage qui doit lui faire peur à lui-même.

— Qu'est-ce qui ne va pas ?

— De quel droit ?

Les mots jaillissent, furieux. Il parle court comme s'il craignait qu'un excès de mots libère un excès de colère.

— De quel droit quoi ? Qu'est-ce qui s'est passé ?

— Ce type... ce Patrick que vous m'avez envoyé...

J'en reste étonnée, je dois dire. Je ne relie même pas immédiatement le prénom et mes visites à la famille Maurière qui remontent à quelques jours.

— Je n'ai pas eu de parents. Pourquoi j'aurais un

oncle tout à coup ? Un connard en plus, un vieux jeune avec sa queue de cheval, sa boucle d'oreille et son faux air super-cool... De la famille, comme ça, on s'en passe. Putain, elle est morte ! Elle m'a abandonné et démerde-toi ! Et il faudrait que je me tape sa famille maintenant ! Je ne fais pas partie d'eux. Ce n'est pas un peu de foutre et de plaisir qui font une personne. Je me suis fait, moi, ailleurs, autrement.

La colère m'a toujours refroidie. Quand elle explose, elle est surjouée. Toujours. C'est du théâtre, de la représentation, un besoin de convaincre, de se convaincre soi-même. Je ne suis pas impressionnée du tout, je le suis beaucoup plus par sa physionomie. Qui m'en dit plus long et plus vrai. Et on ne change pas de vocabulaire tout à coup, comme ça.

— Ce n'est pas à moi qu'il faut vous en prendre.

— A qui d'autre alors ? Sans vous, je n'en serais pas là et, de toute façon, je n'ai personne d'autre sous la main, alors...

Phrase qui me fait rire, rire qui le fait hésiter entre un cran au-dessus de sa furie et une bascule dans l'amusement complice.

Ce petit moment aura aidé à nous rapprocher. Car il sourit, je pouffe, et dans les deux minutes nous partageons un rire, un peu nerveux, certes, comme si chacun était soulagé d'avoir échappé à je ne sais quel aveu, mais assez complice pour sembler sincère. Je m'essuie les yeux en m'excusant. Je lui explique que la mauvaise foi péremptoire a sur moi un effet irrésistible. Surtout quand elle est suivie d'un accès de sincérité contradictoire.

Il avoue que sa propre bêtise le fait toujours osciller entre désespoir et dérision.

Et on se tait un moment, assez contents l'un de l'autre. Pour ma part, je savoure ce premier rire partagé avec un plaisir exagéré...

... avant de reprendre calmement sur le sujet de sa colère. Je lui rendais visite avec l'intention claire de lui apprendre mes découvertes familiales. Je n'ai jamais eu l'intention, bien sûr, de lui cacher mes progrès.

Patrick, qui se révèle décidément aussi grossier que bête, avait couru à la prison, trop content d'être apparenté à une vedette de l'actualité.

Le pire restait à venir puisqu'il s'empressa de vendre son témoignage à un hebdomadaire à sensation. L'article qui suivit devait nous apprendre, à Franck comme à moi, des faits qu'il aurait préféré découvrir sans les partager avec des milliers d'anonymes avides.

Patrick s'était présenté à son neveu inattendu en oncle débonnaire et débordant d'affection. N'était-ce pas une heureuse surprise pour un orphelin de se découvrir une famille ? Et une famille originale qui plus est... Qui ferait de la matière à roman, Patrick était prêt à en témoigner. Décidément, la littérature courait dans la famille, non ?

Je ne sais pas si ce premier rire partagé a fait tomber un premier barrage de défense chez Franck ou si vraiment son oncle de France s'est comporté comme le bouffon qu'il dit mais il retient difficilement quelques hoquets en me répétant ce que Patrick présente comme le summum de l'originalité.

Sa marginalité se résume à une absence permanente d'emploi rémunéré. En creusant un peu, Franck a compris qu'il a été entretenu par sa mère d'abord et ses épouses successives ensuite. En dehors de son indéniable beauté, l'homme doit certainement posséder une botte secrète qui nous laisse rêveurs.

Sa rébellion est avérée par le fait qu'il prend le métro sans payer et méprise violemment les flics.

Sa nature est évidemment artistique. Il travaille actuellement sur des collages dont il a tenu à montrer le book : des photos de bouts d'anatomie féminine agrémentés de bouchons de plastique et autres détritus métaphoriques. Forcément métaphoriques.

Les autres photos qu'il a sorties de sa grande enveloppe étaient des clichés d'une banalité exaspérante, montrant ses trois enfants à divers âges. Des enfants sans grâce, sans beauté, sans l'ombre d'un charme. Le gène miraculeux de la famille Maurière semble perdu pour toujours.

Franck, redevenu grave, conclut :

— L'homme est un désastre. Et je ne vois pas comment sa sœur aurait pu valoir mieux. Passons à autre chose. Tout cela me fatigue.

— Désolée. Nous sommes au cœur de mon sujet et je n'ai pas envie de passer à autre chose. J'ai rencontré leur mère également, votre grand-mère, que vous le vouliez ou non. Mais si vous ne souhaitez pas la voir, rien ne vous y oblige. Simplement je ne peux pas me débarrasser de cette impression que vous cherchez à fuir quelque chose. Qui vous fait peur donc... ou alors quoi ?

Son air exaspéré me renseigne sur le crédit qu'il accorde à mon commentaire.

— Votre mère de naissance est un mystère. L'élucider est essentiel. Parce qu'il nous donnera peut-être la clé de sa mort, celle de votre naissance, de votre adoption et du reste.

— *Vous* donnera. Laissez-moi en dehors de ça. Je croyais vous avoir dit que nous n'en étions plus là mais, si vous persistez, je vais vous expliquer le fin mot de l'histoire. C'était une petite Française sans grands moyens qui rêvait d'une autre vie, qui a cru à toute la mythologie hippie, *peace and love* et autres conneries, et qui s'est retrouvée maquée avec un raté, sans un rond, et un gosse qui l'encombrait. La mort est certainement ce qui pouvait lui arriver de mieux.

— Vous saviez qu'elle était française ?

— On me l'a dit. Tout le monde était frappé qu'elle n'ait pas un accent français, mais scandinave plutôt. Et apparemment elle en jouait, n'aimait pas dire qu'elle était française. Je n'ai aucun souvenir d'elle, vous savez. Ce qui n'a rien d'étonnant vu mon âge. Je veux dire : mon âge de l'époque. Mes souvenirs vraiment précis datent du déménagement, quand j'avais neuf ou dix ans. A part... à part un collier de perles très douces et très lumineuses.

— Douces et lumineuses ?

Il revient à lui. Un très bref instant, et pour la première fois, il a semblé entrer dans un état hypnotique et je m'en veux d'avoir interrompu cette plongée.

Son ton devient presque irrité, comparable à celui de quelqu'un qu'on a réveillé d'un sommeil profond.

— C'est ce qui me vient, oui.

Il regrette de s'être laissé aller, l'homme de contrôle.

— Et la leçon de piano... ce souvenir d'enfance que vous avez évoqué...

— Ce n'était pas elle. C'était plus tard.

— Vous êtes sûr que ce n'était pas elle ? Il y avait un piano dans votre maison d'alors. Et elle vous apprenait à jouer... L'air de Mozart, c'est bien ce qu'une maman jouerait...

Son regard s'assombrit. Je ne l'ai jamais vu changer d'expression et d'humeur aussi rapidement. Là, c'est comme s'il baissait un rideau sur des images qu'il ne veut pas voir, ou que je ne dois pas découvrir.

Quand j'avais posé la question à Mme Maurière, elle était tombée des nues.

— Non, du piano, Christine, jamais.

Mais Patrick, lui, m'avait dit :

— C'était son rêve. Ça ne m'étonne pas de ma mère. Elle a tout oublié de l'enfance de Christine. Je me rappelle un jour où ma frangine lui a parlé de son vélo rouge avec lequel elle circulait à Blida et elle a soutenu qu'elle n'avait jamais eu de vélo. Moi, je m'en souvenais, alors...

J'étais le préféré, c'est sûr. Alors, moi, j'ai eu droit aux cours de piano et je n'étais pas doué. Pas intéressé et pas doué. Christine était douée mais on ne pouvait pas payer des cours aux deux. Alors elle me regardait travailler, essayait de faire pareil et me demandait conseil.

A la fin, elle se débrouillait un peu quand même.

Mme Towne, elle, m'avait dit :

— Elle jouait tout le temps. Elle prenait son petit garçon sur les genoux et le faisait jouer. C'est pour ça qu'on lui a donné des cours après. Ça semblait tellement important pour elle.

Et David :

— Je n'avais jamais entendu de musique classique avant leur arrivée. Elle en écoutait beaucoup et elle en jouait aussi. J'avais l'impression qu'elle jouait très bien mais je n'y connais rien. J'étais déjà tellement épaté qu'on puisse faire des sons harmonieux avec ces foutues touches. Mais son mec n'aimait pas. Ça le dérangeait dans son travail, l'enfoiré. Si j'avais été plus grand, je serais intervenu, j'aurais cassé la gueule à Bob, mais à mon âge... Un jour, pourtant, elle m'a appelé son protecteur. Parce que j'avais tué une araignée qui lui faisait peur. Moi, je n'ai jamais eu peur des insectes. De pas grand-chose, d'ailleurs. Je n'avais pas de mérite.

Je cite ces témoignages à Franck, m'étonnant que tout le monde associe Christine au piano, sauf lui.

— C'est comme ça.

— Vous aimez beaucoup la musique, pourtant.

— On est quelques millions.

— Certes. Patrick m'a aussi parlé de votre mère comme d'une princesse.

— Ce n'est pas ma mère. Enfin ce que j'appelle une mère...

— Appelons-la Christine.

— Ecoutez, on peut arrêter avec ça. Elle s'est envoyée en l'air, elle n'a rien fait de sa vie à part allumer des mecs, alors, c'est bon. Si vous n'avez rien de plus intéressant à me proposer...

Et il va toquer à la porte. Cette fois je me lève.

— C'est très grossier de me congédier à chaque fois de cette façon.

— C'est ma seule liberté. Merci de me la laisser...

J'en ai les larmes aux yeux. Pas parce que je suis émue de son pathos artificiel, mais parce que je n'occupe décidément pas la place que j'ai cru acquérir auprès de lui. Et pourquoi pas, mériter.

Photos

Les deux romans de Franck Anger qui bouclent sa trilogie s'appellent *Quand on se reverra...* et *Meurtres à la carte*. Traduits en dix-huit langues, dépassant chacun les cent mille exemplaires en France, ce sont des thrillers efficaces, fabriqués à peu près sur le même modèle : un meurtre inexplicable, tendance sadique, décrit avec force détails, dont la victime est une femme innocente, dans le premier cas, et un enfant dans le deuxième. Le héros d'Anger, depuis le deuxième titre, est un justicier, un ancien flic qui en a eu assez des faiblesses de la justice, et qui la rend lui-même au nom des victimes. Il manifeste des tendances sadiques qui lui permettent de traquer des tueurs dont il n'est pas si éloigné et établit généralement une relation sexuelle débridée, quoique courte, avec une des futures victimes.

Je les ai lus avec moins d'intérêt que le premier. Je reconnais la force du récit mais trop de sensationnel et une écriture calibrée, après les promesses du premier, ont eu raison de mon intérêt purement littéraire.

Je décide d'y retourner, avec une légère aversion préalable. Il se trouve que ma décision est scellée le jour de la sortie de l'hebdomadaire qui a fait gagner quelques sous à Patrick sur le dos de sa sœur, si l'on peut dire.

Avant de claquer la porte au nez de sa famille, Christine a confié à son frère adolescent les quelques affaires qui... quoi ? Lui seraient peut-être un jour utiles, représentaient des étapes de sa vie dont elle voulait garder la trace ?

Elle avait eu l'intention alors de revenir en France, ou du moins s'était-elle laissé cette possibilité.

Elle avait été abordée dans la rue par un photographe qui prétendait avoir repéré son physique de mannequin.

Il lui avait fait payer cher des photos d'amateur qui étaient supposées lui ouvrir les portes des meilleures agences. Ces clichés faisaient partie des affaires confiées à Patrick.

Deux d'entre elles étaient publiées. Le photographe, peu doué, avait réussi à banaliser un visage dont les pages suivantes révélaient combien il avait été exceptionnel.

Il lui avait fait baisser la tête, lever le regard, les cheveux trop coiffés, les yeux trop maquillés, une moue soi-disant sexy lui déformant les lèvres.

Les photos suivantes signées Rizzo étaient plus troublantes. Elle était en pantalon serré, un jean blanc, et un débardeur sans soutien-gorge laissait deviner des seins petits et ronds. Ils avaient dû choisir des éléments d'une planche contact car, de photo en photo, elle laissait voir une épaule, puis un bout de sein et finalement posait sans le haut.

Sur la dernière photo elle était nue, maladroitement nue, à plat ventre, ses fesses rebondies, une jambe repliée, et la tête, appuyée sur sa paume, défiant l'objectif du regard.

L'intérêt de ces photos est que, habillée, elle a une expression d'incertitude et d'angoisse et au fur et à mesure qu'elle ôte ses vêtements, contre son gré, je le parierais, son regard se fige, elle devient froide, distante, comme protégée par une carapace d'acier et, du coup, son visage figé dans la pierre trouve ce qui a dû être sa vérité : la beauté d'une déesse antique. Un visage parfait, admirablement dessiné, aux traits équilibrés et d'une force qui fait totalement oublier la misérable tentative d'érotisme mise en œuvre.

Je note le nom du photographe et trouve facilement ses coordonnées sur Internet. Bob Rizzo. Un nom si improbable qu'il doit avoir été inventé.

Je ne mentionne pas, volontairement, l'interview de Patrick qui ne parle que de lui et tâche d'inventer un personnage affriolant à partir de sa sœur. C'est sans intérêt. Sauf pour un détail qui me frappe. Il dit que sa sœur n'aimait pas les bijoux, n'en portait pratiquement jamais et, le jour où ses parents ont proposé de lui offrir un collier de perles fines, a préféré un appareil photo. Dont il ne sait pas ce qu'il est devenu.

Rizzo officie toujours dans un érotisme soft qui le nourrit difficilement à en juger par son studio dans le Xe arrondissement. Quelques clichés ornent les murs. Il a un vieil appareillage de rouleaux de papier épais pouvant servir de fond coloré. Quelques accessoires sordides, un bidet qui se veut sans doute 1900, un paravent aux motifs de Kama Sutra du pauvre, quelques plumes de paon sans parler des boas et autres chapeaux miteux qui attendent d'improbables clientes.

Il semble penser que la publication des photos de Christine dans un hebdomadaire à grand tirage va relancer sa boutique. Je le laisse pleurer un moment sur le triomphe du hard core et la difficulté de travailler encore dans l'artistique. Mais, affirme-t-il, il reste incorruptible et ne se laissera jamais gagner par cette veine-là.

Il a la soixantaine marquée, porte un foulard de soie noué dans l'échancrure profonde de sa chemise à pois et laisse son bedon boudiné par un jean datant de sa svelte jeunesse.

Quand il est à court de commentaires généraux, je lui pose quelques questions sur sa séance avec Christine. A ce jour, je ne sais toujours pas si sa grossièreté évidente cache une sensibilité et une acuité d'observation inattendues, ou si la personnalité de Christine a su pénétrer au cœur miraculeusement intact d'un personnage constitué essentiellement d'un amoncellement de clichés désarmants.

— Elle m'avait été envoyée par un rabatteur. Ce sont des types qui font les terrasses des bistrots, les boîtes de nuit, les jardins publics. Et ils distribuent nos cartes professionnelles, parfois font l'article en prime, parfois même séduisent les filles ou se laissent séduire par elles. Rien de bien méchant. Je me rappelle que Christine avait inversé les pendules, si je peux dire.

C'était au Luxembourg qu'elle avait observé son manège et elle était allée le trouver pour obtenir une carte de photographe. Elle avait besoin d'argent. Il ne l'aurait pas choisie de lui-même, m'avait-il expliqué, parce qu'elle avait un côté jeune fille de bonne famille qui peut créer l'embrouille pour peu qu'elle ait de l'entregent. Ces gars-là choisissent des filles qui ont l'air un peu paumé, sans relations et qu'on va pouvoir dépanner avec un job. Bref.

Elle m'a appelé avec sa voix incroyable. Je vous jure, j'en avais des frissons. Ni grave ni aiguë, plutôt comme un instrument parfaitement accordé. Elle voulait savoir quel genre de photo, combien c'était payé, comment elle devait s'habiller. Elle exposa clairement qu'elle ne se déshabillerait pas... Au début, je me suis dit : qu'est-ce que c'est que ce truc, c'est une pro ou quoi, elle va me faire chier.

Et puis, je l'ai vue arriver... Elle portait une salopette à fleurs, des sabots, un foulard noué comme une paysanne et une blouse roumaine brodée comme on faisait à l'époque. Combien j'en ai fait de photos avec la blouse roumaine mouillée et les tétons qui pointent en dessous. Tout le monde voulait ça à une époque.

Elle devait avoir dix-sept, dix-huit ans. Maquillée... des fausses taches de rousseur sur le nez, les cils dessinés comme Twiggy, les sourcils épilés. Un désastre. Et pourtant...

Comment vous décrire ça...

Tout en parlant, il va farfouiller dans ses tiroirs.

— Elle avait un côté bébé mal dégrossi, pas bien dans ses pompes, se tenant mal. Elle était grande, mais elle courbait le dos. Elle avait un corps splendide mais qu'elle planquait comme on peut faire à cet âge. Les gamines aujourd'hui, elles m'épatent. Elles se prennent toutes pour Bo Derek. Et Dieu sait que c'est pas toujours le cas. Passons. Bref, sous tout ça, il y avait la femme à venir et celle-là était renversante. Ah, voilà, ma collection personnelle.

C'est un portrait noir et blanc, grand tirage, pris en extérieur apparemment, en lumière naturelle. Effectivement, ce visage-là n'appartient à aucune époque. Il aurait pu surgir des mains inspirées d'un sculpteur de la Grèce antique, d'un tableau flamand ou d'un roman aimé. Le regard part sur le côté, évitant l'objectif, et soutient pourtant une trajectoire précise. Il n'a rien de flou, il est chargé d'un vrai mystère. Il évoque une pensée, un projet ou peut-être simplement un objet considéré pendant la photo. Il est grave, mais pas triste, profond sans volonté de paraître.

Le deuxième cliché cadre la même pose de trois quarts mais le regard s'est attaché à l'objectif, il pétille et la bouche esquisse un sourire qui doit forcément se transformer en rire.

— Elle vous fait de l'effet, à vous aussi ! Seul un gros plan pouvait rendre ça. Dès qu'on y ajoutait le corps, quelque chose se défaisait. C'était bizarre. Elle avait un potentiel... J'ai essayé de lui donner un coup de main mais je n'étais pas dans les bons réseaux et puis, après, elle a disparu. Penser qu'elle s'est fait massacrer... Je sais que c'est facile à dire après, mais elle avait quelque chose de tragique, cette fille-là, et sa beauté venait aussi de là. Et je ne fais ni dans le pervers, ni dans le sadisme, ce genre d'idée ne m'excite pas du tout.

La séance ? Horrible. C'était pour un magazine allemand. Ils voulaient un peu de cul. Mon impression c'est qu'elle se sentait obligée de faire le boulot, puisqu'elle était payée. Presque un truc d'honneur. Mais c'était douloureux, elle était mal. J'avais l'impression de la violer. J'ai réussi à en faire une où on lui voit vaguement la chatte. Ils ont jamais pu l'utiliser. Anti-sexy au possible. Croyez-moi, j'avais de la pratique. J'avais fait se foutre à poil des filles plutôt coincées, à la fin on ne pouvait plus les arrêter... des exhibitionnistes malsaines révélées à elles-mêmes.

Foutu métier.

Je lui achète très cher le premier cliché noir et blanc. Je sais qu'il est indispensable que Franck le voie. Quand ? Pourquoi ? On verra bien.

Ou peut-être est-ce encore pour moi, comme l'origine du visage bouleversant de Franck lui-même, un portrait idéal de l'homme que je veux qu'il soit.

Là-dessus je ne m'attarde pas trop. Terrain glissant.

Je n'eus pas trop le loisir de réfléchir, ces jours-là. Je remplissais des pages et des pages de notes sur mon ordinateur. Cherchais l'ordre et la cohérence encore invisibles de cette histoire. Simultanément, les révélations s'accélérèrent.

Ce fut d'abord l'entrevue avec mon copain de *Rock*

and Folk. Il me confirma que l'homme qui donnait peut-être la main à Christine était bien Ira Doe, le pianiste suicidé dont m'avait parlé Bennett, mais, surtout, il entreprit à son tour une observation détaillée des personnages de la photo et soudain s'exclama que le type, là, avec la barbe et les gros sourcils, il en mettrait sa main à couper, parce qu'il lui semblait bien que oui, c'était John Farrow, tout gamin, inconnu à l'époque, bien sûr, mais si c'était lui... Ça alors ! Il aurait découvert que Lennon avait été le guitariste des Stones qu'il n'aurait pas été plus excité.

Oui, ça alors ! Mon excitation me semblait plus justifiée.

Farrow était-il conscient d'avoir vécu dans la même communauté que la mère de Franck ? Et si oui, pourquoi n'en avait-il rien dit ?

Et je reçus une nouvelle lettre de Franck, courte et assénée :

Est-ce que vous m'entendez quand je parle de moi et non plus de votre sujet ?

Désolé, mais vous allez devoir faire un choix et je conçois que vous n'aimiez pas cela. Vous allez être obligée de sortir de votre rôle de forteresse imprenable mais sensible. Vous ne me dupez pas. J'espère que vous ne me ferez pas regretter de ne pas vous avoir dupée. Ç'aurait été très facile, croyez-moi.

Ce qui m'arrive avec vous est nouveau pour moi. Je suis sans doute maladroit. Mettez cela sur le compte de mon inexpérience. F.

Extrait d'un roman de Franck Anger

La femme gisait sur la route, entourée de voitures de police, leurs gyrophares palpitant. Il pensa : Elle n'est pas recouverte d'un drap, elle n'est pas morte. Il pensa : Elle ressemble à une des miennes, jambe repliée sous elle, jupe relevée.

Il avait ralenti à l'approche du barrage. Il baissa sa vitre d'une touche sur le bouton automatique. Il faisait chaud à l'extérieur, moite, excitant.

— Que se passe-t-il, officier ?

— Délit de fuite apparemment. Elle devait marcher sur le bas-côté de la route et un chauffard l'a renversée avant de s'enfuir.

— Bon courage.

Il roula lentement près du corps étendu et faillit stopper net en découvrant son visage. Dans son livre d'histoire, enfant, il était tombé sur une photo de statue, une princesse phénicienne, une statue mortuaire sans doute, il ne se rappelait plus les détails. En revanche, il se souvenait de s'être dit : C'est elle. Morte il y a quelques milliers d'années, et pourtant c'était elle. La femme qu'il rencontrerait un jour inévitablement. Le visage qu'il avait scotché à la place de celui de sa mère inconnue. Inaccessible et fière, les pommettes très marquées, des sourcils à l'arc parfait, un nez droit et fin sans la moindre cabossure, une bouche à peine entrouverte pour laisser passer un souffle léger, une brise de vie immaculée. Il pensa : Ils sont fous, elle est morte, puis aperçut l'imperceptible mouvement de la poitrine.

Une voix derrière appela : « Circulez, oh » et il n'hésita plus. Il se gara un peu plus loin contre le talus et revint vers le flic en disant qu'il lui semblait connaître la victime. Pouvait-il...

— Ça nous ferait gagner du temps. Elle n'avait rien sur elle, ni papier, ni manteau, ni sac, rien.

Permission accordée, il s'approcha, mit un genou à terre et, au moment même où il penchait la tête vers elle, ses yeux frémirent avant de s'ouvrir sur un regard chavirant. Il ne savait pas ce qu'il ferait d'elle, d'eux, car il pensait déjà en ces termes, nous, il était prêt à l'enlever, à prendre tous les risques, déjà ne raisonnait plus. Il ne se connaissait pas cette voix douce et apaisante :

— Ne bougez pas. Vous avez eu un accident. Ça va aller.

Une panique s'inscrivit dans le regard vert foncé de l'inconnue. Elle le dévisagea comme si elle cherchait dans sa mémoire et il crut follement qu'elle aussi le reconnaissait d'un livre d'enfance ou d'une autre vie, ou même de celle-ci.

C'était le contraire, en vérité, il ne lui évoquait rien, rien ne lui évoquait rien. Il continua de murmurer des mots sans queue ni tête, une litanie apaisante comme une comptine pour une enfant malade, et *s'emplit d'elle, de cette beauté patricienne, intimidante et familière.*

Elle émit des sons, une langue étrangère sûrement, c'était une étrangère, italienne, française ? Européenne, il l'aurait juré, son élégance était du Vieux Continent.

L'ambulance arrivait. Le flic s'approcha. Il improvisa, se disant qu'il ne risquait pas grand-chose, la chaise électrique, au pire, et alors ? Quand on est face à son destin, à la promesse de l'existence, est-ce qu'on mégote ?

— Je vais la suivre jusqu'à l'hôpital. Elle est française, elle s'appelle Nicole Demain ou quelque chose comme ça. Je vais essayer de joindre ses parents sur mon téléphone.

Personne ne hurla à l'usurpation, aucune menotte ne vint cliquer contre son poignet, aucun regard de flic, las par avance des mensonges à venir, ne tenta de scruter le sien.

Il repartit d'un pas guilleret vers sa voiture et laissa démarrer l'ambulance avant de s'inscrire dans son sillage.

Une femme sans passé. Rendue quasi muette par l'absence de langue commune, une femme mystérieuse à l'histoire enfouie, une femme qui ne posait jamais de questions et se laissait nourrir, emmener, baiser, trimballer, sans plaisir ni déplaisir, indifférente à elle-même. Il l'avait, sa statue de pierre.

Lui que les sentiments révulsaient croyait avoir trouvé la réponse à toutes ses exigences et voilà qu'il se cognait comme un insecte aveugle à cette lumière indifférente et mortelle qu'il continuait d'appeler Nicole.

Il lui faisait des cadeaux qu'elle oubliait régulièrement dans les motels. Il lui demandait son avis, s'était mis à la consulter sur tout, son métier même. Il n'avait plus tué depuis des mois, et cela lui donnait l'impression de devenir fou. La vie l'avait mené devant la porte ouvrant sur son rêve et la porte refusait de bouger.

Un mois auparavant, il était rentré au motel et avait trouvé leur chambre vide. Il s'était dit : Cette fois, ça y est, je suis foutu, aussi désarmé que l'enfant abandonné, persuadé de mourir dans la seconde. S'étant repris, il avait interrogé le portier, avait couru, escaladé, pourquoi, pourquoi, une palissade. Un son l'avait-il alerté ou un instinct plus fort que la raison...

Elle était là, cheveux épars, allongée sous un type au pantalon baissé sur les chevilles qui la travaillait tandis qu'un comparse les regardait, la main dans la braguette, sous un ciel bleu pur, sous une douleur rouge, sous un éclair de violence qui le traversa, décuplant sa force. Il décrocha la mâchoire du voyeur d'un coup de poing venu du fond des temps, saisit l'autre par les cheveux qu'il avait heureusement longs et solides, lui envoya un coup de genou dans le bas-ventre. L'autre se plia sur son hurlement de supplicié et réussit à partir en boitillant, échine courbée, les deux mains tentant trop tard de protéger sa virilité humiliée.

Il se tourna vers elle qui rouvrit les yeux qu'elle

avait fermés sur sa violence et n'y lut même pas la peur, juste, non pas cette indifférence qui pourrait impliquer l'existence possible de son contraire, mais une absence. Ni peur, ni honte, ni culpabilité. Elle semblait affirmer son identité de femme : un ventre que les hommes labourent. Elle remplissait sa fonction, juste ça, avec le détachement du nuage qui voile parfois le soleil, et parfois le découvre.

Sa rage tomba instantanément. Il la remit sur ses pieds, l'aida à rajuster ses vêtements dont elle s'inquiétait d'ailleurs peu, trouva un trou dans la palissade où il l'aida à se glisser en vrai gentleman. Elle avait toujours son air de grande dame, supérieure par nature au reste du monde.

Il pensa : Cela va mal se terminer.

Il n'essayait plus de la toucher. La nuit, ils restaient allongés côte à côte, sur le dos, chacun de son côté. Il était au-delà du désir. Ou peut-être trop humilié de ressembler aux violeurs du terrain vague, un accident de parcours qu'elle avait subi sans révolte, ce qui avait fini par tant l'humilier qu'il en était devenu impuissant.

Il savait ce que cela voulait dire, l'acceptait sans protestation, comme il avait accepté l'orphelinat, les brimades et sa nature de prédateur quand elle s'était enfin révélée à lui. Il essayait de se dire qu'il n'était plus seul mais, même de cela, il ne pouvait être sûr.

C'était donc une nuit comme une autre, sauf qu'il n'avait pas arrêté la voiture devant les lumières obs-

cures d'un motel semblable aux milliers d'autres qui ponctuaient sa route.

Tel un feuilleton interrompu par une longue pause publicitaire, le passé redevint présent et la victime se désigna comme elles le faisaient toutes. Plutôt dix-sept que vingt ans, des racines noires sous ses cheveux jaune pisseux, les seins remontés, la croupe trop basse, il vit tout ça comme on note des références sans grande importance, pour mémoire, ce qui faisait la différence c'était l'éclair rouge, le rideau de flammes qui embrasa tout son espace visuel. Il le savait invisible, ne put s'empêcher pourtant de jeter un œil sur Nicole, découvrit, interloqué, sa bouche entrouverte, son regard plus vif qu'il ne l'avait jamais vu, la pupille agrandie. Elle était devenue très pâle, avait mordu un bout de sa lèvre où perla une goutte de sang qu'il aurait voulu attraper du bout de la langue.

C'était cela le secret. Elle était semblable à lui. Loin de trouver le salut en elle comme il l'avait rêvé, il sut que sa perdition était incarnée dans cette beauté qui lui échapperait toujours. Il ne leur restait plus qu'à accomplir leur destin.

Il se releva du corps sanguinolent qui avait fini de se débattre.

Elle avait livré un rude combat et il sut qu'il lui faudrait dorénavant des victimes résistantes et rebelles. Puis il se retourna d'un bloc et sut qu'il devait à Nicole cette fioriture nouvelle. Elle avait encouragé leur proie, elle avait fait semblant d'être de son côté, elle avait mimé une solidarité de femelle qui promettait la délivrance.

Comme d'habitude, elle ne lui prêtait pas la moindre attention. Elle avait glissé sa main sous sa robe et se touchait les seins, puis descendait vers le ventre, remontait aux hanches, haletant doucement, une respiration qui n'évoquait pas le plaisir sexuel mais une sensation beaucoup plus primitive, celle de la vie, la perception de la tiédeur de la peur, de la palpitation du flux sanguin.

Elle fit un pas vers le corps, l'effleura au passage, et il ne put s'empêcher de vérifier de la main, l'attrapant par le bras, lui touchant le visage. Elle brûlait, son corps était une véritable torche. Et il sut encore une fois qu'elle possédait des secrets auxquels il n'aurait jamais accès, qu'elle était une force tellurique, plus jeune et plus ancienne que le monde et qu'il n'était qu'un instrument à son service.

Elle se vautra sur le corps inerte, lui ajusta son propre corps, lécha les plaies, le sang, à petits coups de langue, puis se mit à la mordiller sans qu'aucun sang ne coule plus. Il se détourna alors, ne voulant pas savoir si elle irait jusqu'à déchiqueter la chair et la broyer entre ses dents carnassières.

Il fut saisi d'une pitié immense, pour elle, pour lui.

Elle le chevauchait, ses yeux agrippés aux siens, très concentrée. Il sentit les ondes de sa jouissance à elle frémir et se répandre dans tous les coins de son corps à lui. Il restait dur et tendu au cœur de sa dou-

ceur humide, aussi éloigné de la possession, de la puissance ou d'un de ces orgasmes banals comme il en avait connu de plus ou moins réussis, princiers ou roturiers. Il commença de l'accompagner de ses mains timides d'abord puis assurées, dessinant ses hanches, mesurant sa taille à petites touches, pétrissant ses seins violemment, comme si elle lui dictait ses volontés silencieusement. Ils basculèrent sur le côté, s'empoignèrent en lutteurs, se redressèrent, assis l'un dans l'autre, bientôt unis seulement par leurs sexes devenus un et l'explosion quand elle survint les éparpilla aux quatre coins de la pièce.

Il pensa au corps éparpillé d'Isis, fugitivement, et n'eut pas le temps d'entrevoir la lame du couteau que Nicole enfonçait avec une douceur experte sous le cœur, entre deux os, profond avant de se couler dans le flot de sang qui inonda le lit, le sol, la chambre, la maison et bientôt le monde.

Il m'est très pénible de lire ce qu'il écrit.

Comment cet homme intelligent ne mesure-t-il pas à quel point sa mère occupe tout le terrain de son désir et de son malaise ?

Ma conclusion (objective ?) est qu'il a tellement exprimé dans l'écriture son amour-haine, sa difficulté à aimer des femmes disponibles et sa violence latente qu'il n'aura pas eu besoin de passer à l'acte.

Mais d'autres pourraient interpréter ces pages autrement.

Ma douleur, qui recouvre le reste, est que je ne suis ni princesse, ni statue phénicienne, que mon petit élément de vie tragique ne me permet pas de jouer dans la même catégorie que cet homme inaccessible et que je me demande, décidément, ce que Franck voit en moi, s'il y voit autre chose que l'instrument de son salut.

Je pense cela très concrètement, pas religieusement, ni amoureusement bien sûr.

Californie

C'était mon troisième voyage, un voyage improvisé dans l'urgence. J'avais la photo de groupe dans mon sac. Peut-être n'aurais-je pas besoin de m'en servir. David m'avait arrangé le rendez-vous. Il avait heureusement réussi à maintenir un lien assez solide au cours des années avec le père de Blossom.

Je n'avais rien confié à David de mes découvertes. Ni à Franck, bien sûr. J'avais peur de l'endroit où elles me menaient, et que ferais-je, une fois parvenue à destination ?

Pour l'instant, David continuait d'obéir à Franck et Franck, de plus en plus fermé, d'obtempérer à mes demandes. Je me sentais très seule.

Je chassai comme je pus le scénario qui se profilait, pris un cachet pour dormir pendant le vol. Pour une fois, je n'avais pas besoin de notes. L'histoire de Franck était inscrite en moi, presque mot à mot. Mon chemin se confondait comme jamais avec le chemin de sa vie que je retraçais pas à pas, à reculons.

Rendez-vous avait été pris dans un petit café rococo où le taxi me déposa avec mon bagage. J'étais à l'heure. John Farrow était déjà là. Il buvait un Perrier avec rondelle. Je pris la même chose.

Il m'expliqua que c'était le seul café demeuré intact depuis sa jeunesse, depuis les années soixante-dix. Ils s'y retrouvaient en bande, à l'époque, quand ils rêvaient de jouer de la musique, pas de devenir des stars – l'époque n'était pas à ça –, de faire jouir les foules à défaut de faire jouir les femmes.

Quand il parlait, j'avais toujours l'impression qu'il prenait des notes pour de futures chansons.

— Fou qu'il reste encore une trace du passé dans ce foutu pays qui reconstruit sans rime ni raison ce qui n'a pas besoin d'être détruit. Un pote à moi disait que, comme un tout jeune homme, les Etats-Unis ont besoin de nier, voire de démolir le passé pour mieux affirmer leur existence au présent qui débouche sur un avenir sans limite. Pas faux, pas faux.

Et il sirota son eau gazeuse d'un air pensif de faux intello. Il était toujours costumé en Hell's Angel de luxe mais faisait son âge. Plus que jamais. Il avait été rattrapé.

Plus sensible que je n'aurais cru, ou peut-être était-ce moi qui étais plus crue dans mes mimiques, il ajouta :

— On ne se remet jamais de la mort de son enfant. Depuis, je suis devenu une caricature de ce que j'étais. Contrairement à ce que pense Randy. Parce que je ne sais plus être moi-même. Je soigne l'écorce parce qu'il n'y a plus de sève. Du bois mort. Alors, vous êtes au courant ?

Je hochai la tête précautionneusement. J'ai appris à laisser venir. Les malentendus trop vite identifiés font perdre des échanges précieux, parce qu'on anticipe ce que va dire l'interlocuteur au lieu de l'écouter. A force de terminer à haute voix la pensée ou la phrase de la personne en face, on finit par entendre ce que notre expérience ou nos préjugés nous dictent, pas ce que l'autre est effectivement en train de dire.

Là, face à John Farrow, tellement pleine de mon objectif, comment ne pas penser qu'il faisait allusion à sa présence dans la même communauté que Christine et Ira et Bob ? Et pourtant...

J'écoutai donc ses mots à lui :

— Je n'en ai jamais parlé parce que cela aurait donné une image fausse de Blossom et, pourtant, cela aurait été un argument fort contre Towne. Francis et Blossom ont connu une période où, de fait, ils étaient séparés. Ils se disaient malheureux l'un et l'autre, et Francis avait pris l'initiative de proposer un divorce. Blossom s'était donné un temps de réflexion.

C'était une enfant gâtée, j'en sais quelque chose. Ça explique un peu. J'imagine que Mary vous a raconté ce qui était arrivé. Elle seule était au courant.

Je me retins à quatre bras de demander qui était Mary. J'étais perdue. Et continuai de l'écouter attentivement.

— Donc, je passe sur ce que vous savez déjà. Francis et Mary allaient au restaurant, et Blossom s'est mise sur leur chemin. Elle a supplié Francis de l'écouter. Elle était désolée, il pourrait rejoindre Mary au restaurant, elle en avait pour cinq minutes.

Il n'est jamais arrivé au restaurant. Quand Blossom voulait quelque chose... Elle l'a récupéré et, au bout de deux semaines, elle l'a lâché. Elle est revenue à la maison et elle a annoncé que ce serait le divorce. Sauf que c'est elle qui l'avait décidé. Un truc de gosse. Mais il ne l'a pas supporté. Je ne crois pas que c'était à cause de Mary. Elle était là pour lui remonter le moral mais ce n'était pas une vraie histoire. Non, il s'était fait à l'idée du divorce, il se changeait les idées avec une petite poulette sympathique et Blossom l'avait repris en main pour mieux l'achever.

Franchement, est-ce que ça a une quelconque importance, aujourd'hui ?

— Pour moi, tout peut avoir une importance. Votre conclusion, si je comprends bien, c'est que Francis aurait tué Blossom parce qu'elle l'avait retourné, presque par jeu. Qu'elle l'avait humilié. Mais je ne connais pas Mary. Si j'ai le temps, je la rencontrerai, mais ma priorité aujourd'hui, c'est vous. Je suis revenue en Californie pour que vous me parliez de Christine Maurière.

Il secoua la tête, perplexe, répéta le nom de Christine.

Je sortis la photo.

Tout son visage s'éclaira mais pas pour les raisons attendues.

— La tête ! Vous savez que je n'ai aucune photo de cette époque ? Je pourrais la garder ? Il faut que Randy voie ça.

J'avais beau scruter son visage, je n'y voyais rien d'autre que cet éberluement amusé que nous avons tous quand nous sommes confrontés à notre visage d'autrefois.

J'indiquai Christine du pouce et il partit à la recherche de ses lunettes. Les trouva enfin sur sa tête. Examina la photo attentivement et s'exclama avec un accent indescriptible :

— Simone de Beauvoir !

Je faillis dire d'un ton de censeur que non, bien sûr que non, ce n'était pas Simone de Beauvoir. Mon expérience me bâillonna heureusement et je le laissai élaborer.

— Ça alors, c'est incroyable que vous ayez déniché cette photo. On l'appelait Simone de Beauvoir parce que c'était une intello redoutable. Du coup, j'aurais été incapable de vous dire son nom. Christine ! Très très française ! Belle fille mais sérieuse et chiante, entre nous. Elle a foutu une merde !

Franchement, c'était pas mon type, mais elle avait un pouvoir de fascination sur plein de mecs. Des jolies filles, il y en avait à la pelle. C'est même étonnant. A croire qu'on faisait une sélection à l'entrée. Il y avait des mecs pas mal, enfin bon, à boire et à manger, mais les filles étaient toutes jeunes et libres et jolies.

Elle était différente, c'est sûr. Toujours plongée dans un bouquin et elle adorait en parler. Je me souviens très bien d'elle. Elle fumait, elle sniffait, elle trippait, elle s'envoyait en l'air, comme tout le monde mais c'était le genre à partouzer sans se décoiffer, si vous voyez ce que je veux dire. Très appliquée. Il y en a que ça branche.

Quelle merde ? J'y viens. Parce que, on racontera ce qu'on veut, la jalousie et la possession avaient beau avoir été abolies, elles dressaient leur petite tête de vipère à tous les coins.

Et pareil, ça ne se faisait pas d'en parler, mais toutes les filles rêvaient de mots d'amour, d'exclusivité et, comme elles l'ont prouvé, de mariage. Même Randy a été bien contente de se marier. On n'abolit pas une culture d'un taf de joint. Notre révolution des fleurs pacifiste et égalitaire était plus un rite d'adolescence. Enfin, c'est ce que je pense maintenant.

Ça me ferait super-plaisir de la voir. Vous savez ce qu'elle est devenue ?

Ecoutez, j'ai dû coucher avec elle trois fois à tout casser et comment dire... moi je suis pour la participation. Et elle, c'était comme si elle vous faisait une énorme faveur. J'étais comme la pluie sur des ailes d'oiseau. Je glissais, tombais ou m'évaporais et elle s'envolait. Elle faisait les gestes mécaniquement. Son corps, elle le prêtait négligemment comme une chemise qu'on renfile ensuite. Je n'arrive même plus à goupiller mes métaphores.

Je m'en souviens parce que c'était un peu la vedette. Et il y en a une tapée avec lesquelles j'ai pris un pied autrement fendard et dont je ne reconnaîtrais même pas le visage.

C'est marrant pour ça, la vie.

Et puis un jour, Floyd et Christopher se sont battus au couteau pour elle. Impensable, chez nous. Les autres filles voulaient la virer. Les femmes ne l'aimaient pas. Une femelle reste une femelle. Et elle avait déclenché l'hostilité des pseudo-*sisters* pas toujours en phase avec l'esprit libertaire.

Finalement on a viré Floyd et Christopher.

— Et elle n'avait pas d'amant officiel ?

Il se mit à chantonner :

— Simone de Beauvoir a trois amants...

Oui, trois. Ira, que j'ai retrouvé après et qui s'est suicidé. Un sacré bon musicien mais apparemment il était tombé dans l'héroïne. Il est là, sur la photo.

Roger, le seul à être allé au Viêt-nam. Notre héros à tous. Il ne s'en est jamais remis. Je ne sais pas ce qu'il est devenu. Et puis le *drop out* de Yale, Robert, qui voulait écrire le roman de notre génération.

Non, je ne sais pas ce qu'ils sont devenus. Je me suis bien éclaté mais la communauté, c'était pas vraiment mon trip. J'ai dû rester six mois et puis *adios*... Après, il y a eu cette cinglée de Randy... la mère de Blossom. Le meilleur coup de ma vie, et puis Blossom, le plus beau cadeau que la vie pouvait me faire... Un cadeau empoisonné, on le sait maintenant mais qui aurait pu se douter ?

Oublions ça. Qu'est-ce qu'elle est devenue, Simone ? Je la vois bien rangée des voitures, mariée, non ? Elle ressemblait à un personnage de Dylan. J'ai peut-être une chanson à écrire, qui sait ? Maintenant que je suis redevenu à la mode.

Ce jour-là, j'ai vraiment trouvé John Farrow sympathique. Il n'était pas sa propre dupe. Et il ne savait pas. Je ne le croyais pas assez bon comédien pour me faire un plan pareil. Il ne savait pas et c'était incroyable. Ou peut-être pas.

C'était peut-être moi qui avais tendance à imaginer la vie de Franck comme un mélodrame pur jus.

Au moment de son mariage avec Blossom, Franck

n'aurait certainement jamais parlé de ses géniteurs. Et après le meurtre, je n'avais vu aucune photo de Christine dans la presse.

J'expliquai sans détour à John que Christine et Bob avaient eu un enfant, que Bob avait tué Christine avant de se suicider et que leur enfant, l'orphelin, c'était Francis Towne.

Son visage marqua la plus grande incrédulité. Puis mon regard insistant lui fit plisser les joues. Je devinai qu'il se remémorait silencieusement le passé, remontait le temps. Il compta sur ses doigts, retrouvant les années perdues, 69, il était en tournée en Europe, enfin son cerveau accepta la notion.

Je lui demandai s'il se rappelait l'année de sa rencontre avec Christine. Il hésita. 67 ou 68, à cheval entre les deux. Francis était né en 1968. Personne n'utilisait de préservatifs dans ces belles années des débuts de la pilule.

Oui, John aurait pu être le père de Franck. Mais à ce compte-là, beaucoup d'autres aussi.

Il semblait un peu sonné. Je sentis l'affolement monter et je commençai à sérieusement regretter d'avoir soulevé ce loup improbable.

Je vis la conclusion tomber dans son regard comme une pièce dans une machine à sous : si Francis était son fils, il avait épousé sa sœur et l'avait tuée. On était en pleine tragédie grecque !

Son regard fila vers un horizon aveuglant, sa bouche s'entrouvrit sur un sifflement silencieux.

— Putain..., finit-il par dire.

Une source d'inspiration illimitée venait de s'ouvrir. J'étais moi-même une Pandore mal inspirée.

Le troisième homme

Retrouver Roger, le troisième larron et, j'espérais, l'ultime survivant du groupe, ne fut pas facile.

John se rappelait son nom de famille : Byars, orthographe inhabituelle, il faut compter ses petites bénédictions. Je contactai une association de vétérans du Viêt-nam qui connaissait son existence mais avait perdu sa trace.

Un conflit familial sauva l'affaire. Je remontai jusqu'à sa sœur, nouvellement divorcée, qui avait repris son nom de jeune fille, une Américaine stridente qui savait d'autant mieux où était son frère qu'une histoire d'héritage venait de créer un conflit entre eux. Comme elle me l'expliqua, tandis qu'il menait la grande vie à Los Angeles à jouer les scénaristes, elle s'était occupé de leur père malade, et merci ce n'était pas une sinécure, et oui elle avait tapé dans la caisse, c'est-à-dire dans les économies paternelles, non pas pour les frais de santé du papa mais pour ses problèmes personnels qui lui encombraient la vie et l'empêchaient d'avoir la disponibilité, la sérénité d'esprit nécessaires à toute garde-malade normalement constituée. Elle était normalement constituée, non ? Cela au téléphone, comme une question menaçante à laquelle je me gardai bien de répondre, espérant et finissant par obtenir, en réponse à ma requête, un numéro de téléphone, dont elle souhaitait que je fasse bon usage, c'est-à-dire mauvais usage si je comprenais bien.

De prime abord, Roger Byars semblait sorti à peu près indemne du cauchemar vietnamien. Il habitait le rez-de-chaussée d'une maison en stucco près du Beverley Hills Center, à Los Angeles. Meublée simple et confortable, un arbre devant, un bout de gazon entretenu à l'arrière. Il travaillait apparemment dans le salon puisque son ordinateur était placé au milieu de la grande pièce qui se poursuivait par une grande cuisine.

De petite taille, les jambes arquées, les cheveux très gris et longs lissés en arrière, des yeux d'une extrême acuité et un sourire encore ravageur malgré l'âge, il m'avait reçue, je dirais : sur ma bonne mine, si nous avions eu un contact autre que téléphonique.

Je n'avais pas parlé de sa sœur. J'avais mentionné Christine et le nom avait fonctionné comme un sésame.

Il me prépara un café, un vrai, à l'italienne. Il se voulait sophistiqué, européen, et n'en aurait pas été loin, s'il n'y avait eu cette approche directe et provocante au fil de la conversation. Une manière de non-manières en quelque sorte.

Il me raconta sa vie sans difficulté. Je sentis même qu'il éprouvait un plaisir masochiste à en répéter les détails et les détours, comme s'il était perplexe, encore maintenant, que tant d'aventures et d'événements aient abouti à un boulot précaire et insatisfaisant dans l'industrie du cinéma.

Né en Oklahoma d'un père autodidacte qui avait trouvé sa place au soleil et d'une mère de bonne famille qui ne s'était jamais pardonné cette mésalliance, il semblait avoir vécu une enfance heureuse entre un père tyrannique et une mère trop aimante, avec une sœur prête à tous les excès pour être remarquée.

Son seul regret était d'avoir habité si longtemps cette province reculée qu'il en était resté pour toujours marqué du sceau indélébile de « provincial ». Parti à Berkeley faire de vagues études, au grand dam familial – on attendait mieux de l'héritier –, il était tombé en plein mouvement hippie et s'y était engouffré avec beaucoup plus d'élan que dans de quelconques études.

— Demain n'existait pas. C'est la seule période de ma vie où je n'ai vécu qu'au présent, un présent intense et jouissif. Aucune projection, ni ambitieuse, ni amoureuse, même pas financière. On avait faim, il y avait à manger, on ne songeait pas au repas suivant. Chaque chose en son temps. Nous étions sages sans le savoir et nous avons tous perdu cette sagesse comme on perd l'innocence de l'enfance. L'homme devrait ne jamais grandir.

Jusqu'à Christine. Qui avait déboulé dans la communauté avec un dealer notoire mais, comme m'expliqua Roger, ça n'avait pas la même connotation. Le dealer était l'ami de la famille, consommateur lui-même et souvent généreux, même si des fortunes s'étaient construites à l'époque, des fortunes à peine réalisées, aussitôt flambées.

Christine s'était payé son passage aux Etats-Unis en étant « courrier », elle était très mince et s'était scotché des sachets d'huile de haschisch autour de la taille, pour Pistol Pete, ledit dealer. Lequel avait failli avoir une attaque en la voyant prise à partie par un douanier en civil à Kennedy Airport. En vérité, le flic, ému par la jeune Française, lui avait porté sa valise jusqu'à la station de taxis. Mais ça, c'était Christine, conclut Roger rêveur. L'émotion du dealer fut telle qu'il lui proposa le mariage en plein milieu du Brooklyn Bridge, une proposition exceptionnelle, qu'il ne renouvellerait pas une deuxième fois.

Elle avait poliment décliné, pris l'argent convenu et accepté dédaigneusement de l'accompagner à San Francisco puisqu'il lui payait le supplément pour la Californie. Une fois installée dans la communauté, elle l'avait parfaitement ignoré. Parce que, entre-temps, il y avait eu une de ces fêtes interminables où tout le monde se défonçait sur de la musique tonitruante... C'est là que Roger avait retrouvé son ami Bob qui était plongé dans une discussion sur Garcia Marquez avec une belle brune venue d'ailleurs. Ils avaient été rejoints par Ira, et les trois amis fascinés avaient proposé à Christine de prendre une voiture et d'aller voir si le soleil se levait aussi sur Big Sur.

Quelque chose s'était scellé entre les quatre, sur la falaise, devant une journée somptueuse qui promettait une vie semblable à un hymne de joie.

Ce fut la seule vraie pause de son récit, que je respectai d'autant plus qu'il me semblait me tenir moi-même sur cette côte que je connais mal. J'imaginais les trois jeunes échevelés rêveurs, la femme hiératique et mystérieuse, bas-bleu pour certains, fantasme incarné pour d'autres, et l'océan et le ciel pur, et ces années au-dessus de leurs têtes où, en faisant sauter le couvercle d'une société contrainte et répressive, ils croyaient souffler le grand air de la liberté sur un monde qui ne reviendrait jamais à ses démons d'antan.

Et les trois hommes étaient devenus les amants de Christine. Pas comme ça, pas tout de suite, pas simultanément, mais spontanément, au fil des semaines.

Roger était persuadé qu'elle avait trouvé dans le mélange des trois un être hybride et complet. Bob était un intellectuel tourmenté, artiste, Ira un allumé, drôle, tendre et désespéré et Roger, il devait l'avouer, l'amant le plus accompli des trois, d'après ce qu'on lui avait dit depuis, précisa-t-il. Il ajouta, modeste, que c'était juste qu'il avait toujours aimé ça.

Et pendant un temps il n'y eut aucune jalousie.

C'était dans l'esprit de l'époque. Tout arrivait spontanément, sans calcul ni prévision. Il était même fréquent, au détour d'une soirée ou d'une escapade, que l'un ou l'autre ou Christine elle-même essaie un autre corps, d'autres étreintes, mais le sentiment, le gros sentiment était au cœur de leur quatuor.

Roger finit par admettre qu'ils étaient forcément jaloux, tous autant qu'ils étaient, mais aucun n'aurait osé avouer cet instinct de la possession que leur génération prétendait détruire.

Jusqu'à ce que Christine se retrouve enceinte. Avec toujours cette même exquise indifférence. Qui n'en était pas, expliqua Roger. C'était une manière de prendre ce qui se présentait, sans question ni reproche. C'était comme ça. Elle était à la fois très vieille et très jeune.

Personne ne lui avait posé la question et elle n'avait jamais pris de précautions, donc il était impossible de savoir qui était le père. Peu lui importait d'ailleurs. Son seul souci, sa vraie préoccupation, était de ne pas aliéner son enfant à la communauté.

Les trois hommes, pères putatifs parmi tant d'autres, découvraient une Christine archi-*square*. Elle voulait un mari, une famille traditionnelle pour l'enfant qui aurait besoin d'un modèle masculin et d'un pôle féminin. C'était ce qu'exigeait la nature. Aucun enfant ne pouvait grandir dans une immense famille aux membres dispersés, sans place ni rôle définis. Que ledit père soit le bon ou pas comptait peu. Simplement, il en fallait un et un seul.

Discussions à n'en plus finir, drames et déchirements pendant que grossissait le ventre fatal. Christine proposa même de partir et d'élever seule le bébé. Elle fit une fugue, fut retrouvée paumée, épuisée, en larmes, mais toujours déterminée.

Il fut question d'un tirage au sort, égalitaire, mais qui manquait de poésie aux yeux de tous, et puis la vie s'en mêla.

Ira reçut une proposition pour accompagner un chanteur débutant qui entamait sa première tournée. Tous tombèrent d'accord qu'il ne fallait pas laisser passer la chance sans la saisir. Sinon, estimaient-ils, la vie vous punissait. Roger croyait même se rappeler qu'ils avaient consulté le *Yi-King*. Lequel Roger, émérite militant anti-guerre, fut rattrapé par la police avant d'avoir pu organiser sa fuite. Pour lui, ce serait le Viêt-nam.

Restaient Bob, son projet de roman, ses rêves et sa sédentarité profonde. Bob épouserait Christine, élèverait l'enfant sans se soucier de l'identité du géniteur et ils promirent, quoi qu'il arrive, de se revoir un jour.

Quand il commença d'évoquer le Viêt-nam, Roger changea de visage. C'était le même homme, sauf qu'un nerf intérieur lui tirait les lèvres vers la droite dans un rictus asymétrique.

Il était parti dans la peau d'un militant pacifiste, il se retrouva dans un bourbier où plus rien n'avait de sens.

— On peut imaginer une guerre, si on a beaucoup d'imagination, mais bon, elle se teinte d'un minimum d'héroïsme, d'une apparence de bien collectif supérieur qui justifie qu'on lui sacrifie sa vie, sa jeunesse, son avenir, mais cette guerre-là, personne ne pouvait la décrypter parce qu'elle était injustifiable. Donc on s'en sortait à la haine et à l'héroïne. On était des morts-vivants qui voulaient vivre quand même. Quand on me demandait où je me situais, pour ou contre, je disais dedans. Parce qu'une fois dedans, aucune autre position n'était possible.

Je peux vous dire que la communauté, Christine et les autres n'avaient plus la moindre petite case où se réfugier ni dans ma mémoire ni dans mon cœur, nulle part. Juste son foulard. Elle me l'avait donné, un petit carré de soie indienne. Il n'y a pas une patrouille qui ne l'a pas vu noué autour de mon fusil. J'avais un pote, il se nouait un collant de sa fiancée autour du cou et personne ne se moquait, je peux vous dire. On ne savait plus rien de la vraie vie. Ou alors, si ce qu'on vivait était la vraie vie, mieux valait mourir tout de suite. Il y avait un gamin, il a envoyé à sa copine l'oreille d'un Viet. Il n'a pas compris quand elle a cessé de lui écrire. J'ai été blessé au ventre. C'est ce qui m'a sauvé mais il faut avoir vu ses propres tripes sortir de la peau et une main compatissante essayer de tout faire rentrer dans le trou... bon, c'était ma chance.

Je peux vous dire que, quand un collègue s'est explosé la viande sur votre treillis, on peut frotter des millions d'années, ça s'effacera pas.

Enfin, je suis parti à Paris. J'avais compris un truc dans ma mouise, c'est qu'il ne fallait pas rentrer aux Etats-Unis. On en avait chié pour pas un rond et sans avoir le choix mais, à l'arrivée, on était reçus comme des traîtres et on nous crachait dessus. Sans parler des parents des potes morts. Ça se lisait dans leurs yeux qu'ils auraient préféré que ce soit nous, les vivants, qui soyons morts. Et puis, comment dire qu'on a aimé ça aussi ? Autant qu'on a détesté. Personne ne peut entendre ça. Je vous jure, y a de quoi péter quelques câbles et je ne m'en suis pas privé.

J'ai bu pendant six mois environ. Dans un café qui s'appelait le Rosebud, vous imaginez ! Le Rosebud. Ah, vous connaissez ? Ça existe encore ?

Passé une certaine heure, je racontais les mêmes histoires aux mêmes habitués qui s'étaient habitués à moi aussi. Mon fantôme, je le voyais régulièrement. Derrière moi. C'est quand on le voit devant soi que ça craint.

Et puis j'ai eu une copine française qui rêvait d'Amérique. Elle m'a poussé au cul et je me suis parachuté scénariste à Los Angeles où mon frère commençait à être assez connu.

Elle s'est trouvé un patron de bar à San Diego. Il l'a prise en main et l'a même épousée, je crois. Elle avait ce côté classe que vous avez en France. Et moi, j'étais content pour elle.

Mon frère n'a pas levé le petit doigt pour me sortir d'affaire. Normal. Moi non plus, aujourd'hui, je ne lèverais pas le petit doigt pour qui que ce soit. Déjà qu'on rame pour pas crever. Y a pas assez de place sur le radeau. Alors tu nages ou tu t'accroches, mais tu te démerdes. Sauf si tu as ce dont l'autre a besoin.

J'ai vu un aveugle l'autre jour avec l'écriteau : Mes jours sont plus sombres que vos nuits, et je lui ai dit de ne pas parier là-dessus. Un scénario, ce n'est pas sorcier. Il faut avoir des idées, de l'imagination ou du vécu saignant, là je ne crains personne, et on n'est jamais tout seul. Y a toujours un connard qui a une idée et du pouvoir, donc on prend son idée et il garde son pouvoir et on avance comme ça.

J'en vis quand même, et pourtant vous ne verrez jamais mon nom à l'affiche de rien. Je n'ai pas un scénario qui soit entré en production. Il y en a que ça rend fous. Ils gagnent du blé et ils n'existent pas. Dur. Moi, ça me rappelle la guerre. On s'est défoncés à tous les sens du terme et tout le monde s'en fout. Le monde est comme ça.

Oui, oui, je sais ce que vous voulez. Vous êtes comme les autres, mes histoires vécues ne vous intéressent pas. Et quand je commence, ça peut durer.

Savoir comment je les ai retrouvés ? Simplissime. Ira est venu donner un concert avec son band à San Diego. On s'est revus, bizarre. Changés. Ira Doe, ce connard.

Il avait gardé le contact de loin en loin avec Christine et Bob. Il était obsédé. Il y revenait tout le temps : le passé, ce qui aurait pu être. Moi, je me retenais de lui parler de ma merde, mais lui, il était de retour sur Height Ashbury.

A six heures du matin il m'avait refilé sa nostalgie, comme un virus. On a pris ma bagnole et on a roulé jusqu'à San Francisco.

On ne l'aurait pas fait, ils seraient peut-être encore vivants aujourd'hui.

On était bourrés, fatigués, on s'est paumés dans la ville. Ira arrêtait pas de dire qu'il fallait leur faire la surprise, surtout pas téléphoner. On a accumulé les conneries, franchement. On est arrivés en parfaits débiles. « Police, ouvrez. »

C'est Christine qui a ouvert. Toujours lisse, toujours belle, mais creusée, usée. Elle n'y croyait plus, malgré l'apparence bien en place. C'est l'impression qu'elle m'a donnée. Mais rien que de la voir justifiait les miles au compteur de ma vieille Buick.

Elle a jeté un regard en arrière, comme inquiète, et elle est restée devant la porte.

« Tu nous laisses dehors ? »

On a rigolé comme deux gamins. Ira était dans un état ! C'est là que j'ai compris qu'il était le plus accro de tous. Les années et la vie avaient passé mais lui, il était pareil face à elle. J'ai senti son corps vaciller, sur le point de s'évanouir. J'étais prêt à le rattraper. J'ai gardé de bons réflexes.

Elle a chuchoté qu'on attende un peu. Elle allait prévenir Bob. Elle a laissé la porte entrouverte.

Ira fixait la porte, tétanisé. Moi, je guettais. L'atmosphère était malsaine. On aurait dit qu'elle avait peur et, croyez-moi, ce n'était pas son genre.

Il y avait un silence là-dedans !

Elle a poussé la porte de la cuisine et elle a chuchoté. J'ai vu une petite silhouette, son fils, sûrement, et un autre gamin. Il n'était pas tout seul, j'en suis sûr. Elle a dû les faire partir par le jardinet derrière. En tout cas, quand on a fini par entrer dans cette foutue baraque, la cuisine était vide et il n'y avait pas trace du mouflet. Et puis elle est montée à l'étage en appelant doucement « Bob », comme pour ne pas le surprendre ou lui faire peur. Ça foutait les jetons. Je n'aurais pas su dire pourquoi.

J'avais envie de me tirer mais Ira, il aurait fallu l'abattre et emporter son corps. Il ne voyait rien, n'entendait rien, sinon que *la* femme était là, à portée de main.

Il s'est foutu de ma gueule. Moi, je gardais l'oreille dressée. Eclats d'une voix masculine, velours chuchotés féminins, le fracas d'un objet qui tombe, j'étais prêt à jouer les héros et à grimper au secours de la belle héroïne mais, avant de pouvoir esquisser un geste, on l'a vue en haut de l'escalier. Elle est redescendue, l'air bien emmerdé, ça se voyait à sa tête qu'elle allait nous dire de repasser plus tard merci, comme à des commis-voyageurs ou je ne sais pas quoi, et au moment où elle tirait la porte vers elle, un sourire crispé aux lèvres, on a entendu une cavalcade et Bob est arrivé, bras ouverts. Il l'a poussée, a ouvert grand la porte et nous a serrés dans ses bras à tour de rôle, comme dans les films de Cassavetes quand les potes se retrouvent mais là, ça n'avait pas l'air vrai.

Il avait une gueule atroce, ravagée. Les yeux

enfoncés, mal rasé, maigre, fiévreux. Avec cet empressement envers nous qui était bidon.

Et l'inquiétude que je sentais chez Christine.

Bob a donné une grosse bourrade à Ira en lui disant d'arrêter de fixer Christine, elle allait finir épinglée sur le mur. Comme le joli papillon exotique qu'elle était.

Il a demandé où était Francis. Elle a dit qu'il était allé dormir chez David. Il a eu l'air contrarié. Il a esquissé le geste d'aller dans la cuisine et il a renoncé après un long regard échangé avec Christine.

Ambiance terrible mais suspense intéressant. J'avais envie de connaître la suite, pauvre connard que je suis.

Il lui a demandé d'apporter à boire en nous menant dans la grande pièce. La pauvreté, pas croyable. Cette femme qui avait été notre reine vivait dans un cadre minable.

Il y a eu un moment de flottement. La colère est montée au visage de Bob comme un flot rouge. Et c'est Ira l'amoureux qui a été le plus rapide. Il a dit : « Je m'en charge. C'est où le *liquor store* le plus proche ? »

Et il est parti après avoir pris la commande de chacun. On avait déjà bu une bonne partie de la nuit, lui et moi. On a remis ça. Au début, Bob parlait tout le temps, nerveux, agité. Son roman, son sujet, les fils broyés par les pères, le passage de témoin des générations en forme d'agression caractérisée. Œdipe ne tue pas le père. Il se défend pour que le père ne le tue pas.

Il était brillant comme au bon vieux temps. Et drôle. Même Christine a fini par se détendre.

Et puis, à un moment, il a arrêté et s'est mis à asticoter Ira sur sa réussite dans le show-biz, et le musicien bourré, qui ne pensait plus droit, est tombé dans le panneau, il a frimé à mort pour elle, pour Christine, et Bob écoutait, un sourire sardonique aux lèvres et il ne disait plus rien. Il le relançait régulièrement par un compliment ambigu.

Quand ça a été mon tour, j'ai été laconique. Je vivotais à L.A. Content d'avoir survécu à la guerre pour protéger les planqués comme eux et je me suis tourné vers Christine pour lui demander, elle, comment ça allait, comment elle vivait, tout ça.

Elle s'est passé la langue sur les lèvres, nerveuse, et Bob a répondu à sa place, qu'il croyait bien qu'elle avait fait qu'attendre ce moment pour avoir une bonne bourre.

Elle n'a rien répondu, elle a regardé ses genoux.

Il lui a caressé le bras en disant doucement, comme un amant tendre : « Hein, t'en as envie. Comme dans le bon vieux temps. Mais tous en même temps. Moi, j'aimerais bien. Qu'est-ce que t'en penses ? »

Je me suis levé pour me tirer. Le malaise était trop fort pour moi, et puis je suis resté tétanisé : Bob a embrassé Christine à pleine langue et l'a littéralement offerte à Ira qui l'a enlacée sur le vieux tapis râpé, et Bob regardait, le visage torturé de douleur ou de jalousie ou d'excitation ou des trois, et moi, figé sur place, incapable de partir.

Christine geignait doucement et Ira l'a aidée à se redresser pour enlever son chemisier et il lui caressait les seins par-derrière et je suis tombé à genoux et j'ai pris son téton dans la bouche et on l'a baisée, tous les trois, à tour de rôle, on se l'est partagée et elle s'est laissée faire, comme si toutes les années passées n'avaient servi qu'à ça, nous amener à cet instant précis, au bord d'un précipice qu'on n'avait pas vu venir. Parce que ça ressemblait plus à un trou sans fond qu'à une nuit d'orgie.

Je me rappelle juste qu'il faisait nuit noire quand Bob nous a demandé de partir, de sa voix rauque qu'il extirpait difficilement de sa gorge.

Christine était nue, appuyée contre le canapé, tête en arrière, morte au monde.

On a essayé de retrouver nos vêtements mélangés.

On l'a regardée. Bob nous a fait signe de nous taire. Arrivé à la porte, Ira a fouillé dans sa poche intérieure de veste, sorti un portefeuille, j'allais arrêter son geste quand il a pris un petit collier de perles, est retourné à Christine et le lui a attaché autour du cou. Elle a juste levé la main machinalement, comme font les femmes pour vérifier qu'il était bien en place, et deux larmes ont coulé sur ses joues.

On n'a pas échangé un mot, avec Bob. A la porte, il nous a regardés monter dans la voiture et démarrer. Il était en appui contre le chambranle. Ne tenait plus sur ses jambes. Il voulait être sûr qu'on s'était tirés, je pense.

On n'a pas parlé. J'ai déposé Ira à l'aéroport. Il retournait à New York. On s'est serré la main, ce qui ne nous était jamais arrivé. J'ai su plus tard qu'il était rentré chez lui après un détour par Harlem pour acheter de l'héroïne. Il avait même acheté une seringue à un junkie contre un peu de poudre.

Il a allumé la télé, il s'est fait un shoot, à mon avis le premier de sa vie, et il s'est overdosé. Pas laissé de mot, d'explication. C'était peut-être un accident.

Le lendemain, j'ai appris, pour Bob et Christine. Je me suis dit que, des quatre, j'étais celui qui devait survivre forcément. Peut-être grâce au Viêt-nam, allez savoir.

C'était pas idiot, la théorie de Bob. Cette guerre, c'est les pères qui y ont envoyé leurs fils et ils en ont tué pas mal. Notre génération, on s'est crus les rois du monde, et regardez ce qu'on a fait de la planète.

Le fils ? Non, on n'a pas demandé à le rencontrer. Politique de l'autruche, si vous me demandez. Mais je l'ai vu, moi. J'en suis sûr. Et je suis sûr qu'il nous a vus. Avec sa mère. Nous et sa mère, tous les trois.

Vous connaissez la maison ? Elle n'a pas dû bouger. C'est un quartier qui n'a pas bougé. La porte du salon donnait sur l'entrée et il y avait la cuisine à angle droit. Il a dû revenir par-derrière et, tout à coup, il était là, un petit bonhomme débraillé en salopette, les cheveux en pétard. Une apparition, comme une flamme. On était bourrés, je ne l'ai pas bien vu. Il a regardé, inexpressif. Ça a duré un quart de seconde. Quand j'ai retourné la tête, il n'y avait plus personne.

Après, j'ai cru que j'avais rêvé. Qu'au fond j'avais eu envie de le voir, vérifier s'il était de mon sang ou pas, ce genre de connerie. Mais je suis assez content, au bout du compte. Mes gènes disparaîtront avec moi et je suis pour. Il n'avait rien de moi, j'en suis sûr.

Mais je ne l'ai pas inventé, parce que mon réflexe a été de lui cacher sa mère. C'est pour ça que je me suis retourné. Et à ce moment-là, croyez-moi, je ne pensais pas au gamin.

Lettre de Franck

Auriez-vous peur de laisser des traces écrites ? Vous ne répondez à mes lettres que par quelques lignes laconiques et, surtout, d'une neutralité dangereuse.

Bien sûr, je m'ennuie dans mon enfermement, vous écrire m'occupe, me divertit, c'est ce que vous pensez ? Alors que vous êtes tellement occupée, par la grande ville, par vos voyages. Vous travaillez, c'est cela ?

Et je suis votre sujet, l'objet de votre travail. On n'écrit pas à son sujet.

Décidément, je crois que vous avez peur.

En êtes-vous arrivée à avoir peur de moi ?

Oh, pas parce que je suis peut-être un dangereux criminel. Je pense que vous faites assez confiance à votre instinct pour avoir au moins compris cela. Non, par peur de l'homme, de ce que je représente comme risque, comme perte d'équilibre.

Moi, qui ai bien plus à perdre, je suis prêt à prendre ce risque. Pas seul. Jamais seul.

J'ai besoin de savoir si vous êtes à mes côtés, quoi qu'il arrive. Si nous pouvons avancer ensemble ou pas.

Je croyais vous écrire une lettre d'amour et on dirait une lettre de menace. Pardon.

J'ai de telles envies de vous, envies de vie. Mais à cela vous ne pouvez pas encore croire. Je vous convaincrai.

Prenez soin de vous, je vous en conjure, ne serait-ce que pour moi.

F.

Théories

Je n'ai pu contenir mon imagination, la pire des conseillères, celle que je ne consulte qu'en dernier recours, mais là...

Il y avait cette femme fascinante et mystérieuse, son fils fasciné et amoureux, ces hommes à la paternité incertaine qui n'avaient cherché ni à savoir ni à s'occuper du « fils ».

Je me représentais Bob, violent parfois, écrivain raté, enfermé dans la solitude de son ambition et de son amertume plutôt qu'intéressé par le monde extérieur. A ses yeux, l'enfant ne pouvait qu'appartenir au monde extérieur.

L'enfant voit trois hommes étreindre sa mère, la malmener, par terre, sans respect, sans délicatesse, à la manière des animaux qui copulent sur place, quand l'envie les prend. Et son père est complice, acteur et complice. Celui qu'il croit être son père.

On peut se représenter le chamboulement, la colère, l'envie de détruire définitivement la perfection maternelle irrémédiablement souillée.

Quand j'ai demandé à Roger s'il s'était préoccupé du sort de l'enfant après le meurtre, il m'a simplement montré sa maison, sa façon de vivre.

— J'étais déjà un vieil égoïste. Il était mieux à peu près n'importe où plutôt qu'avec moi. Et d'un coup, ils étaient tous morts. Je les perds de vue pendant des années, je les retrouve, l'instant d'après ils meurent. Franchement, c'est le genre de page que vous avez envie de tourner le plus vite possible. J'ai été embarqué un jour dans un hélicoptère plein de cadavres à découvert parce qu'il n'y avait plus de sacs pour les emballer. On les avait vaguement habillés de ponchos, le vent a rabattu un bout de tissu et me voilà nez à nez avec les yeux grands ouverts d'un mort. Personne avait eu le temps de les refermer sans doute. J'ai croisé trop de cadavres dans ma vie, et celui qui me serait vraiment insupportable à voir, il est probable que je ne le verrai jamais. Ça va.

Je l'ai interrogé sur le collier de perles qu'Ira avait offert à Christine. Il se rappelait que c'étaient des perles d'Asie, de très petite taille, avec un fermoir ouvragé.

— Je ne l'ai pas bien regardé. C'est en l'attachant qu'Ira a annoncé qu'il laissait à Christine un dragon protecteur. J'imagine qu'il parlait du fermoir. Les perles étaient transparentes, irisées. C'était un joli truc.

Je repartis à San Francisco et j'allai visiter la maison où Franck avait vécu enfant.

A mon habitude, je choisis le chemin de la vérité, le plus direct et le plus simple. Un monsieur âgé, mal rasé, en marcel taché, m'ouvrit la porte. Je lui expliquai que j'étais écrivain, qu'un drame passionnel avait eu lieu dans cette maison une trentaine d'années auparavant et que je souhaitais m'imprégner de l'atmosphère de la maison pour mieux comprendre.

Il fut intrigué. Je pensai d'abord que c'était un retraité assez content de ma visite mais en vérité, pendant tout le temps où je restai chez lui, le téléphone sonna constamment et, quand nous arrivâmes tout en haut de la maison, je découvris un grenier transformé en atelier où une immense toile était installée. Il travaillait à un tableau composé de milliers de petits signes, sortes de hiéroglyphes.

— Le monde m'est très mystérieux, se contenta-t-il de commenter, l'œil ironique.

La topographie de la maison n'avait pas bougé, sa décoration, son organisation, si.

Je m'aidai de tout ce que j'avais lu, de tout ce qu'on m'avait dit. On entrait dans un hall avec un placard sur la droite. De ce côté-là commençait la maison des Towne. En face de la porte d'entrée, la cuisine et sa porte vitrée donnaient sur un jardinet mitoyen.

Un escalier montait à gauche de la cuisine et tournait vers l'étage, à angle droit de la porte double qui ouvrait sur une grande pièce.

Le peintre avait gardé la disposition pourtant peu logique du salon d'abord et de la salle à manger au fond.

Le parquet avait été retapé, le canapé était immense et écru, table en verre, télévision grand écran et deux fauteuils club. Une statue marquait l'entrée dans la salle à manger, un animal en bronze, entre ours et félin, arrondi autour d'un trésor.

Une grande table carrée et des chaises en aluminium. Des lampes partout et rien sur les murs.

Chez Christine et Bob, il y avait eu un sofa défoncé recouvert de tentures indiennes en coton, des caisses à vin ajustées en table basse et une planche sur tréteaux en guise de table.

Elle avait peint sur les murs une espèce de fresque florale qui se voulait nymphéas mais ressemblait davantage au *Jardin municipal* du Douanier Rousseau.

A partir des descriptions de Lilian, de David Towne, de Bennett et de Roger, j'avais visualisé l'intérieur d'autrefois, avant que le quartier populaire devienne résidentiel.

Le parquet n'était jamais ciré et craquait. Pieds nus, on devait se prendre des échardes. Francis s'en était-il enfoncé ? Sa mère les lui avait-elle enlevées avec une pince à épiler en lui disant de bien serrer sa main à elle, le plus fort qu'il pouvait, pour qu'elle ait mal à sa place ?

Elle travaillait sur un coin de la planche sur tréteaux. A l'étage il y avait la chambre conjugale, le bureau de Bob et la chambre de l'enfant. Une salle de bains. Le bureau séparait les deux chambres. C'est là que Bob noircissait en vain des pages, des pages qui répétaient inlassablement la même phrase, s'il fallait en croire David. Passait-il des heures à regarder dans la rue le monde qui continuait de s'agiter sans lui, resté au bord de la route, au bord du chef-d'œuvre, au bord de l'amour, sans jamais franchir la frontière ? Buvant des canettes, jetant les emballages vides dans la corbeille, s'exerçant au tir et manifestant une humeur d'autant plus agressive qu'il n'était pas content de lui.

Avait-il reconnu que l'enfant n'était pas le sien ? Le haïssait-il d'être celui d'un autre, d'avoir raté cela aussi ?

J'imaginai que le grenier avait été le refuge de Francis. Fermant la porte sur son royaume isolé quand il n'avait plus le soutien rassurant de son ami, son voisin, son frère déjà, le petit David.

Le peintre se remit au travail et me laissa déambuler à ma guise.

Au sous-sol, tout était resté en l'état, apparemment. Une buanderie avait été aménagée, équipée d'énormes machines anciennes, en parfait état de marche, m'avait dit le peintre qui préférait pourtant donner ses vêtements au pressing.

J'imaginai l'enfant endormi dans le séchoir. Quel étrange refuge... Sauf s'il s'y abritait de la violence de Bob. Sauf s'il avait découvert que là seulement il ne risquait rien.

Une demi-cloison séparait la buanderie d'un atelier de bricolage. Des outils parfaitement entretenus étaient disposés sur une grande table et rangés dans des boîtes étiquetées, clous, vis, etc.

Bob était-il bricoleur ? D'après les témoignages, c'est Christine qui changeait les ampoules, vérifiait les prises, assurait à la maisonnée un semblant de normalité.

Toujours du mal à me la représenter, cette femme trop mythifiée, embellie par sa disparition tragique, avant que l'âge et la vie ne l'aient ramenée au rang de simple mortelle.

L'enfant solitaire et un peu sauvage devait souvent la suivre des yeux ou rester à jouer à proximité d'elle, la protectrice, la femme aimée par excellence, fasciné par sa beauté qu'il reconnaissait au-delà de son amour filial. Une mère déesse, une mère toute-puissante, une mère qui n'appartenait qu'à lui. Car l'enfant avait dû comprendre que Bob n'était qu'un figurant dans leur histoire, que le vrai couple, c'était eux.

Et quand il allait faire les courses avec elle, en dépit de ses jupons de hippie pauvre, il devait remarquer les regards qui lui redisaient la beauté exceptionnelle de sa mère.

Est-ce pour cette raison qu'il a ensuite choisi des femmes qui étaient le contraire d'elle, des femmes-enfants, mignonnes, un peu banales, sans enjeu, sans risque ? Alors que la femme de ses romans est la mère irremplaçable...

Je remontai, entrai dans la cuisine. Imaginai encore. Francis franchit à nouveau le mur de séparation, entre à son tour dans la cuisine. Les invités sont encore là, il entend de drôles de bruits, ressort de la cuisine, avance vers la double porte entrouverte et voit... une scène d'orgie, même s'il ne connaît pas le mot, une scène d'une violence extrême aux yeux d'un enfant.

L'un des hommes qui fait du mal à sa mère, qui la manipule comme un paquet de viande avant de la refiler à un autre, le regarde. L'enfant prend peur, file dans son refuge habituel. Ne ferme pas la porte, veut entendre, guette peut-être, posté en haut de l'escalier de la cave.

Il entend le départ, les mots échangés entre les trois hommes, les sons plutôt, de l'ivresse et de la débauche.

Bob monte à l'étage se coucher, écœuré de lui-même, encore plus écœuré de sa vie en cette triste nuit.

La maison est silencieuse, un silence qui dit la mort, et le petit enfant apeuré, affolé, prend son courage à deux mains, au nom de l'amour qu'il porte à sa mère, franchit la porte de la cave, tend l'oreille encore une fois. Il n'allume pas. La maison est plongée dans l'obscurité. Terrorisé, il avance en tremblant vers la double porte et voit... sa mère morte. C'est ce qu'il croit. Elle est nue, les yeux clos, les bras en croix, une jambe maladroitement repliée. Il s'approche. Elle porte un collier. Il est attiré par le bijou, par le cou de sa mère. Il la touche, elle bouge un peu. Elle n'est pas morte, il la caresse, lui masse le cou. Elle aime bien qu'il la masse. C'est pour ça qu'il se souvient de ce collier qu'il n'aurait pas dû connaître.

Et là, quoi ? Il se couche contre le corps de sa mère, se réfugie contre elle pour se protéger, pour la protéger.

Tout à coup, des pas dans l'escalier. Bob redescend. L'enfant se cache et guette. Bob entre, déterminé, pas énervé, ce qui le rend encore plus effrayant. Il tient une arme à la main. Il tire sur la femme endormie. Le sang. Mais ça ne lui suffit pas. Il saisit quelque chose de lourd et s'acharne à la démolir, à la détruire, à la réduire en pulpe humaine. Du collier de perles, du collier « lumineux », il ne reste que des éclats ternes.

Puis il revient à lui. Qu'a-t-il fait ? Il reprend l'arme et se tire une balle dans la tête, tombe sur le corps martyrisé de Christine. Et l'enfant s'échappe en courant, les yeux fermés, les mains sur les oreilles, il fuit l'horreur, il craint d'entendre encore un bruit, un de plus, comme un cauchemar qui ne s'arrêterait plus. Il veut dormir, mourir, s'évanouir.

Il grimpe dans la cavité du séchoir comme on retourne au ventre maternel, même si c'est métallique et froid, il est dans son œuf, il s'endort. Il oublie, tout est enfoui trop loin.

Le vieux peintre me retrouva assise par terre dans l'entrée. Je sanglotais, inconsolable.

Lui me consola. Il me servit du gin pur, me raconta sa vie rangée de banquier marié avec enfants, train de vie, etc. Et comment un jour il avait plaqué la réalité pleine de faux-semblants pour la transformer en rêve, folie aux yeux du monde, celui de se réinventer en peintre. Il ne caressait même pas l'espoir d'être apprécié ou reconnu. Mais il ne voulait pas mourir en se demandant pourquoi il avait vécu.

Et il avait trouvé, en même temps qu'une raison de vivre, un moyen de vivre. Ses tableaux se vendaient. Malgré son acharnement au travail, il accompagnait les expositions au gré des appels du monde et rencontrait d'autres hommes qui ne lui ressemblaient pas.

Son histoire me consola. Pas de tout, mais de la tragédie de l'enfance et du destin inéluctable.

Plus tard, le gin aidant, une autre théorie se profila.

Roger dépose Ira à l'aéroport. Il repart pour la maison de Christine. Sentiment d'inachevé, envie de voir l'enfant, règlement de comptes avec Bob ?

La porte est entrouverte. Il pénètre sur la pointe des pieds. Christine et Bob sont là. Ils parlent ? De ce qui s'est passé ? Ils s'engueulent. Il l'injurie. Elle lui reproche d'avoir tout manigancé, de la mépriser.

Ou s'aiment-ils encore ? Elle est dans ses bras. Ils ont vaincu quelque chose. Bob pense l'avoir enfin conquise, avoir triomphé de ses vieux rivaux. Après tout, n'est-elle pas restée ?

Bob voit Roger et perd la tête. Roger va tout gâcher. Il ne veut plus le revoir. Christine est à lui. Il prend son arme, les deux hommes se battent, le coup part, et c'est Christine qui tombe. Fou de douleur, Roger tue Bob, camoufle le meurtre en suicide et s'enfuit.

Francis rentre de chez les voisins, découvre le carnage et va se réfugier dans la cave. Jusqu'à ce que le flic le trouve.

Je repris rendez-vous avec le flic, Bennett.

Je lui racontai tout ce que je savais désormais, mes élucubrations.

Il s'empressa de dissiper ma théorie foireuse qui n'avait l'avantage que de m'arranger et de disculper Franck. En dehors de l'improbabilité de la saynète que j'avais imaginée, la porte de la maison étant fermée de l'intérieur, la clé fichée dans la serrure du côté habitation, aucun autre accès ou issue n'étant envisageable, le meurtrier ne pouvait qu'être à l'intérieur.

Il m'assura avoir tourné le problème dans tous les sens, envisagé même qu'Ira se soit suicidé par culpabilité. Il avait vérifié. Ira avait pris l'avion pour New York avant le massacre.

La partie fine à quatre ne faisait que renforcer le motif du meurtre suivi d'un suicide.

L'éventualité que Francis ait suivi le modèle paternel en assassinant ses deux femmes successives lui semblait particulièrement tirée par les cheveux.

— La psychologie a fait beaucoup de dégâts dans les enquêtes policières. Un bon flic en revient toujours aux éléments de base : motif, opportunité, mécanique de l'acte. Quand j'entends certains psys venir se masturber à la barre du tribunal avec leurs analyses préfabriquées, je peux vous dire que j'ai plus souvent envie de pleurer que de rire, car leurs théories fumeuses enveloppent le bon boulot concret des enquêteurs professionnels d'ombres déformantes, et des criminels dangereux, qui n'ont pour eux que d'avoir eu une enfance malheureuse, se retrouvent dehors, impatients de récidiver. Moi, je crois qu'il y a des criminels de hasard, je dirais. Un jour donné, des circonstances vont favoriser un passage à l'acte. Ils peuvent être mus par l'intérêt ou par l'amour. Autrement, il y a les criminels-nés, ceux qu'aucune éducation, aucune base morale, ne pourra contenir. C'est leur nature. Parfois il aiment ça, parfois ils aiment le sentiment de puissance que ça leur donne, ils s'autolégitiment, n'éprouvent aucun remords.

Votre Francis, soit il est parfaitement innocent, soit il est parfaitement coupable. Les enfants assassins, assassins d'adultes qui plus est, sont rarissimes. Déjà ça, vous pouvez oublier. Tueur d'épouses successives ? J'ai des doutes. Rappelez-vous, il faut chercher le motif. De ce que vous m'avez dit de sa situation actuelle, je n'en vois pas, or c'est un homme intelligent qui s'est retrouvé dans une position précaire. Ce qu'il n'a pas volé, je vous l'accorde. Mais pourquoi scier la branche sur laquelle il se tient ?

C'étaient les bonnes questions et j'étais sur le point de trouver leurs réponses, mais je n'avais toujours pas compris le véritable enjeu.

Franck Anger

Je suis sous influence. A ce stade de mon exploration, je suis obsédée par des visions de l'enfant Francis confronté à la violence des adultes entre eux, dont il a fini par être la victime innocente. A la Santé, après mon dernier voyage en Californie, sous les traits fatigués de Franck je ne vois plus que le gamin façonné par la tragédie et j'en suis bouleversée. Je ne crois pas avoir jamais eu de réflexe maternel face aux hommes. Mon expérience n'est pas énorme, je me suis mariée jeune, mais j'ai toujours été plutôt attirée par un rapport d'égalité entre deux personnes de même force.

Franck est de plus en plus pâle, de plus en plus beau. Il continue de faire énormément d'exercice, si bien qu'il émane de lui une force virile constante et pourtant...

Il me regarde, un peu par en dessous, honteux dirait-on, pour m'annoncer en guise d'introduction :

— Cette femme est venue.

— Votre grand-mère ?

Il se lance dans un monologue confus d'où il ressort qu'il n'y a aucune preuve de sa filiation maternelle ou paternelle, qu'en plus, arrivé à l'âge adulte, possédant une vraie famille dont il est déjà séparé, il ne voit pas de quel droit des gens qui n'ont jamais rien fait pour lui ni pour sa pseudo-mère entrent dans sa vie sans frapper et s'y promènent à leur aise. Il ne les laissera pas faire.

Je lui réponds que personne n'a pu le contraindre à la recevoir et qu'il m'a lui-même affirmé son intention d'y opposer un refus net. Il baisse la tête en marmonnant quelque chose à propos d'une curiosité bien naturelle, et ce d'une manière tellement enfantine que je souris.

Ce qui le vexe. Je me justifie. Quel besoin a-t-il de s'excuser, surtout auprès de moi ?

Je n'aime pas le voir régresser. Le sentant désarmé, au lieu d'exploiter la situation je bifurque vers son extradition et le processus judiciaire. A croire que j'ai impérativement besoin de me rassurer sur son statut d'interlocuteur adulte.

Son avocat, qui a toujours fait preuve d'un immense optimisme, perd progressivement confiance. Il comptait beaucoup sur la barrière infranchissable de la peine de mort mais il semble qu'on s'achemine vers un engagement américain de ne pas l'appliquer quoi qu'il arrive et l'avocat cherche à persuader Franck de se livrer lui-même.

Le rocker a utilisé tout son crédit, ses relations et son argent pour assurer l'extradition. Telle est la conclusion peu rationnelle de Franck.

Je m'engage dans la brèche.

Vu les révélations que je suis à même de faire sur le passé de John, sur le fait qu'il a connu intimement la mère de Franck, il est probable que le rocker préférera reconsidérer sa position, plutôt que d'être confronté publiquement aux inévitables conclusions que la presse s'empressera de publier...

Volontairement je balance l'information sans préambule et Franck franchit le gué d'un bond.

— Un inceste ! J'aurais pu avoir une relation incestueuse avec Blossom ? Ce gros porc de John aurait pu être mon géniteur ? Vous êtes cinglée, ou aveugle, ou vraiment trop conne ! Je veux bien que Christine ait couché avec n'importe qui, c'était dans l'air du temps, mais elle n'aurait pas gardé l'enfant de ce mec. Je ne peux pas être ça. Comment avez-vous pu ne serait-ce que l'envisager ? Je vous comprends de moins en moins. Si c'était pour déboucher sur des théories aussi abracadabrantes, autant vous tirer tout de suite et bon vent. Vous ne manquerez pas à ma vie. Ce sera quoi, votre prochaine initiative ? Lancer un appel dans la presse ? Tous les hommes ayant baisé cette femme sont priés de se faire faire une prise de sang ? Ça se fait déjà, vous savez, dans mon cher pays de Cocagne, pour retrouver les gars ayant engrossé des mineures ! Avec Christine, je peux vous garantir que vous aurez du monde.

Je laisse passer, ne bouge pas, ne commente rien. A un moment, il baisse la tête, se met à souffler fort. Sa respiration redevient normale.

D'une voix calme, la voix du bon sens, insupportable à mes propres oreilles, j'exprime mon étonnement. Qui a parlé de filiation ?

Moi, bien sûr, mais ma mauvaise foi commence par moi-même et je ne veux pas comprendre pourquoi cette théorie absurde et perverse me satisfaisait. Pourquoi j'ai eu besoin de la lui communiquer et d'observer sa réaction. Je n'ai jamais pensé exercer un quelconque chantage sur John Farrow, sur lequel tout et n'importe quoi ont déjà été écrits sans particulièrement l'émouvoir.

Franck enchaîne avec une douceur nouvelle, en opposition totale avec sa violence abrupte, comme si mes mots prenaient enfin sens dans sa tête :

— Vous voulez dire que John ne voudra pas que cette histoire sorte ? Que c'est une arme que vous me fournissez ? Pas une démonstration ? Si cela pouvait inverser le courant des négociations...

Je suis acquittée, mon habileté reconnue. Acquittée à tort. Mais je souhaite ardemment qu'il me considère comme la personne admirable, seule capable de le sauver, de le comprendre et éventuellement de le racheter.

— Vous vous en chargeriez ? Oui, n'est-ce pas ?

Et sa confiance, son abandon enfantin me sont si doux que je hoche la tête, trop émue pour parler.

Nous évitons le regard de l'autre. Un peu de temps s'écoule. Reprenant la parole de façon hésitante, je mentionne le collier de perles, la caresse du cou de sa mère que j'appelle désormais Christine. Détendu, disponible comme jamais, il semble penser à haute voix :

— C'est une image sortie d'un rêve, c'est-à-dire irréelle. Surtout à cause du petit dragon qui a quelque chose d'enfantin. Et ça se mêle à Blossom. Mais Christine, je n'ai aucune image d'elle. Et là, mon souvenir ou mon rêve ne distingue que son cou qui était haut, et fin. De longs cheveux raides pendent autour mais je ne distingue pas les traits de son visage. Cette femme, Mme Maurière, m'a apporté des photos d'elle enfant, jeune fille...

La digue enfin se rompt. Sur quoi pleure-t-il, en vérité ? Il ne le sait sans doute pas lui-même mais ce qui se libère, ce dont je suis sûre maintenant, c'est l'amour immense, passionné voué à cette femme qui l'a abandonné.

Il reprend la parole, sans s'essuyer la figure, sans essayer de caler sa voix raisonnablement. Il parle bas et grave.

— Je ne me rappelle toujours pas mais on voit sur les photos sa beauté, avec parfois, rarement, un sourire qui lui redonne son âge. Même à quatorze ans, elle a un visage adulte, un regard profond. Elle est un mystère, un mystère que personne ne pourra plus éclairer. Parce que le côté hippie, communauté, etc., ce n'est que de l'anecdote. La vérité, c'est son destin inéluctable, elle était condamnée, elle s'était condamnée...

Sa détente nouvelle l'autorisant, je l'interroge sur cette nuit-là, le supplie presque de faire l'effort colossal de réveiller sa mémoire assoupie. Et il est sincère, atrocement sincère. Il sait, mais on le lui a souvent raconté, qu'il est allé dormir chez David. Ça arrivait souvent quand Bob était énervé, avait trop bu, quand Christine elle-même le renvoyait parce qu'elle était « fatiguée », lui disait-on. Non, pas de souvenir personnel précis, seulement ce que les Towne lui ont dit et redit : elle l'aimait mais sa vie n'était pas facile.

Après, il y a le visage de ce flic qui sent la bière et qui est moche et gentil en même temps. Franck évoque un tableau qu'il a vu au Louvre et que je suis allée voir depuis. Le peintre s'appelle Ghirlandaio. Il a représenté un petit garçon joli et blond dont l'œil tendre caresse un vieillard au nez atrocement bosselé qui le contemple avec douceur.

Il s'est si souvent réveillé dans le séchoir sans se rappeler ce qu'il y faisait. C'est revenu en prison, la sensation de l'enfermement, rassurant en même temps qu'effrayant.

David a dit qu'il s'était réveillé et que le lit de Francis était vide. Il avait pensé que son petit copain était retourné se coucher chez lui, au milieu de la nuit. Cela arrivait. Il ne s'en était pas inquiété.

Franck se souvient de l'uniforme rugueux, des boutons qui lui ont fait un peu mal et du réconfort magnifique de ces bras, de la main lui protégeant les yeux pour qu'il ne voie rien, ni l'agitation, ni les lumières de l'ambulance, ni les corps et le sang.

Après, il y a eu les bras plus secs, moins accueillants de M. Towne et il s'est rendormi. Après, il lui semble que des mois ont passé, enfouis dans le sommeil plus que dans l'éveil.

Je reviens au collier. Avec le détour des invités surprises. Ne se rappelle-t-il pas qu'on a sonné à la porte, que sa mère l'a rejoint dans la cuisine pour l'envoyer chez David ? A-t-il mangé chez David ? N'est-il pas allé saluer les invités, dire bonjour, par curiosité, jeter un œil ?

Il est certain que non. Mais alors ce collier, apporté en cadeau par l'un des invités, avec le dragon, éclaté, disloqué comme le corps de Christine par l'assassinat, comment a-t-il pu le connaître ?

La question le trouble par-dessus tout. Il me fait répéter les détails, s'assure de ce que j'avance point par point.

Un collier inhabituel rapporté d'Asie.

Peut-être Christine en avait-elle eu un qu'elle avait perdu et il lui avait trouvé le même ?

Mais non, Ira et Christine n'ont pas eu de contact après la naissance de Francis. Et Christine ne portait pas de bijoux, tout le monde est unanime là-dessus. Je songe à la photo où toutes les femmes portent de grands colliers, des boucles d'oreilles compliquées, des bracelets... et elle rien.

Il me demande ce qu'ont fait les invités, s'ils sont sortis...

En pesant mes mots, en édulcorant, comme si, de fait, je m'adressais à un enfant, je finis par lui dire qui étaient les invités, d'où ils venaient et comment la soirée a tourné.

Sa réaction me choque presque. Il hoche la tête, souriant.

— Ça ne m'étonne pas. Cette génération voulait tellement que le temps ne passe pas. Ils se sont joué *Woodstock* une dernière fois. C'est touchant et dérisoire, non ?

Quoi ! Vous pensiez que j'allais sauter au plafond ! Je ne suis pas un naïf. Je sais qui était ma mère. Belle mais, pour le reste, une fille de son temps, complètement. Quoi ! Vous pensiez quoi ? Que j'étais l'enfant traumatisé par la partouze de sa mère à laquelle il assiste ?

Bon, j'aurais sans doute été traumatisé si j'y avais assisté mais ce n'est pas le cas et aujourd'hui, à mon âge, je peux l'envisager avec humour. Je ne saurai jamais qui est mon géniteur parce que je ne veux pas le savoir. Ça n'a plus d'importance. Je me suis façonné en dehors de lui. Son identité ne m'apprendrait rien, à part le risque que je cours d'attraper le cancer ou de finir diabétique. Qui veut savoir comment il va mourir ? Bon, je n'ai pas connu ma mère, petite fan des sixties, mais j'ai survécu.

Avouez que le mobile devient plausible. Quand Bob a vu débarquer les géniteurs potentiels, il a pété les plombs, lui qui n'était ni cool ni sixties, mais un bon vieux mâle des familles, possessif et inquiet.

J'avoue que le collier reste un mystère mais certains enfants ont des presciences, des dons de double vue...

En tout cas, merci, vous ne vouliez rien voir d'autre avec moi ? J'ai hâte de téléphoner à mes avocats. Vous allez écrire à John ? Vous ferez ça très bien. Vous êtes mon ange gardien. Je l'ai tout de suite su.

Ça ne va pas. Ça ne va pas du tout. Ni sa réaction au récit de la soirée, ni sa volte-face sur son ex-beau-père, ni ce ton enjoué et flatteur.

Or, c'est un bon acteur. A quoi tout cela rime-t-il ?

La mère adoptive

J'ai dit à Franck que je souhaitais voir David. J'ai laissé trois messages sur le répondeur de l'appartement de Neuilly où ce dernier habite lors de ses séjours parisiens et il ne me rappelle pas. Je sais qu'il a vu l'avocat, je sais qu'il va régulièrement visiter son « frère » en prison mais, clairement, il m'évite et je commence à me demander pourquoi.

Suis-je allée trop loin ? Peut-être n'a-t-il pas escompté que mes recherches m'amèneraient aussi près de sa famille, de l'enfance, de toutes ces zones sombres dont il était un élément essentiel ?

Ou plutôt, ne redoute-t-il pas, plus que quiconque, l'émergence de la vérité ?

Et moi, j'en suis où ? Je me retrouve à psychologiser sur le thème de l'enfance traumatisée. Je me demande si je n'ai pas souhaité et redouté simultanément de démontrer, enfin, la culpabilité de Franck. L'idée qu'il a sincèrement effacé de sa mémoire le souvenir des meurtres de Blossom et de Sigrid, aussi improbable que soit cette double amnésie, ne m'arrange-t-elle pas ?

Même si je préfère habituellement me référer à mes notes et à ma mémoire, les souvenirs m'intéressant justement par leurs imperfections, à défaut de voir le fils, un soir, je décide d'écouter un de mes entretiens avec la mère.

Devant son fils, Mme Towne a eu la parole hésitante et modeste, comme si son point de vue ne comptait pas. J'ai senti son désir de se livrer et, quand j'ai réussi à la voir seule, elle a parlé comme un moulin. Elle m'a fait l'effet de quelqu'un qui en a gros sur le cœur et qui cherche sans fin le fardeau invisible qui lui gâche la vie.

Je suis persuadée qu'elle fait partie de ces ménagères qui boivent en douce. Je sais pertinemment qu'il n'y a eu aucune révélation dans le contenu même de notre entretien. J'espère cependant trouver l'origine du malaise indéfini que m'a laissé cette conversation qui a eu lieu après ma rencontre avec Bennett.

J'avais appris qu'elle était devenue visiteuse de prison et j'étais allée tout bonnement la cueillir à la sortie. C'est une de ces personnes qui ne savent pas dire non. Et pourtant, je n'ai pu m'empêcher de penser qu'elle a eu peur en me voyant. Mais elle n'a pas réussi à m'envoyer balader comme elle en avait envie. Elle m'a souri largement en me proposant d'aller boire un coup en ville.

Comme je l'ai interrogée sur son activité charitable, elle s'est détendue aussitôt.

— Je pense à Francis. Je me rappelle quand il était en prison, il ne voulait pas qu'on y aille et il en aurait eu pourtant besoin. Sauf David bien sûr, mais ces deux-là... Au moins, je sers à quelque chose. J'ai de quoi vivre mais pas de quoi justifier ma vie. Je ne pense pas que David se marie jamais et Francis... Je me dis que Francis n'aura jamais d'enfant, avec son passé...

Les prisonniers sont des gens très intéressants. Pas parce qu'ils sont prisonniers, mais ils ont osé prendre un risque. Vous voyez ce que je veux dire ? Moi j'ai toujours été protégée.

Francis, ce n'est pas pareil, il n'a pas pris de risque, en fait il n'a fait que subir. Vous croyez qu'on peut passer sa vie à subir sans raison ? Je veux dire, même en réagissant il ne pouvait rien changer à son destin. Quand on commence comme ça ! C'est comme une malédiction, non ?

Il ne l'avouera jamais, trop orgueilleux. Beaucoup de prisonniers sont sûrs et certains que c'est le destin. Ce qui leur arrive, ils n'y sont pour rien, la faute à pas de chance. Et parfois je vois ma vie comme ça aussi. Même si j'ai eu de la chance, comparée à d'autres. Mon mari était plutôt gentil, il gagnait bien sa vie. On aurait dû avoir d'autres enfants mais on a eu Francis. Ça a compensé. J'aurais bien aimé avoir une fille. Je lui aurais appris à ne pas être comme moi. Non, sérieux. Ce n'est pas de la fausse modestie.

Ma vie, c'est comme si on m'avait posée sur un chemin, bien éclairé, avec plein de panneaux disant tous la même chose, histoire que je ne me trompe pas de direction. Et s'il y avait un petit sentier mal éclairé, ailleurs, je ne l'ai même pas vu... Vous comprenez ce que je veux dire ?

Les lumières sont fortes ici, non ? Les néons en plein jour. Je ne sais pas ce qui se passe avec ce pays, mais il faut que tout soit toujours illuminé. Je pense qu'on est un peuple de peureux, en fait. Mais peut-être que je pense trop, après n'avoir pas assez pensé. La mort d'Arthur, Francis en prison... je n'avais plus que ça à faire. Penser. J'aurais pu aider Francis si j'avais commencé plus tôt. De toute façon, il m'a toujours intimidée, même petit. C'est terrible d'être face à un enfant plus intelligent que vous. Terrible.

Et comme je n'étais pas maternelle...

Christine ? Vous l'appelez Christine et j'entends que vous êtes fascinée. Elle n'était pas si fascinante que ça, vous savez.

Sa voix était devenue stridente. Elle l'entendit et en reprit le contrôle.

— Maternelle, elle, ça alors... Non, ce n'est vraiment pas le mot qui me vient. Femelle plus que maternelle. Elle aimait Francis, bien sûr, autant qu'elle ait été capable d'aimer.

Vous me trouvez dure ? C'est juste que... Elle utilisait les autres. Mon pauvre Arthur, qui n'était pourtant pas né de la dernière pluie, elle en faisait ce qu'elle voulait. Vous auriez pensé comme moi. Les femmes ne sont pas dupes des femmes comme elle. Elle se donnait des airs, mais la vérité c'est qu'elle vivait avec un raté, qu'elle n'avait pas un sou, qu'elle était très isolée et qu'à mon avis elle misait sur son fils pour la tirer de là. En ce sens, oui elle l'aimait. Comme on aime un investissement.

Bob n'était pas sympathique mais il était touchant.

Je ne comprenais rien de ce qu'il disait. Bourré de citations et de mots compliqués quand il n'était pas bourré tout court. Elle l'avait, je ne sais pas comment dire, aplati. Je crois que c'est le mot. C'est pour ça que je ne pouvais pas la trouver sympathique. Une femme, ça doit aider son mari, le mettre en valeur. Les hommes restent des enfants et ils nous voient comme des mères. Il faut les rassurer, faire semblant de les admirer. Vous avez des enfants ? Non ? Bravo ! Parfois je me demande si les femmes sont vraiment faites pour ça.

Un enfant qui fait un pas, vacille, complètement déséquilibré, on s'exclame : « Bravo ! Superbe ! » Il ânonne, on ne comprend rien de ce qu'il dit ? « Bravo, comme c'est bien. » Après, il faut continuer. Et comme c'est le rôle de la mère, on apprend aux filles à ne pas être encouragées mais encourageantes et après, tout est faussé.

Mais Christine ! Ah, Christine était plus maligne que ça. Parce qu'elle était belle, d'une beauté pas normale, je dirais. Il suffisait qu'elle regarde un homme... posséder cette femme-là, ça valait tous les encouragements de la terre !

Remarquez, le pauvre Bob, ça ne lui a pas réussi.

Je vais me reprendre une petite bière. Vous voulez un autre milk-shake ? C'est drôle, je déteste le lait...

Parce que c'était du pipeau. Les hommes rêvaient sur elle mais elle ne donnait rien. Pas généreuse.

Au début, moi aussi je me suis fait avoir. Seule, avec ce type incapable, un enfant à élever. Ma vie était un lit de roses en comparaison. Elle n'aimait pas les femmes. Je crois d'ailleurs qu'elle ne s'aimait pas beaucoup. Mais qu'est-ce que j'en sais ? C'est peut-être la bière qui parle. On ne s'est jamais parlé comme font les voisines, les confidences, les papotages. Un jour je lui ai demandé si elle était française, parce que son accent n'était pas clair... On aurait dit que je voulais lui extorquer des secrets terribles. Et Bob a dit : « Bien sûr que c'est une *froggie*. Arrête de faire du faux mystère tout le temps ! »

Elle avait peur, comme quelqu'un qui fuit. Remarquez, finalement, elle avait raison d'avoir peur.

Non, je ne lui ai jamais vu de collier de perles, ni avec, ni sans fermoir en dragon. Ses seuls bijoux, c'étaient des grands anneaux aux oreilles et des bracelets en argent, six, je crois. Elle les portait rarement.

Vous me posez la question à cause de Francis ? Il était fasciné par les dragons et, comme il faisait beaucoup de cauchemars après le drame, il parlait souvent d'un petit dragon de jade, effectivement. Un collier, peut-être...

Ah oui, ça m'a frappée ! Ça a duré des années. Il en a même parlé avec le psy. Je ne sais pas ce qu'il en a sorti, la féminité gardée par un monstre mythique, ce genre de bêtise...

Francis était comme les autres, pire. Il adorait sa mère. Il a tout fait pour l'oublier, effacer jusqu'à son existence mais ça... je n'oublierai jamais, son visage assis à côté d'elle au piano. Une déesse descendue du ciel. David m'a aimée, comme tous les enfants, mais jamais il ne m'a regardée comme ça. Remarquez, elle aurait vécu, vieilli comme tout le monde, il aurait pu tourner la page mais là... Je pense qu'elle est restée comme une image arrêtée, éternelle, parfaite.

C'est pour ça qu'il n'a jamais pu m'aimer, jamais pu aimer personne, si vous voulez mon avis. Il a essayé. Il a essayé mais elle lui avait brisé le cœur, votre Christine.

Je reprendrai bien une petite bière. Rien pour vous ?

Ça m'aide. Sûr que ça m'aide à vivre.

David, il est là quand les journalistes y sont aussi. Y aurait pas mes prisonniers, franchement je serais toute seule.

Je ne lui ai pas écrit. Je ne sais pas faire. Puis je crois qu'il s'en fiche. Il a toujours envoyé de l'argent, des cadeaux qui n'avaient rien à voir avec moi mais je ne lui manque pas. Regardez-moi.

Il a essayé d'y échapper mais il a hérité du caractère de sa mère. En si peu d'années, elle a réussi à lui faire croire qu'il était un prince lui aussi, au-dessus des autres.

Finalement c'était bien pour lui, cette existence de fantôme, beaucoup d'argent, la renommée et rester invisible. Elle a gagné.

Elle a gagné sur tous les plans.

Excusez-moi...

Elle s'est alors levée et elle a disparu dans les toilettes, très pâle.

Ce qui transparaissait le plus fortement, c'était l'amertume et la rancœur. Une vraie fixation sur

Christine. Je ne pensais pas que ce puisse être de la haine.

Et constamment, la peur. Elle parlait pour tout dire sauf quelque chose qu'elle redoutait de lâcher.

Qu'est-ce que ça pouvait être ?

Je l'ai revue deux fois, à chaque fois en organisant le hasard, en profitant des climats différents et j'ai fini par accepter qu'elle ne lâcherait rien.

J'en suis convaincue : le secret de Franck repose sur le meurtre de sa mère. Si je déniche la clé, tout le reste apparaîtra.

Je me laisse aller en arrière, les yeux fermés. Je me rejoue la scène encore une fois.

Et on sonne à la porte.

Personne ne vient jamais chez moi, surtout pas à une heure pareille. Il est minuit passé, comme je le vérifie de façon réflexe.

Je vais à la porte, hésite. Je ne suis pas peureuse mais je ne fais pas n'importe quoi. Je demande qui c'est.

— David !

Il se planque quand je le cherche et débarque soudain au milieu de la nuit. Je vérifie rapidement que je suis décente, que l'appartement ne laisse pas trop voir d'informations. Bizarrement je repense au dépôt du colis chez moi, mais, par-dessus tout, je suis intriguée. J'ouvre la porte.

Le frère adopté

David arborait cet air de mouton pensif que je lui avais déjà vu et qui n'allait pas avec sa tignasse de rouquin exubérant.

— Cette ville me rend fou. Excusez-moi, vous vouliez me parler, je crois, mais je ne savais plus où donner de la tête. C'est suite à votre voyage ? Je sais que vous avez vu ma mère. Je peux entrer ?

Je hochai la tête et le fis entrer. J'étais entièrement habillée, ce qui ne l'empêcha pas de me demander s'il m'avait réveillée. Son regard fouinait. Je sus qu'il avait noté mes papiers épars, le petit enregistreur sur ma table. Qu'il note, qu'il note.

Il s'assit dans mon fauteuil, le gros fauteuil moche et confortable où je m'installe pour lire, pour réfléchir et parfois pour dormir, quand l'idée du lit m'est insupportable, quand je veux nier la vie et ses rituels.

Il était venu pour dire certaines choses et il ne se perdit pas en politesses ou excuses. Il attaqua d'emblée :

— J'ai eu ma mère au téléphone. Vous êtes bonne en entretiens, non ? Elle s'est un peu lâchée, non ? Ce qu'elle ne vous a pas dit et qui ne se voit d'ailleurs pas, c'est qu'elle est jalouse, était, je veux dire, quand mon père était vivant. Je ressemble à mon père. C'est vous dire qu'elle n'avait pas grand-chose à craindre et, pourtant, elle vivait dans la terreur qu'on le lui prenne.

Alors, quand la petite famille est arrivée à côté, ça a été le branle-bas de combat. Bien sûr, Christine n'aurait même pas donné l'heure à mon père.

C'est un mystère, ce qu'elle faisait avec ce type, Bob. Si vous trouvez la solution, tenez-moi au courant. Elle n'était peut-être pas si intelligente. Vous avez remarqué ? Parfois, face à des gens dont on ne comprend pas le comportement, on s'imagine des trucs... on bâtit des scénarios compliqués et fascinants et au bout du compte, on découvre qu'ils sont idiots, tout simplement et qu'ils ne projettent rien, ne réfléchissent rien.

En même temps, Franck est intelligent. Enfin, je crois. Finalement peut-être que lui aussi, avec sa beauté ténébreuse et ses silences bouillonnants, on lui prête plus qu'il ne possède ? Non ?

Il attendit en vain une réponse.

— Vous avez trouvé des infos sur Christine ?

Je lui appris que j'avais trouvé un oncle et une grand-mère de Franck à Paris... Franck ne lui avait rien dit. Il sembla stupéfait puis éclata de rire.

— Pauvre Franck, c'est la pire des nouvelles. Lui et la famille...

Je rebondis illico sur le mot et lui demandai s'il avait eu une intuition, étant enfant, concernant Bob. Comme ça, sans réfléchir, dirait-il qu'il était le vrai père de Francis ou pas ?

— Ils ne se ressemblaient pas mais ça ne veut

rien dire, bien sûr. Bob... Je ne le connaissais pas bien parce qu'il passait le plus clair de son temps enfermé dans son pseudo-bureau. Quand on le voyait, on aurait préféré ne pas le voir. Toujours bougon, jamais content. Si on parlait en même temps que lui, il devenait cinglé, perdait le fil, flippait complètement. Surtout quand c'était Francis. Mais Francis, il avait vite appris à la boucler quand Bob était dans les parages. Sauf quand il faisait exprès de le faire flipper.

En même temps, je peux garantir qu'il n'a jamais levé la main sur l'enfant. Francis avait un drôle de statut. J'imagine que les gamins choisis pour être dalaï-lama sont traités comme ça. Il était sacré, d'une certaine façon. On aurait presque pu croire que Francis faisait peur à Bob. Il devait y avoir un secret dans cette famille, un sacré secret.

Même le coup du séchoir. Au début, c'était plus pour les faire flipper que pour s'abriter. Oui, au début, c'est Bob qui l'avait mis dedans pour le punir mais, après, il s'en est servi. Sous ses airs parfaits, il en a fait des conneries, Francis. Et moi aussi. On se couvrait. Y avait pas que moi.

Je me rappelle, un jour, Christine, elle m'a fait peur. Francis avait massacré une vitrine dans le quartier. Je n'étais même pas là. Il faisait des crises. Un mot de travers, un truc qui l'énervait, il pouvait péter les plombs, grave.

L'épicier a déboulé avec la facture. Cher. Ça devait être dans les mille dollars de l'époque. Une grande vitrine. Autant dire, pour eux, la ruine. Elle a pris un air hautain pour dire qu'elle paierait. Je crois d'ailleurs qu'elle a emprunté l'argent à la banque. Je ne sais pas comment elle a fait mais elle l'a obtenu. Elle a refermé la porte et elle est partie à la recherche de Francis.

J'étais dans la cuisine en train de faire mes devoirs. Christine était meilleure que ma mère pour aider aux devoirs. De toute façon, on était inséparables, toujours fourrés chez l'un ou chez l'autre. Alors j'ai suivi Christine en me planquant. Je ne voulais pas rater ça.

C'était une des premières fois, il était dans le séchoir et il dormait. Après, c'était devenu sa planque quand il faisait une bêtise. Elle l'a sorti sans ménagement. La voix froide et calme – elle ne criait jamais –, elle lui a expliqué dans quelle merde il venait de la foutre, comme si sa vie n'était pas déjà assez difficile. Il est resté raide, tétanisé, le visage crispé sous l'effort de ne pas pleurer. Et puis les larmes ont commencé à couler, avec son visage qui disait le contraire, et il les essuyait, d'un geste énervé, comme si ces larmes-là ne lui appartenaient pas et il a dit... ça alors... j'avais complètement oublié... il a dit : « Est-ce que Bob va me chasser maintenant ? »

Et il était terrifié, comme je ne l'ai jamais vu. Parce que c'était un drôle d'enfant. Imperméable à tout, d'habitude.

Elle s'est mise à pleurer et l'a pris dans ses bras et elle n'a plus rien dit, elle l'a juste caressé et serré contre elle comme peut faire une mère qui vous dit qu'elle vous protégera toujours, que vous ne mourrez jamais, des trucs comme ça.

Et moi, je regardais et... j'étais jaloux de Francis qui avait une mère qui... Ça ne m'était jamais arrivé. Ça ne m'est jamais arrivé.

Enfin, c'est bien la preuve. Ce n'était pas le père.

Y a un truc que Bob faisait parfois quand Christine avait le dos tourné parce que ça la rendait furieuse. Il lui apprenait à tirer. Oui, au gamin. Avec une carabine à blanc. Il n'y avait pas de danger mais elle trouvait nul de former un gamin à aimer les armes à feu.

C'est resté un assez bon tireur.

Au procès ?

Non, Blossom a été étranglée, pas shootée. Il n'y avait pas de raison qu'on en parle. C'était juste pour vous dire qu'il s'en occupait un peu quand même. Ça ne veut pas dire qu'il était son père pour autant.

Avec Christine, ils se parlaient peu. En tout cas, devant nous. Et Francis ne voulait jamais parler d'eux, de ce qui se passait chez lui. Il me disait souvent que j'avais de la chance d'avoir des parents normaux.

Et moi, je rêvais d'avoir des parents anormaux.

Franck m'a dit que vous alliez lui éviter l'extradition ?

Ah, ce n'est jamais sûr mais ça l'a drôlement soulagé. Surtout venant de vous. Il a vraiment besoin que vous croyiez en lui.

J'espère que vous avez les épaules solides et que vous n'allez pas le lâcher comme les autres...

Mais non, ce n'est pas une menace, où allez-vous chercher ça ? C'est juste que je trouve qu'il a assez souffert. Et que j'ai hâte qu'il sorte et reprenne sa vie et que je puisse, incidemment, reprendre la mienne.

Ah, si on pouvait élucider la mort de Sigrid, ça irait mieux. Mais maintenant que vous avez fait vos preuves de fin limier, vous ne voudriez pas résoudre cette énigme-là ?

Vous ne buvez pas du tout ? Pas d'alcool dans la maison ? J'aurais dû apporter ma bouteille !

Il n'avait pas envie de partir. Il avait encore des choses à dire. En cherchant bien, je dénichai un vieux fond de rhum dont je lui versai un verre qu'il sembla boire avec plaisir. L'odeur seule me donnait envie de vomir.

Nous étions deux insomniaques. Il devait être deux heures du matin, l'heure du plein éveil. Je m'assis par terre, ce qui est ma posture préférée quand mon fauteuil est occupé. La détente de la nuit commençait à faire effet. Intérieurement, je me raidis pour rester aux aguets.

Je posai une question en relation directe avec sa dernière phrase. J'avais déjà remarqué qu'il ne perdait jamais le fil d'une conversation. Nous avions ce point-là en commun. Capables de digressions à l'infini, nous savions l'un comme l'autre retourner à la chaîne centrale.

— Non, répondit-il, j'inverserais la proposition. Ce n'est pas Franck qui est responsable des ténèbres qui l'entourent, mais les personnes qui l'attiraient étaient toutes déséquilibrées à leur façon et donc avaient des comportements problématiques. Mais lui, malgré tout, est plutôt équilibré. Il faut l'être pour écrire des dingueries. Ou peut-être que ça aide à le rester.

Sigrid a très bien pu se suicider. Par dépit. Pour faire chier. Elle était immature à un point, très mal élevée... Vous avez vu les parents ? Dur, dur. Blossom a été assassinée, c'est sûr. Et on ne saura jamais par qui, mais elle le cherchait. Limite nymphomane, donc impuissante, enfin, frigide. La majorité des victimes de meurtres sadiques sont dans ce cas-là. Vous n'y croyez pas, vous, au syndrome de la victime... malgré votre expérience ?

J'irais même jusqu'à dire que c'est la victime qui crée l'assassin, et pas le contraire. C'est ce qu'on pense avec Franck. Mais on n'a pas le droit de le dire, bien sûr. La victime, par principe, doit être irresponsable, autrement dit innocente, ça rassure tout le monde. Personne ne veut être responsable de sa vie, vous avez remarqué ?

Moi pas plus que les autres.

Regardez Bob... Qu'est-ce qu'il avait en tête quand il a offert un revolver à Francis ? Oui, un vrai.

Francis qui recevait rarement de cadeaux de Bob était touché. Finalement il rêvait d'affection comme tout le monde.

Christine a piqué une colère terrible et confisqué le revolver. Francis était furieux. Il me l'a raconté. Et il m'a dit, avec son petit air d'ange, qu'il s'en foutait parce qu'il savait où elle l'avait caché. Ça aussi, c'était un truc que Francis pratiquait. Il savait se rendre invisible. Gamin, il avait des yeux et des oreilles partout, simplement parce qu'il savait se faire oublier.

Il jouait dans un coin de la pièce, silencieux, ne bougeant presque pas.

Ma mère disait toujours : « Francis, on ne le voit pas, on ne l'entend pas. » Elle disait ça par opposition à moi. Moi, il fallait toujours que j'ouvre ma gueule, que je me fasse remarquer.

C'est ainsi que Francis a pu me raconter plein de trucs sur mes parents. Il se cachait dans son bout de jardin et, une demi-heure plus tard, tout le monde avait oublié qu'il était là. Et mes parents, qui se mettaient souvent dehors quand ils avaient des comptes à régler, se chuchotaient leurs salades et lui captait et imprimait.

C'est ainsi que j'ai su que ma mère était jalouse de Christine. Elle a dit des horreurs et Francis a tout entendu. Il m'a dit que c'était rien de vrai. Que sa mère n'était pas une pute. Que Bob était son papa et qu'il n'était pas le fils de personne.

Ma mère aurait rien dit, si elle avait su. Elle a toujours adoré Francis. J'étais pas jaloux. Moi aussi, je l'adorais.

Je ne vais pas retranscrire tout ce que David m'a dit cette nuit-là, mais j'en ai rapporté l'essentiel. Bizarrement, alors que je n'avais pas de sympathie particulière pour lui, moi aussi je lui ai parlé. Cela arrive.

Comme des fantômes, toute cette nuit je vis Christine et ses trois hommes assister à un improbable lever de soleil et sceller je ne sais quel engagement qui devait se signer dans le sang.

Le matin, à bout de mots, nous sommes allés prendre un café au bistrot du coin. J'aime cette ambiance où tout, cafés, boulangeries, trottoirs, personnes, semble s'extirper à contre-cœur du sommeil et des rêves pour affronter une nouvelle journée avec ce sentiment partagé des lève-tôt et des couche-tard d'être des pionniers de la vie.

Est-ce pour profiter de cet ultime moment de notre innocence que je n'entendis pas ce que David m'avait dit, en fait, pendant cette nuit sans horizon ?

Rêve

Je n'ai jamais cru aux rêves ni à leur interprétation. La nuit et l'éventuel sommeil qui l'accompagne sont une forme de digestion de la réalité. On se débarrasse de problèmes pas réglés, on élimine les fausses questions, on laisse sortir les gargouilles de l'angoisse et on se réveille nettoyé pour réattaquer la réalité à tête d'aspic.

C'est pourtant un rêve qui a cristallisé ma masse d'informations en une reconstitution du passé. Je ne garantis pas de le livrer tel qu'il se déroula dans mon cerveau mais ses événements principaux sont bien là.

Il se déroule le soir qui marque la fin de l'innocence, à tous points de vue, pour l'enfant Francis.

Les invités surprises arrivent, Roger et Ira. Christine fait disparaître son fils qui part avec son copain David. Comme d'habitude, ils franchissent le petit muret qui sépare les deux jardins. Mme Towne les fait dîner et les envoie se coucher tôt. Il y a école le lendemain.

J'ai toujours été incapable d'imaginer la vie intime des Towne. Ils devaient regarder la télévision, elle s'occuper à des tâches ménagères plus ou moins essentielles. Peu de paroles échangées, service minimum avec les enfants également.

Francis ne dort pas. Il fixe le noir de ses yeux immenses et sombres. La fébrilité inhabituelle de sa mère, le trouble dégagé par les deux inconnus, peut-être a-t-il eu le temps d'enregistrer la volte-face de Bob. On dit toujours que les enfants savent. Francis se doute que Bob n'est pas son père et cette intuition le lie davantage à sa mère, pourtant quelque chose, ce soir-là, est venu troubler l'organisation précaire mais familière de sa vie.

David dort. David, le protecteur, n'a pas ces soucis en tête, toute sa vie est éclairée par l'éblouissante banalité de son père et de sa mère. Et le temps s'écoule, impossible à mesurer dans l'ombre de la nuit. Et les questions s'agitent. Que se passe-t-il dans la maison d'à côté qui est la sienne ?

Tout à coup, Francis n'y tient plus. Il se lève, descend à pas furtifs dans la maison endormie. Il n'a pas besoin d'allumer, il connaît l'escalier par cœur. Les deux maisons sont jumelles, de toute façon. Il n'a pas peur. Pas encore. C'est l'après qui lui fait peur, mais il n'a jamais eu peur du noir ni de l'étranger. Il sait que l'horreur et le vrai danger sont au cœur de sa vie. Tout le monde devrait le savoir.

Dans le jardin des Towne, il écoute un moment. Il franchit le mur, tombe mal, s'égratigne. Un signe qu'il ne devrait pas franchir cette frontière mais il n'est pas à l'âge des interprétations. Le sort en est jeté.

Il attend dans son jardin hostile et inquiétant. Il attend, guettant des bruits qui ne lui parviennent pas.

Il ne devrait pas entrer dans la maison, il le sait. C'est idiot, d'ailleurs. Chez lui aussi, tout le monde dort. Ils n'ont jamais d'invités. Ceux-là ont dû boire un verre et repartir.

Il lui semble voir une lueur dans le bureau de Bob. Sa mère est couchée et Bob travaille. Rien que de très normal. Et lui a école demain. Il va être fatigué. Il doit aller se coucher. Dans sa chambre, il dormira mieux. Mais quelque chose le retient sur le seuil de la cuisine.

L'entrée est restée allumée. Il entend de drôles de bruits, des bruits qu'il ne connaît pas. L'électricité coûte cher. Ça ne ressemble pas à Christine, qui a tellement de mal à joindre les deux bouts, de laisser la lumière pour rien.

Elle veille. Elle l'attend, elle est inquiète. Elle va le gronder. Mais s'il se glisse discrètement dans l'escalier... Elle s'est peut-être endormie en l'attendant.

Vient un moment qui oblige à franchir questions et supputations. Francis ouvre doucement la porte de la cuisine et s'arrête, assailli de bruits dégoûtants. Clapotis, succions, murmures, claquements de ventouses, bruits d'un monde animal et glauque où les mots n'ont pas cours, une ambiance trouble, des images sans netteté. Il en a la nausée et sa curiosité est avivée. Dans la grande pièce, la lumière est tamisée. Il le sait, Christine aime baisser l'éclat des lampes. Le lampadaire est allumé et elle a posé un châle dessus. Allez, juste un petit coup d'œil, personne ne le remarquera. Il s'approche de la double porte entrouverte et incline le cou, juste assez pour glisser la tête entre les deux battants.

Il voit un monstre à plusieurs membres et plusieurs têtes, dont une se tourne vers lui, le faisant reculer de panique. Dans l'enchevêtrement des chairs, il a reconnu la nudité de sa mère, visage basculé en arrière, yeux clos comme une morte, très pâle, lèvres entrouvertes. Elle a l'air de souffrir. Mais si elle est morte, elle ne peut pas souffrir. Si elle est morte... terreur absolue. Il doit y retourner, la sauver.

Il se rappelle le revolver, il sait où sa mère l'a caché. C'est comme si elle lui avait envoyé un signe pour le moment où il devrait la sauver. Il monte à l'étage comme un voleur, va dans la chambre parentale, conjugale, la chambre. Le placard, la boîte à chaussures, il sort les souliers, tâtonne, voilà l'arme. Le chargeur ? Il s'affole, se calme, réfléchit. Le bureau de Bob. Son cœur bat fort. C'est un lieu interdit. Personne ne l'a entendu. Il doit sauver sa mère. Il entre, va au bureau, ouvre un tiroir. Au fond, le fameux chargeur. Il le glisse dans l'arme. Bob lui a si souvent expliqué comment faire. Il est un professionnel. Mais cette fois, l'arme est chargée pour de vrai. Il redescend. Il espère peut-être qu'un adulte va le surprendre, arrêter le cours de ce destin-là.

En bas, toujours les bruits obscènes. Il sait que c'est obscène. Le corps de sa mère est saccagé. Et elle laisse faire.

Il ouvre la porte du sous-sol, se glisse derrière et la referme. Il s'assied sur le sol froid et attend et guette, il ne sait pas quoi, il ne sait pas pourquoi.

Longtemps après, des pas pesants et incertains. La porte de la maison qui s'ouvre, le départ dans le silence. Bob a refermé, il est allé jeter un œil dans la grande pièce, a grommelé quelques insultes, et puis ses pas dans l'escalier.

Maman est seule, abandonnée, blessée peut-être. Francis n'a plus peur. Il sort de la cave, pousse la grande porte. Christine est pire que nue. Sa jupe dégrafée est remontée jusqu'à la taille. Son buste est complètement nu. Elle est allongée sur le tapis râpé, en chien de fusil. Francis tend l'oreille, désespéré par l'inquiétude, mais il entend son souffle. Il est fasciné par le collier qu'elle porte, qu'il ne lui connaît pas. Le fermoir est devant. C'est un petit dragon. Francis fait tourner le collier et ses doigts effleurent le cou de sa mère. Il ne l'a pas souvent touchée depuis qu'il est bébé. Elle a la peau moite et chaude, un peu dégoûtante et aussi attirante. Elle est rouge, les cheveux collés aux tempes, les mèches désordonnées pendent de chaque côté de son visage. Elle respire plus fort. Une de ses mains monte jusqu'à sa poitrine et effleure le sein. Elle gémit. Elle appelle. Dans son sommeil, elle cherche encore l'homme, n'importe quel homme.

Christine lui fait horreur, d'un coup. Elle est laide, son visage gonflé, sale, son corps palpé, malmené. Il s'est écarté. Il la regarde et la déteste de sa traîtrise, de sa tromperie. Ce n'est plus sa mère. Ça n'a jamais été sa mère. Comme Bob n'est pas son père. Des mensonges. Il attrape son revolver laissé au sol. Il arme, il vise, il vise le visage. L'écrabouiller. Elle ne sera plus jamais belle. Il ferme les yeux et tire, tire, tire. Le bruit est assourdissant. En haut, une porte s'est ouverte. Dans le rouge qui l'environne, quelque chose en lui continue de percevoir la réalité. Bob appelle du haut de l'escalier. Francis lâche le revolver. Il détale sans un regard. Il a fait une grosse bêtise. Il va être puni. Il court jusqu'à la porte du sous-sol, il dévale les marches. Il ouvre le séchoir, il se glisse dedans, se recroqueville, se rassure, s'endort. Il ne s'est rien passé. Demain il se réveillera. Christine se moquera de son air embrouillé. Il mangera ses céréales, David attendra devant la porte, lui reprochera d'être en retard. Personne ne verra Bob qui dort.

La vie continuera.

Francis dort. Il dort pour toujours. Il a endormi pour toujours l'enfant assassin.

Je me réveillai en sursaut, haletante. Je crus un moment que quelque chose, un bruit, m'avait tirée du sommeil. Mais non, le silence régnait. Et je me rappelai tout dans le détail, chaque instant de la scène.

Et j'inventai la suite, certaine de ne pas me tromper, de ne pas pouvoir me tromper.

Bob qui déboule dans le salon voit le carnage, l'arme. Il cherche Francis des yeux, l'enfant n'est nulle part. Il vérifie la porte. Elle est fermée à clé, comme il l'a lui-même fermée. Ce n'est pas l'œuvre d'un intrus. Combien de temps lui faut-il pour réaliser qu'il a perdu Christine et que Francis est condamné ? Ce garçon qu'il aime et à qui il n'a jamais su montrer son amour. Parce qu'il y a trop de mensonges et de silences entre eux.

Bob hésite. Il croit savoir où se trouve Francis. Il le cherche pour le réconforter. C'est ce que je préfère croire. Comme je préfère croire qu'il se rassure en le découvrant plongé dans un sommeil sans rêves.

De toute façon, Bob est désespéré depuis si longtemps. Il n'a même pas besoin de réfléchir. Il y a une jeune vie à sauver, une jeune vie que leur couple maudit condamnait à son tour au désespoir. Il croit rompre la chaîne inéluctable des maux transmis de génération en génération. Il est héroïque. Surtout, il est amoureux. Plus peut-être qu'il ne l'a jamais été. Maintenant que c'est fini, il peut se permettre de l'être.

Il remonte dans la grande pièce. Par précaution, il essuie le revolver. Il ne regarde pas Christine mais s'assied à côté d'elle, pose le canon du revolver contre ses lèvres. Bob jouit de ce contact froid. C'est comme ça que je le vois. Il prend son temps. Il ouvre la bouche, enfonce l'arme et tire, et tombe, comme prévu en travers du corps de Christine.

Bob ne s'est pas trompé. La police ne pouvait que conclure à un assassinat suivi d'un suicide. La scène de violence a été occultée par l'enfant qui s'est réfugié dans sa cachette favorite.

Un drame de la jalousie ou de la mésentente familiale.

Que faire maintenant ? Avais-je le droit de confronter Franck à ma reconstitution sans preuves ? A moins qu'il ne se souvienne très bien de tout et ne l'ait dissimulé depuis toutes ces années.

Je n'avais personne à qui parler. Qui se soucierait de mes élucubrations ?

Je sus alors que le seul moyen de remonter aux sources de l'histoire, c'était d'en résoudre les chapitres les plus récents. Comme l'enfant assassin, je devais avancer sans trembler, sans m'interroger sur ce que je ferais de la vérité dont je ne doutais plus par anticipation de mes pires craintes.

Indices

Je me retrouvai dans la peau de celle que je n'avais jamais voulu être, l'enquêtrice. Je devais lâcher Franck et nos entretiens pour entreprendre un travail de police. Le seul moyen de remonter le temps, c'était de reprendre toutes mes notes, tous mes enregistrements. La vérité laisse des traces. Tout acte laisse des traces. J'en avais certainement recueilli sans les déchiffrer.

L'autopsie avait révélé que Blossom était morte asphyxiée par strangulation. Peut-être dans son sommeil. En tout cas, sans grande résistance. La police était persuadée qu'elle ne se méfiait pas de son assassin. On avait retrouvé des traces de Valium dans son estomac mais elle n'en faisait pas une consommation régulière. Et de cocaïne. Il était difficile de dire si elle s'était droguée volontairement ou pas.

Franck avait touché le corps, il était froid, m'avait-il dit. Or on connaissait l'heure d'arrivée de Franck par les gérants du motel. Si elle était déjà morte, elle ne l'était pas depuis plus d'une demi-heure, grand maximum. Son corps était donc encore tiède. Ce qui cadrait d'ailleurs avec son récit de l'agresseur encore sur les lieux.

J'avais visité le motel. Il était extrêmement difficile, voire impossible, selon la topographie, d'entrer dans une chambre sans être vu. Si l'assassin n'était pas Franck, une autre hypothèse était que Blossom avait occupé les patrons en prenant la clé, en réglant la note, pendant que son amant rejoignait discrètement la chambre. Des auvents soutenus par des piliers permettaient de se dissimuler facilement.

Franck assassin, cela donnait... Il téléphone à sa femme et lui propose un rendez-vous romantique ou érotique dans un motel pour faire le point, ou se retrouver, ou je ne sais quoi... Tout doit rester mystérieux, personne ne doit être au courant. Elle, gamine un peu fleur bleue, se réjouit. Peut-être même pense-t-elle seulement qu'elle a gagné. Cela lui ressemble.

Il est en retard. Elle s'est déshabillée, glissée dans le lit, endormie. Elle n'a pas fermé à clé.

Franck entre, l'étrangle. Et là, soit il fait une vraie crise d'épilepsie, même s'il nie souffrir de cette maladie dont plusieurs témoins affirment l'avoir vu subir une crise, soit il se jette sur le coin de la table avec violence pour faire croire à une agression.

Je fermai les yeux pour visualiser la chose qui me parut incroyablement difficile. Etre découvert sur les lieux du crime pouvait être subtilement malin. Trop subtilement ?

Le mobile ? L'argent bien sûr. S'il n'avait pas été mis en cause dans le meurtre, il aurait touché l'argent de l'assurance vie. En fuyant, il laissait tomber. Ainsi, il aurait commis un tel acte par intérêt et abandonné au premier accroc ?

Mais si, comme j'en suis maintenant persuadée,

Franck a été un enfant assassin, peut-être les choses ont-elles pu se passer ainsi. Il arrive dans la chambre du motel. Blossom est nue entre les draps défaits, corps voluptueux, évocation de la débauche, évocation de la mère, alors qu'il a choisi une femme qui était le contraire de sa mère. Un flash. Détruire, décide-t-il. Il l'étrangle. Et là, c'est trop violent pour lui, l'enfant est alerté, il faut le rendormir comme dans le séchoir. Il fait le black-out et tombe évanoui, se fracasse la tête.

Comme pour sa mère, il a tout oublié. Il n'est pas coupable, il en est sûr. Dans un sens, il a raison.

Sa fuite s'explique alors mieux. Ce n'est pas tant la justice et ses risques qu'il fuit que la crainte inconsciente de devoir affronter le passé, la scène fondamentale et insupportable. Dans ce cas, devenir quelqu'un d'autre est la seule voie raisonnable.

Pour Sigrid, j'avais beaucoup moins d'éléments. Les causes de la mort étaient incertaines.

Je l'avais déposée devant chez elle. J'ai une très bonne mémoire visuelle. Je fermai les yeux pour revoir la scène. Elle avait levé les yeux sur la façade sombre, cherchant sans doute à voir si son mari l'attendait.

Y avait-il une lumière allumée ? Ils habitaient au quatrième, l'étage à terrasses. Non, tout était sombre. Je plissai les yeux. J'étais peut-être en train de l'inventer mais il me sembla discerner une silhouette sur la terrasse, adossée au mur. Je crus voir le bout incandescent d'une cigarette. Pourtant Franck ne fumait pas. Qui pouvait le savoir ? Peut-être s'accordait-il un peu de tabac dans les moments de crise.

De toute façon je ne cherchais pas de preuve, je n'allais pas livrer mes conclusions à la police. Je voulais savoir et, éventuellement, confronter Franck à la vérité. Pour moi comme pour lui.

Le mobile ? Le plus évident était la peur de voir s'effondrer sa façade, sa protection, son masque. De quoi s'affoler, certes. Mais dans le cas de l'enfant assassin, c'était insuffisant. Un mobile trop rationnel, trop conventionnel presque, ne collait pas.

Il guette dans l'ombre le retour de sa femme. Elle est de plus en plus libre, indépendante. Elle lui échappe quand il croyait avoir résolu la quadrature du cercle. Un côté Agnès de *L'Ecole des Femmes*. Je la prends jeune, admirative, je l'enferme dans un cocon et la forme à ma main, en quelque sorte.

Elle ne rentre pas seule en taxi, elle se fait déposer. Par un homme ? Son amant ? Les femmes sont toutes des putes, comme sa mère. Sa femme, pourquoi échapperait-elle à la règle ?

Il lui saute dessus dès qu'elle a franchi la porte. Lui assène des questions brutalement, il veut savoir. Elle se rebiffe. Ce qu'elle fait ne le regarde plus. Elle n'a pas peur de lui. Il est un incapable, incapable même de faire jouir sa femme. Oui, elle est allée voir ailleurs, pas besoin d'aller loin pour trouver mieux que lui. Mais il ne pourra rien prouver s'il compte la prendre en défaut, et là elle va dormir. Il peut faire ce qu'il veut. Elle est fatiguée.

Oh, il peut la regarder se déshabiller. Pour l'effet

qu'elle lui fait ! Elle prend une pose sexy, entrouvre les lèvres...

Il lui demande d'arrêter, elle en rajoute. Et de nouveau, ces images qui se superposent à celles de sa femme, sa mère et tous ces hommes avec leurs bras, leurs jambes comme des tentacules la cernant, l'entourant, la ligotant...

Il lui met une claque pour la faire taire, elle se défend. Il la bat, la roue de coups. Elle tombe. Il l'a tuée. Elle est abîmée. On voit bien que ce n'est pas un accident. Comment le dissimuler ?

La jeter dans l'eau. Tout le monde sait que les corps jetés dans la Seine peuvent se retrouver très loin. Elle a déjà voulu se jeter à l'eau. Ça expliquera les coups, les ecchymoses. Il ne faut pas qu'on la retrouve.

Il ne s'inquiétera pas de sa disparition parce qu'elle ne le prévenait pas toujours de ses absences. Ils étaient en crise. Il ne pouvait pas savoir que j'allais la ramener, qu'elle me parlerait. Il l'enroule dans une couverture, descend dans le parking au sous-sol de l'immeuble bourgeois, bien fréquenté. A cette heure, en semaine, tout le monde dort.

Il la met dans le coffre et sort de Paris. Suit la Seine, à l'instinct, un coin tranquille, pas âme qui vive. Il la balance, se débarrasse de la couverture.

Une semaine plus tard, il fait nettoyer la voiture dans le but de la vendre, explique-t-il au garagiste qu'il a chargé de la transaction. S'il y avait des traces de Sigrid dans le coffre, c'est fini.

Bon, les autres possibilités sont multiples.

Sigrid est agressée par un quelconque voyou.

Elle se fait déposer chez elle mais file chez son amant, le journaliste américain, qu'elle exaspère, qui veut se défiler. Elle a décidé de divorcer en prenant appui sur lui. Lui veut rentrer dans son pays, en a assez de cette hystérique, ils se disputent, le ton monte, etc.

Non, sans expérience directe de la chose, je sais qu'on ne tue pas comme ça, que ce n'est ni facile ni spontané. On peut avoir des envies de meurtre, le passage à l'acte est autrement compliqué.

Pourquoi était-ce si simple d'imaginer Franck passer à l'acte ? Avais-je tellement envie qu'il soit l'assassin ? Parce que c'était rond, parce que ça me fournissait une thèse intéressante, parce que ça me débarrassait de cet encombrant sentiment qui me rongeait le cœur ? En parlant de cœur, à chaque théorie que j'échafaudais, le sexe se retrouvait au centre. J'étais sûre et certaine que Franck avait un problème de ce côté-là. Etait-ce ce qui m'attirait, me rassurait chez lui ?

Parce que j'étais la princesse qui, d'un baiser, allait réveiller la sensualité du prince ? Parce que son absence de désir m'apaisait ? Parce qu'elle m'assurait que jamais il n'aurait de pouvoir sur moi, de vrai pouvoir ?

J'avais aimé mon mari d'un amour sensuel passionné. Sa mort m'avait tuée, en grande partie tuée parce que la douleur de ce manque-là m'avait laissée infirme. Et que je ne voulais pas réveiller la source de tant de douleur.

Où étais-je allée chercher cette histoire d'amour inexistante ?

Non seulement j'étais en train de faillir à toutes mes règles de travail, à toute mon éthique professionnelle, mais je gambergeais comme une midinette... midinette, comme Blossom, comme Sigrid... Serais-je la troisième ?

Je me couchai au lever du jour dans un état de nervosité et de fatigue mélangées qui me plongèrent dans un sommeil de plomb.

A mon réveil, la concierge avait glissé mon courrier sous la porte. Une lettre postée de la Santé émergea du lot.

Je l'ouvris.

Chère inconnue,

Je vous ai ouvert la porte de ma vie. Je vous ai dit : entrez, regardez, vous êtes chez vous. Et vous m'avez pris au mot. Je n'avais jamais donné une telle licence à qui que ce soit. Même pas à David.

Aujourd'hui, je ne sais plus quoi penser. J'ai parfois le sentiment que vous êtes allée remuer de vieilles boues pour m'en balancer des poignées à la figure.

Je me suis livré à vous parce que j'avais senti éclore en moi un sentiment nouveau, fait de confiance et d'abandon, celui qu'on trouve habituellement chez les enfants, mais vous en savez assez aujourd'hui sur mon enfance pour comprendre que, dans mon cas, c'était l'inverse.

Ai-je eu tort ? Ne suis-je pour vous qu'un bon sujet d'étude que vous êtes prête à tordre dans tous les sens pour en extraire le jus qui vous sera utile ?

Je crois vous avoir aimée dès notre première rencontre. Je sais ce que cette déclaration a d'adolescent mais c'est ainsi. Au fond, je devais espérer qu'en vous confiant mes clés, je vous donnerais le moyen de me connaître bien et de me choisir en connaissance de cause.

C'est, bien sûr, le contraire de l'arrogance. Plutôt un vœu enfantin, ce qu'on espère d'une mère : qu'elle nous aimera tel que nous sommes et quoi qu'il arrive. Sauf que ce n'était pas l'amour d'un enfant pour sa mère.

Je vois que j'en parle au passé. C'est vous dire à quel point je n'y crois plus.

C'est pour cela d'ailleurs qu'il me semble préférable d'en rester là. Je suis désolé pour tant de temps perdu qui ne se rattrape guère.

Je vais accepter l'extradition et assumer enfin mes responsabilités et mon passé. Vous aurez au moins accompli cela.

Francis Towne.

J'ai relu la lettre de Franck deux fois, trois fois, anéantie, jusqu'à souhaiter disparaître de honte.

Il avait raison et moi tout faux.

Je fis un grand retour sur moi-même. Je n'eus pas de grande difficulté à inverser les places, à me représenter son enfermement et sa solitude et mon statut de « touriste » qui vient avec sa loupe et son carnet d'entomologiste examiner la bête rare qui va lui donner un autre éclairage sur sa fascinante espèce.

Sans cesse se surimposait l'image de Francis, l'enfant qui vivait encore à fleur de peau chez Franck, qui avait vu arriver l'étrangère dans sa bienveillante neutralité et lui avait ouvert les bras et le cœur.

Loin de le délivrer, j'étais venue donner un nouveau tour de clé à la porte de sa cellule.

Franck ne pouvait pas savoir ce que je venais d'échafauder dans le secret de ma maison mais il était fin et vif et devait sentir dans quelle direction j'avais orienté mes recherches, car je les avais bien orientées, en dépit de mon arrogante objectivité.

Il me semblait lui avoir planté une lame en pleine poitrine. Il avait reçu un coup de poignard en tout cas, que je l'aie lancé au hasard ou enfoncé délibérément.

J'appelai la Santé pour annoncer ma venue.

On me rappela pour dire que le prisonnier ne souhaitait recevoir aucune visite.

Je passai quelques jours enfermée, en pénitence, oubliant mon enquête, ne pensant qu'à lui. Je préparai je ne sais combien de brouillons de lettres avant d'écrire ce mot que je lui envoyai, ne quittant plus mon téléphone dès le moment que l'enveloppe disparut dans la boîte aux lettres.

Cher Franck,

Voyons-nous pour la dernière fois si vous le souhaitez, mais ne restons pas sur un silence trop favorable aux interprétations abusives. Je crois, modestement, pouvoir vous éclairer sur votre propre vie. Nous devons aussi discuter de votre extradition. J'ai envoyé le courrier que vous m'aviez demandé et j'aimerais parler avec vous de l'avenir.

Je vous ai entendu, croyez-moi. C'est difficile pour vous, ne pensez pas que ce soit facile pour moi. Vous ne me devez objectivement rien, mais il me semble que j'ai droit à ce dernier entretien qui vous concerne plus que moi.

Il ne fallut pas trois jours pour qu'une réponse favorable me parvienne. Je tique un peu en écrivant le mot « favorable ».

D'ailleurs, mon impression, en pénétrant dans « notre » pièce, fut davantage celle de deux duellistes prêts à s'affronter que de deux amoureux enfin face à face. Ce qui ne faisait pas mon affaire.

Sa main se raidit contre sa hanche comme pour empêcher son mouvement spontané vers moi.

Je déposai mon cartable d'un geste un peu fébrile. Des documents tombèrent. Il amorça un pas qu'il stoppa net, sa volonté se montrant plus forte que son désir, tandis que je m'accroupissais pour ramasser les papiers en les froissant. Je ne sais même pas si cela appartenait à ma mise en scène ou si je n'étais pas soudain gagnée par une nervosité bien réelle.

— Merci de me recevoir.

Il sourit tristement sans répondre. Nous étions toujours debout. Le gardien nous avait laissés. Depuis le temps, nous n'étions plus l'objet d'une quelconque surveillance.

Je le fixai en silence, grave. Il ne détourna pas le regard, soutint le mien. Je vis enfin son œil s'étrécir, s'agrandir, sa bouche s'entrouvrir, encore ce pas amorcé, pas achevé. A mon tour j'avançai un pied mais poursuivis le mouvement et, comme mue par une force étrangère, je me jetai dans ses bras qui s'ouvrirent de façon réflexe. Je répétai son nom deux ou trois fois. Contre mon oreille, son cœur battait extrêmement fort, ce qui ne voulait rien dire. Moi-même je me laissai aller à une vague d'émotion qui me roula assez violemment pour que je me détache un tout petit peu de lui qui me serrait à me broyer. Nos visages à la même hauteur, je plongeai dans ses yeux, entrouvris les lèvres, ce qui est compréhensible pour tous et, au lieu de répondre à l'invitation, il me serra à nouveau contre sa poitrine.

J'aurais donné cher pour voir son visage. J'éprouvais une atroce envie de pleurer mais ce n'était pas le moment.

Je me détachai plus fermement et nettement cette fois, deux pas en arrière, pivotai, histoire de récupérer mon visage en douce.

— Franck, nous n'avons pas beaucoup de temps.

— Malheureusement.

Je m'étais assise et levai la tête vers lui. Il s'approcha et s'assit à son tour. J'esquissai un sourire qu'il ne me rendit pas, qu'il laissa plutôt tomber par terre, sèchement.

— Le soir de la mort de Christine, les trois amants de votre mère se sont trouvés réunis. L'un des trois était votre père. Lui, sans doute.

Je lui tendis la photo d'Ira qu'il ne prit pas. Contrairement à mon sourire, au moins, il ne la rejeta pas d'un air méchant.

C'était mon tour de parler.

— Cette nuit-là, elle a fait l'amour avec les trois simultanément. Elle était, bien sûr, consentante. Je crois que vous avez assisté à la scène.

Chacun de ces trois hommes, à sa façon, était amoureux de Christine et je pense que, à sa façon à elle, elle les aimait tous les trois. Mais foncièrement, ce n'était pas une amoureuse. Elle vous aimait, vous. Christine était une femme fascinante. C'est terrible de ne pas pouvoir savoir ce qu'elle serait devenue. Un jour, elle a renoncé à devenir ce qu'elle était. Cette nuit-là, peut-être. Et elle en est morte. Peut-être son assassin l'a-t-il compris et lui a-t-il rendu ce dernier service.

Je pense que la suite de l'histoire n'est pas si importante. Finalement, vous aurez eu trois pères, quatre même en comptant M. Towne. Cela dépend de ce qu'on entend par « père », mais chacun de ces hommes a désiré votre existence en aimant Christine, et, plus que ça, en s'effaçant face à votre existence.

Vous êtes né d'une rencontre et d'une histoire extraordinaires. Vous êtes né aussi des années soixante-dix. En dépit de leurs enfantillages et de leurs ratés, vous êtes issu d'une période où l'amour était la valeur suprême ou, du moins, tentait de l'être.

Quoi que vous décidiez, quoi que vous fassiez de votre vie dorénavant, je suis là, prête à vous attendre et à vous retrouver quand vous serez libre. Peut-être est-ce vous qui, à ce moment-là, ne voudrez plus de moi.

Les mots n'étaient peut-être pas exactement ceux-ci mais je me rappelle ma solennité et mon langage calculé, construit, une phrase après l'autre.

Il ne cilla pas. Il ne me regardait pas, ne me voyait

plus depuis longtemps, ses yeux restant grands ouverts sur des images qui n'appartenaient qu'à lui. Je remarquai simplement que son souffle était court, de plus en plus court, comme s'il allait suffoquer.

Soudain il se leva en basculant sa chaise, alla frapper à sa porte que le gardien vint ouvrir. Celui-ci échangea un regard interloqué avec moi qui fronçai légèrement les sourcils, lui indiquant ainsi de surveiller le prisonnier.

Je pris le temps de rassembler mes affaires et me retrouvai sur le trottoir. J'étais devenue un fantôme.

Je vécus en zombie pendant une dizaine de jours. Je n'eus plus aucune nouvelle de Franck, appris qu'il avait décidé d'accepter l'extradition. David me laissa des messages auxquels je ne répondis pas. Il se montrait de plus en plus menaçant, voulait savoir quel rôle j'avais joué dans la décision de Franck. D'ailleurs, des messages, j'en avais en abondance, depuis mon éditeur jusqu'à Patrick, l'oncle nouvellement retrouvé. Ces gens n'avaient plus aucune réalité pour moi. Ils n'étaient que des personnages qui avaient joué leur rôle mais ne comptaient plus.

Je partis dans une maison que j'avais louée pour six mois. Ne laissai mon adresse à personne. Ni télévision ni radio. Mes notes, ma machine à écrire et une tristesse insondable pour seules compagnes.

J'étais à peu près sûre d'être passée à côté de la plus belle chance de ma vie. Mais c'était ma vie et je ne pouvais pas en changer, contrairement à Franck qui, une fois encore, tentait de travestir la sienne.

Travail

C'était une petite maison isolée en pleine nature, dans un coin perdu du centre de la France. Le bourg le plus proche était à cinq kilomètres mais j'y allais peu.

L'endroit était sinistre à souhait mais j'avais cessé depuis longtemps de m'occuper des détails secondaires que sont le charme d'un décor ou l'humour d'un interlocuteur.

J'étais, de plus, d'humeur plutôt punitive.

Un litre de café le matin, quatre pages d'écriture, promenade et gymnastique. Puis travail de doc pour le chapitre suivant à aborder le lendemain matin.

J'ai toujours travaillé ainsi. C'est une discipline qui me permettait, en l'occurrence, de repousser tous les risques d'infiltration de mon cerveau, gravement fissuré, comme je le savais. J'avais donc intérêt à être vigilante et je le fus. Quand je n'étais pas au travail j'y pensais, quand je dormais j'en rêvais.

On me faisait suivre mon courrier de Paris. C'est ainsi que je reçus une lettre de Franck m'annonçant son acquittement avec une neutralité de style insultante. Il me croyait déjà au courant. M'affirmait qu'il ne s'opposerait jamais à la parution de mon livre, quoi qu'il contienne. Il me faisait confiance. Contrairement à ce qu'il avait pu penser, à ce que je pensais peut-être moi-même, mon rôle avait été décisif dans sa vie. Et positif.

Depuis qu'il avait recouvré la liberté, il goûtait la vie autrement. Plus simplement sans doute, mais plus réellement qu'à aucun moment de son passé.

Après une formule de politesse banale, sorte de pensée de dernière minute, il avait ajouté, à la main alors que le reste était tapé à la machine : « Pour mémoire, je n'ai jamais tué personne. Désolé. »

Je lus sa lettre, puis la jetai dans le feu et moi-même dans mon travail avec une énergie décuplée. Maintenant que j'avais trouvé mon sujet, il était hors de question d'envisager une autre fin.

Mon sujet ? La mémoire, source de désinformation. Un paradoxe, bien sûr, pour moi qui en avais fait l'outil premier de mon travail.

De toute façon, j'avais l'intention de changer les noms, les professions. Je ne voulais pas lancer d'accusations aussi graves sans preuve et je ne voulais en rien nuire à Franck Anger. Ce n'était pas le moindre de mes paradoxes.

J'avais trouvé une structure assez plaisante, qui consistait à reprendre la chronologie des faits sur une colonne, l'autre établissant le travail de choix, de tri et de rejet de la mémoire des protagonistes.

On voyait ainsi apparaître les conséquences du travail de la mémoire sur la réalité en cours.

Ma pierre d'angle était que Franck avait bien tué Christine.

L'occultation du meurtre de la mère, suivi du

sacrifice du père, était une façon de nier jusqu'à l'existence de ses parents. Le petit Francis n'était né de personne. L'attachement démesuré et nécessaire à sa famille adoptive s'était incarné dans le lien indestructible formé avec David qu'il avait pris en charge, lui, l'enfant que personne n'avait su protéger.

La négation de son besoin viscéral d'un rapport amoureux à connotation maternelle s'était affirmé dans son choix de femmes-enfants, immatures qui, dès le moment où elles s'affirmaient comme femmes de désir ou, pire, femmes de maternité, devaient être éliminées. Sans parler du choix de la fiction comme mode d'expression, comme façon de gagner sa vie, à tous les sens du mot « gagner ».

J'ai relu le livre quasi achevé avant de le détruire. Non seulement il était d'un ennui à périr mais c'était la première fois que j'étais incapable de donner chair à mes personnages. Mon aveuglement de l'époque, aujourd'hui flagrant, en dit long sur l'état de confusion mentale et de désordre, en vérité amoureux, dans lequel j'étais.

Pendant toute cette période, je dormais beaucoup et profondément. Je m'étais mise à picoler un peu le soir. La maison n'était pas bien chauffée, il faisait très froid dans cette campagne humide, je n'avais aucune distraction et les soirées semblaient parfois longues. J'étais très seule. N'éludons pas. Après dîner je buvais quelques verres d'un alcool de pomme local qui était sans doute le vrai responsable de mon sommeil de plomb, évocateur de mort.

Mourir, dormir, rêver peut-être... Je dus rêver

beaucoup pendant tous ces mois d'absence au monde, parce que cette nuit-là, justement, j'étais au beau milieu d'un songe.

Je rêvais de Franck. Nous étions, sans équivoque possible, debout et nus, nos corps adhérant aussi près que possible dans une étreinte si ardente qu'elle en était douloureuse, et nos deux mains gauches aux doigts étroitement enlacés étaient étrangement levées vers le ciel. Il m'embrassait avec une telle voracité que j'en perdais le souffle et j'entendis sa voix m'appeler au creux de mon oreille. Est-ce la sensation d'étouffement ou la voix qui me réveilla, le fait est que je sus instantanément que j'étais bien réveillée, plongée dans une situation qui n'avait rien de normal. Il faisait nuit noire. Je n'avais donc pour me repérer que ma peau et mes oreilles car il y avait un homme nu dans mon lit, un homme collé à moi de tout son long, qui avait emprisonné une de mes mains qu'il tenait écartée pour m'empêcher de me débattre et je luttais pour repousser sa grosse langue, râpeuse et sèche, qui m'encombrait la bouche et qu'il ne retirait que pour me murmurer des propos obscènes : N'est-ce pas que j'avais envie que sa grosse queue me remplisse la bouche, me rentre dans la gorge, est-ce que ma chatte aimait sentir son genou, est-ce que je me masturbais comme ça en pensant à lui, et cette voix, plus encore que l'horreur de la situation, me remplit d'une terreur douloureuse, les veines durcies par des décharges d'acide, les muscles tétanisés, les os fracassés : c'était la voix de Franck.

Il avait maintenant réussi à m'attraper les deux poignets et se frottait contre moi. Il glissa pour attraper un de mes seins dans sa bouche et il se mit à mordre en me faisant hurler de douleur. Un cri, étouffé par les larmes qui coulaient sur mes joues, me fermait le gosier, à bout de souffle, paniquée.

La seule pensée qui parvint à se faufiler, presque rassurante, c'est qu'il ne bandait pas, n'arrivait pas à me pénétrer, mais il s'acharnait, et je sentis sa fureur monter avec son impuissance. Me lâchant une main, il commença à m'asséner des coups du plat de sa paume, comme s'il voulait me dévisser la tête. Il était trop en rage pour être efficace et cette certitude qu'il n'y « arrivait » pas me rendit mon sang-froid. Je me forçai à placer ma voix en respirant, comme avant un cours de chant, et, d'une voix rauque que je rendis aussi sexy que possible, je lui murmurai que j'allais le caresser. Il voulait bien, n'est-ce pas, on ne faisait par l'amour seul.

Il sentait fort. Un parfum pour homme entêtant que je ne reconnus pas.

Franck m'appela « ma salope » d'une voix émue et les coups cessèrent. Ma main descendit jusqu'à sa verge que je saisis délicatement avant de prendre une grande respiration, de bloquer l'air que je déchargeai d'un coup en tordant violemment son membre mou.

Il poussa un cri que j'entendis à peine car j'étais déjà hors du lit. Je courus sur le palier, dévalai l'escalier, sentis un courant d'air qui m'attira jusqu'à la fenêtre ouverte de la cuisine. Je l'escaladai, fonçai jusqu'à ma petite voiture qui démarra au quart de tour, comme saisie par la même urgence que sa conductrice. Je dévalai la route, arrivai à la caserne de gendarmerie endormie, appuyai sur la sonnette d'urgence et m'effondrai en larmes, incohérente, dans le premier fauteuil qu'on voulut bien me tendre.

La suite est un véritable cauchemar. Quand on remonta chez moi, il n'y avait aucune trace, à part un lit en désordre, des cheveux et un peu de sang sur un montant du lit. Pas de marque d'effraction, pas de traces d'une deuxième voiture.

Mon récit était à leurs yeux incohérent et hautement imaginatif. La dame écrivain qui n'avait lié amitié avec personne, qui était considérée comme fière et un peu maboule, avait fait un cauchemar, elle écrivait de drôles de livres, elle s'était raconté une histoire de bruit et de fureur et avait fini par y croire.

Je demandai à porter plainte, dans l'indifférence générale, et résiliai mon contrat de location.

Il apparaissait que personne n'avait vu d'étranger dans le coin, personne n'avait entendu de bruit de moteur intempestif dans la nuit, alors que ma voiture avait été repérée par deux fermiers voisins.

Il me fallut du temps pour comprendre d'où venait l'impression d'étrangeté qui m'avait saisie pendant que j'amorçais ma caresse préliminaire : l'homme avait le pubis rasé. J'étais maintenant persuadée qu'il portait, en plus, un bas pour recouvrir sa tête, ce qui expliquait la rugosité de la langue qui avait manqué m'étouffer.

Je n'osai pas dire que c'était Franck parce que j'étais à peu près sûre d'avoir inventé, mêlé la voix de mon rêve à la voix de la réalité.

A Paris je découvris mon appartement cambriolé,

sens dessus dessous, mais rien apparemment de dérobé, et c'est en reprenant mes notes, quand je me fus un peu remise, que je découvris que ma documentation avait été fouillée et qu'il y manquait tout l'entretien avec l'ancien du Viêt-nam, Roger, ainsi que des pages de discussions avec David, tout cela sans cohérence apparente.

Je fis plusieurs tentatives pour retrouver Franck, savoir où il vivait, où il était. En vain. Il avait à nouveau disparu.

J'essayai de joindre Roger. On finit par m'apprendre qu'il était parti au Mexique pour six mois. En vadrouille, injoignable.

Pour la première fois de ma vie je constatai à quel point ma solitude était totale : je ne savais vers qui me tourner.

Un médecin me permit de passer un mois dans une euphorie médicamenteuse qui me fit un peu redescendre sur terre. Je suis consciente du paradoxe mais je pense aujourd'hui qu'il faut une bonne dose d'inconscience pour vivre dans le réel.

Je déménageai. J'avais pris un retard fou en écrivant un manuscrit inutile. Je commençais à avoir des problèmes d'argent et j'étais devenue incapable d'écrire une ligne.

Je revisitais sans cesse les coins de la vie de Franck. Je me comportais comme une mouche enfermée dans un verre renversé – métaphore de ma vie ?

Je lui envoyai des courriers par l'intermédiaire de son éditeur. Il ne répondit jamais. Cette fois, je me prenais pour un rat de laboratoire, pas si maligne que lui puisque, entrée dans une impasse et me cognant contre un mur à chaque tentative, je filais à nouveau vers la même entrée et réempruntais le même chemin.

Un soir de nostalgie, je décidai d'aller dîner à la Closerie des Lilas et, à peine passé la haie d'entrée, je tombai sur Franck et David, assis à la terrasse devant un apéritif. Détendus, en forme et apparemment pas du tout gênés de me voir.

Retrouvailles

Je restai figée le temps d'une respiration puis marchai jusqu'à leur table. David m'invita à m'asseoir, me demanda ce que je voulais boire, héla bruyamment le garçon. Il était connu dans la maison, personne ne s'en offusqua.

Une fois mon gin servi, le silence tomba lourdement, nous enveloppant dans son étreinte mortifère. Enfin, ce fut mon impression personnelle.

Je finis par demander d'une voix que j'eus du mal à reconnaître s'ils étaient à nouveau installés à Paris. Ils répondirent ensemble : Franck oui, David, non.

La vie semblait avoir repris comme par le passé. Franck vivait ici, David était venu lui rendre visite.

C'est David qui me demanda où en était mon livre. J'expliquai que j'avais du mal à le terminer, que je laisserais peut-être tomber. Et Franck, l'écriture, ça allait ? Apparemment lui aussi avait du mal, il avait voulu changer de genre et ça ne lui réussissait pas.

Chacun évitait le regard de l'autre, nos yeux s'observaient à la dérobée. Devenue un bloc de tristesse sourde, je souhaitais m'éclipser sans faire d'éclat.

Je cherchais désespérément quoi dire, nous qui avions eu tant de sujets en commun.

— Le procès...

— ... s'est bien passé, merci, répond Franck sèchement.

— Vous ne l'avez pas suivi ? interrogea David, surpris.

— C'est hors sujet pour elle, coupa Franck encore plus sèchement.

— C'est vrai et d'ailleurs...

Je me levai, avec l'impression que j'allais m'effondrer en larmes. David s'étonna :

— Vous ne restez pas ?

— Non... j'ai un rendez-vous.

Le « salut » lancé négligemment par Franck me blessa au-delà du raisonnable.

David semblait goûter un plaisir malsain à prolonger la situation.

— Hors sujet, tu te rappelles la prof ?

Puis, se tournant vers moi :

— On avait une prof, Mme Blake, oh, asseyez-vous une seconde. Tout le monde est toujours en retard à Paris.

Je me rassis. Une intuition tout à coup. David avait besoin que je reste. Il était étrangement excité. Il se passait quelque chose qui m'échappait. J'étais peut-être arrivée à un moment de tension entre les faux frères.

En vérité, l'idée de quitter physiquement Franck me faisait mal, littéralement mal. Et puis, de coup d'œil en coup d'œil, je le trouvai changé, soucieux, un peu vieilli, un peu fatigué. J'étais intriguée. L'instinct, sans doute. Je me remettais en chasse.

— Elle disait tout le temps « hors sujet », enfin : *beside the point*... comment dit-on en français ?

— A côté de la plaque !

On l'avait dit ensemble et notre premier sourire partagé vint détendre l'atmosphère.

— C'est elle qui t'avait interdit de te mettre en salopette pour venir en classe.

Franck semblait se ruer sur une bonne aubaine. David rigola.

— Elle disait que ce n'était pas une tenue de garçon alors que, dans le genre, on peut difficilement faire plus garçon. Braguette incorporée et puis c'est la tenue des ouvriers. J'ai toujours vu mon père en salopette.

— Il faut dire que tu avais une drôle de façon de la porter. Toujours une bretelle tombée...

Ils continuèrent d'échanger des souvenirs autour du même thème, et moi, je cherchais dans ma mémoire à quoi cette histoire de salopette faisait écho.

Je n'écoutais plus vraiment, dans ma tête tournoyaient les milliers de pages de notes, les enregistrements, les conversations. Soudain, j'entendis Franck demander :

— Il s'appelait comment, déjà ?

— Ruggerio Solardo, répondit David.

J'entendis Roger résonner dans ma tête et, me tournant vers Franck, demandai à brûle-pourpoint :

— Et vous, vous portiez des salopettes, enfant ?

— Jamais. Je détestais ça.

Je devais à tout prix cacher mon émotion. Je réfléchissais à quoi faire, comment faire. Je sentis le regard scrutateur de David. Le regard de Franck s'éloigna, songeur. J'aurais parié que Christine détestait les salopettes pour les garçons. Elle lui avait aussi transmis cela. Il commençait à accepter sa filiation, j'en étais tout à coup convaincue.

Cette fois je voulus partir, parce que, d'une part, j'avais peur que ne soient lisibles sur mon visage les pensées qui se bousculaient derrière et, d'autre part, j'avais peur tout court. Il y avait à notre table un assassin, un vrai, dont la méfiance montait.

J'essayai d'enchaîner d'un ton enjoué :

— Moi j'adorais ça parce que c'était américain justement. Finalement on est toujours attiré par ce qui nous est étranger.

— Et quoi de plus étranger que Franck ? interrogea David mystérieusement.

— Oui, quoi de plus étranger que Franck ?

Je croisai furtivement le regard de Franck. Il était ailleurs. Le garçon vint les chercher, leur table s'était libérée. Ils proposèrent, chacun à sa façon, les deux sans enthousiasme, que je partage leur repas. Je déclinai en souriant.

Ostensiblement, je tendis une carte de visite avec ma nouvelle adresse à Franck, les saluai l'un et l'autre et repartis de la Closerie le ventre vide et les jambes tremblantes... Je dus même m'asseoir un instant sur le premier banc venu pour reprendre le contrôle de mon corps.

Je m'étais trompée de bout en bout.

Je finis par héler un taxi pour rentrer chez moi. Je sortis un bout de fromage que je n'arrivai même pas à entamer et choisis de fermer les yeux sur ma version corrigée de la soirée fatale à San Francisco en 1972.

Comment est-ce que cela avait commencé ?

Par le petit voisin trop beau, trop intelligent, à la famille trop particulière. Fascination, jalousie, emprise...

Ou était-ce Christine la fascinante qui avait éveillé, chez l'enfant pataud et ingrat, des sentiments nouveaux, forts, passionnels et absolus comme il peut en exister en tout début d'adolescence ?

Peut-être à sa façon, sans s'en douter, Christine l'avait-elle encouragé ? Cette dévotion muette avait pu lui plaire sans qu'elle en mesure l'intensité.

Il dînait parfois chez eux. Elle cuisinait des plats exotiques et raffinés. Des plats en sauce. Elle s'intéressait à David. Dans cette maison-là, on jouait de la musique classique, on lisait des livres dont on ne connaissait même pas l'existence chez les Towne.

Quand David avait vu l'affolement sur le visage toujours impassible de Christine, qu'elle lui avait demandé d'emmener Francis, vite, tout de suite, et qu'il vaudrait mieux le garder pour la nuit, David avait pensé : Elle est mal, elle a peur, elle a besoin de moi.

Les films pornographiques, David connaissait. Il avait regardé ceux de son père, quelquefois même en sa compagnie. Arthur Towne pensait sans doute que ce mode d'initiation en valait un autre. Une fois Francis endormi, David avait franchi la cuisine à pas de loup et s'était approché de la double porte du salon. Il avait vu Christine entre les bras de ses trois amants et tout de suite compris de quoi il retournait.

Un homme l'avait repéré. Roger avait vu le gamin en salopette, image de feu, à cause des cheveux roux sans doute. Vite, David s'était dissimulé. Il connaissait bien la maison, c'était la même que celle de ses parents. Tout son univers fantasmatique bouleversé, il avait guetté et attendu. Guetté en entendant des bruits qui ne lui étaient que trop familiers. Attendu que les intrus aient disparu.

Francis qui, naïvement, lui disait tout, lui avait révélé où Christine avait caché l'arme. Il est allé trouver Christine, une fois Bob monté dans sa tanière, elle l'a engueulé, furieuse d'être surprise, furieuse de ce qu'il pourrait dire à son fils, furieuse aussi peut-être de ce qui s'était passé.

Lui n'a entendu que le rejet, et peut-être le dégoût et le mépris. Il les a pris pour lui. Est monté chercher l'arme, est redescendu et a tiré. Ce n'était pas suffisant. Il fallait détruire jusqu'au corps.

Je refusai de m'arrêter sur l'image du garçonnet armé d'un marteau. Passai à ensuite.

Ensuite... il avait abandonné l'arme sur place et disparu, dans le jardin, par-dessus le muret. Et quoi ? Avait-il sangloté alors ? Réveillé son petit copain ? Lequel, affolé, s'était précipité chez lui ? Avait vu sa mère morte ? Assisté au suicide de Bob.

En tout cas, surpris quelque chose d'assez terrible pour choisir de s'endormir et d'oublier, de tout oublier.

Mon émotion me donnait tellement chaud que j'ouvris grandes les fenêtres de ma cuisine. Les yeux fermés, subjuguée par ce retournement que j'étais en train d'inventer, j'oscillais entre veille et sommeil quand un bruit me tira de cet engourdissement. Je vis cinq doigts qui semblaient appartenir à une main sans corps agiter une chaînette terminée par un petit dragon. J'oscillai entre terreur et fascination avant d'être confrontée, comme avaient dû l'être en leur temps Blossom et Sigrid, à une vision terrifiante dont il était impossible que je sorte indemne.

Le meurtre

Comment décrire l'étrange dédoublement dont je fus l'objet ! Une part de moi, tétanisée, douloureuse, mâchoire crispée, yeux exorbités, mains serrées, jointures blanches, assistait impuissante à mon meurtre à venir. Une autre part, révélée pour la première fois, contemplait ma panique, flottait au-dessus de mon corps, au-dessus des réalités terrestres, raisonnait et me ramenait au calme.

La mort ne doit pas ressembler à ça puisque je ne suis pas morte, mais il me reste en mémoire quelque chose de rassurant à l'idée que l'esprit soit capable d'autonomie et de détachement là où le corps échoue.

Evoquer ce moment, c'est le revivre et évoquer une douleur un peu moins vive que dans la réalité mais encore très active.

Quelle image pourrait rendre compte de... C'était un homme mais il n'avait plus rien d'humain. Comme si lui-même ne s'appartenait plus mais était mû par une force qui le dépassait, il franchit le garde-corps en dépit de sa corpulence, une main légèrement posée sur la barre de fer forgé, comme un de ces super-héros dont mon fils était si friand.

Et cette puissance dont il était chargé, qui le rendait invincible, dégageait une sorte de chaleur ou d'énergie tellement intense que l'air s'en trouva saturé. Littéralement. Je reconnus le parfum de mon assaillant de la Creuse.

Tout alla très vite mais je vécus ces quelques secondes au ralenti. Un phénomène aussi invraisemblable, comme si deux écoulements de temps contradictoires cohabitaient. Je revois parfaitement son visage. Il n'était ni grimaçant ni déformé mais au contraire presque paisible, ce qui le rendait encore plus effrayant. Incroyablement concentré sur un but précis ou sur une voix intérieure. A cet instant, il aurait été inutile de s'adresser à lui. Il était physiquement là, ô combien, et totalement absent. Son être social, son identité étaient encore constitués mais placés entre parenthèses, pendant qu'un monstre s'emparait des commandes, mélange de forces brute et intelligente.

Il y eut donc d'une part ce face-à-face effarant, paralysant, atroce et, d'autre part, le raisonnement qui se poursuivait calmement, comme si je devais résoudre une énigme intellectuelle, un test de logique un peu délicat.

Je les avais laissés au restaurant moins d'une heure auparavant. Je me demandai quelle panique l'avait saisi pour qu'il n'ait pas osé attendre davantage pour agir. Puis, le considérant, je fus certaine qu'il n'agissait plus par raisonnement mais par réflexe.

Les quelques paroles qu'il prononça me le démontrèrent. J'appris par la suite qu'à peine passé à table il avait soudain blêmi, et était allé soi-disant vomir dans les toilettes. C'était peut-être vrai. Le seul fait de m'avoir vue avait très bien pu le rendre littéralement malade.

Il avait insisté pour rentrer seul à son hôtel.

N'empêche qu'il avait fait vite, n'empêche qu'il n'avait pas perdu de temps pour repérer mon adresse sur ma carte de visite et la donner au premier taxi en maraude rencontré.

Il est vrai que, quelques heures plus tard, je me serais protégée, j'aurais anticipé le danger, mais je croyais avoir le temps, et son instinct, finalement, ne l'avait pas trompé. Je n'avais pas pris la mesure du déséquilibre mental de mon agresseur, si bien dissimulé et auquel j'étais confrontée sans signal d'alarme préalable. Après, en fouillant dans ma mémoire et mes papiers, je les ai retrouvés. Ils étaient nombreux mais de trop faible amplitude pour que je les repère.

Cette fois, il n'avait pas pris la peine de dissimuler son visage. Ce qui redoubla ma peur parce que cela signifiait qu'il était en bout de course, qu'il considérait que je serais sa dernière victime, un baroud d'honneur en quelque sorte. Peu lui importaient les indices qu'il laisserait, tels que ses cheveux, ces cheveux roux qui étaient si visibles que je ne leur avais pas prêté d'attention particulière. Je compris aussi qu'il tuait par instinct. On aurait certainement pu trouver des raisons, fouiller dans une psychologie élémentaire comme je le faisais depuis le début et découvrir des éléments quasi rationnels, mais la réalité est qu'il tuait comme le font les prédateurs. Le loup tue l'agneau parce qu'il est programmé pour ça, la note de bas de page dit que c'est pour se nourrir mais je suis sûre qu'il existe un moteur plus archaïque, moins utilitaire. David, en ce moment, était terrifiant car il n'était plus qu'une force primitive venue du fond des âges remplir sa fonction : me tuer, de la même manière qu'il avait tué Blossom et Sigrid et comme il tuerait certainement toute femme qui approcherait Franck de trop près.

J'étais sûre aussi que le meurtre de Christine avait déclenché ce mécanisme qui, autrement, serait resté enfoui, pour un temps au moins, sous les garde-fous de l'éducation et de la culture.

Maintenant il franchissait ces garde-fous avec la même aisance qu'il avait franchi la rambarde de ma cuisine.

Crier ? J'aurais bien aimé mais c'était impossible. La gorge totalement asséchée, les lèvres crispées, les muscles internes du gosier raidis, j'étais une pierre.

Son premier geste fut de foncer sur moi, je crus d'ailleurs qu'il allait m'exterminer sur-le-champ, mais non, il écrasa sa paume sur mes lèvres tandis que son regard froid et précis cherchait quelque chose pour me bâillonner. Ce fut un torchon. D'abord il m'enfonça dans la bouche une lavette humide qu'il prit sur l'évier, je dus le suivre en titubant, lourde péniche maladroite arrimée à un petit bateau pilote. Je retins de toutes mes forces la bile qui remontait. La lavette sentait la vaisselle et le moisi. Puis il enroula le torchon comme une corde autour de mon visage.

Satisfait il s'assit face à moi et me parla avec la

voix de Franck, mais les mots de David, redoublant ma peur, ce que j'aurais cru impossible.

— Jamais vous n'arrêterez de nous emmerder, les gonzesses. On vous dit pas touche, on vous dit stop mais non, ça veut conquérir le monde pour mieux lui chier dessus.

Je continuai de raisonner, une manière comme une autre de ne pas me laisser embarquer dans sa folie.

Pourquoi ne m'avait-il pas tuée cette nuit-là à la campagne ? Ce n'était pas un prédateur sexuel. Peut-être n'était-ce pas le tueur qui était entré dans ma maison mais l'homme qui le précédait.

Rationnellement, il devait vérifier que je n'avais rien trouvé contre lui et puis me baiser et si possible me faire jouir, ce qui réglerait tout.

Mais il était impuissant. L'avait-il toujours été ? Sa sexualité était-elle restée bloquée à l'adolescence, à l'âge du meurtre de Christine ?

La créature qui me parlait dans ma cuisine était asexuée mais jouissait, débordait de jouissance sous mes yeux.

Dans cet état de terreur qui, paradoxalement, aiguisait ma concentration, je compris qu'il cherchait le moyen de retrouver la jouissance d'origine. Pour cela il fallait augmenter la dose. C'est pour ça qu'il m'avait bâillonnée, me parlait, me regardait et cherchait dans mon environnement immédiat quel pourrait être l'instrument de sa plus grande jouissance.

Il regarda une bouteille et je sus qu'il pensait : tesson.

Non, trop difficile à mettre à exécution sans doute.

Il se leva, il parlait continûment et sa voix passait

maintenant d'un registre à l'autre. Non seulement je m'étais habituée à ces deux voix mêlées mais je me rappelais que les deux frères avaient toujours eu des intonations en commun, comme il arrive souvent dans une famille.

Il ouvrit un tiroir, fouilla vaguement dans un autre, puis aperçut les couteaux, les grands couteaux à découper, accrochés au mur.

Il les saisit l'un après l'autre, très conscient de mon regard attentif, et en essaya le fil. Il se fit une estafilade accidentellement et le filet de sang qui coula de son pouce sembla terriblement l'alarmer.

Il le mit sous le robinet, s'essuya, le sang continuait de couler. Il appuya un doigt dessus, devint tout pâle et me demanda, furieux, si j'avais des pansements. Où ?

Il était dos à la fenêtre. Je ne l'avais pas quitté des yeux une seconde. En me tordant le cou, je lui indiquai le petit couloir sur lequel donnait la salle de bains et, dans le mouvement, j'aperçus, dehors, une silhouette familière, reconnus la forme de la tête dans la pénombre. J'aurais pu détailler chaque trait du visage que je ne pouvais pourtant pas voir. Mes yeux se remplirent de larmes quand je compris que Franck était venu me sauver mais que c'était sans doute trop tard.

Dans la seconde, la silhouette avait disparu, et je pleurai carrément car je sus que je l'avais rêvée.

David suivit mon regard et, avant de quitter la cuisine, ferma les volets. J'avais bien rêvé.

Mes larmes le comblèrent. Il en attrapa même du bout du doigt en passant près de moi et les lécha.

Il repartit dans la salle de bains. Je n'avais pas le temps d'ouvrir fenêtres et volets, la partie de moi qui fonctionnait à plein le savait. Il ne m'avait pas attachée, trop sûr de lui. Je retrouvai ma force physique, mes jambes intactes. Me levai, courus à la porte d'entrée, tirai le verrou.

Une main puissante me saisit par les cheveux et m'entraîna vers la cuisine. Tout se déroula dans un silence terrible. Il ne parlait plus. Il respirait simplement, il respirait fort.

De son autre main, il attrapa le couteau qu'il avait posé sur la table. Je fermai les yeux en voyant la lame s'abattre vers ma poitrine. Et, à ce moment précis, la voix de David brisa le silence. Une voix d'autorité et de certitude. Comme si la voix de sa conscience parlait au mauvais ange en lui. C'était un cauchemar.

— Non, David. Il ne faut pas.

L'espoir ne peut s'empêcher de renaître. S'il s'adressait à lui-même pour s'exhorter au calme... je n'osais pas ouvrir les yeux, tout semblait suspendu.

Puis je réalisai que la voix avait résonné dans mon dos. Le couteau tomba par terre avec un bruit qui me sembla exagérément fort. La main qui me tenait par les cheveux lâcha prise. Je rouvris les yeux.

David, visage enfantin, souriant comme un gamin qui a fait une bêtise, regardait par-dessus mon épaule celui qui lui avait parlé, en chantonnant très bas la mélodie de *Ah vous dirais-je, maman*... Et Franck rassura David :

— On va trouver un truc. Je vais te couvrir. Ne t'inquiète pas.

Espoir, énergie, raison, tout disparut d'un coup. Je m'effondrai au sol et je n'eus que le temps de voir les pieds de Franck entrer dans mon champ de vision, se rapprocher de ceux de David. Je devinai l'étreinte entre les deux hommes et m'évanouis.

Le seul coupable ?

Depuis qu'il est enfermé, David, saisi de graphomanie, a noirci des milliers de feuillets. Son délire s'exprime dans un flot continu d'images, de souvenirs réels ou inventés, de confessions et d'accusations mêlées.

Je mesure aujourd'hui l'effort de tension extrême qu'il a maintenu pendant des années pour apparaître « normal », cohérent, et tenir sa folie en bride. J'aurais dû être alertée par sa transpiration qui, parfois, trempait jusqu'au dos de sa chemise.

Franck s'est arrangé pour qu'il reste hospitalisé en France, puisque lui-même va rester dans ce pays.

Il se sent responsable de celui qu'il considère toujours comme son frère. Là-dessus je n'ai pas mon mot à dire et je n'essaie même pas.

Il m'a expliqué qu'il n'en voulait pas à David. Qu'il ne lui en avait jamais voulu. J'ai du mal à comprendre les racines de l'engagement dont il s'est toujours senti comptable envers lui.

C'est bien grâce à cette complicité que Franck a pu neutraliser David sans violence et m'éviter une mort prématurée.

Orphelin à sept ans, Franck prétend en avoir retiré

un chagrin lié plutôt à l'inconfort soudain de sa situation qu'à la pleine conscience de la mort de ses parents. Il se souvient du malaise d'avoir été soudain marqué de différence. Il affirme que la différence est une épreuve redoutable pour un enfant avant de devenir une particularité enviable chez l'adulte.

Selon lui, David était depuis longtemps « différent ». Et Franck, en s'instituant son protecteur, affirmait n'avoir pas besoin, lui, de protection.

Il me cita l'exemple des bicyclettes. Quelle sombre raison pouvait avoir David de dérober les plus belles machines des garçons du quartier pour les cacher dans les endroits les plus incongrus ? Enfant, sans se poser la question, Franck faisait en sorte de les ramener avant que leur disparition ait été remarquée. Pris une fois en flagrant délit, il assuma bravement le rôle du délinquant. Et m'affirma qu'il n'y avait là rien d'héroïque : ses camarades acceptaient mieux un délinquant qu'une créature sans parents.

Franck avait un besoin féroce d'être accepté à défaut d'être aimé. C'est ainsi que David était devenu indissociable de sa vie.

Pendant quelque temps, j'ai pu consulter les gribouillages de David, espérant qu'ils me donneraient quelques clés. Je dois reconnaître que leur lecture m'est insupportable et que le vrai et le faux y sont tellement mêlés qu'ils n'offrent aucune réponse fiable.

J'ai pu éclaircir quelques points néanmoins.

Il faut se souvenir que David se sentait aussi responsable de Franck que Franck de David. Il se voulait le maître de la vie de son faux frère, pour leur bonheur à tous les deux, même si, au fond, il rêvait davantage de le détruire que de le sauver, manœuvrant à la fois pour le faire accuser à sa place et pour le sauver.

Pendant l'étrange nuit de nos confidences, il m'a ainsi raconté pour la deuxième fois l'histoire de la vitre cassée en l'attribuant à Franck. Ce récit fait partie des feuillets disparus après mon agression.

Ainsi que l'à peine visible allusion aux parents de Sigrid. C'est bien David qui était allé à la piscine se confronter à M. Bourguignon. C'était risqué, de notre point de vue raisonnable, mais David était persuadé qu'au fond ils se ressemblaient beaucoup et qu'il était donc facile de les confondre. Prudemment il avait gardé le bonnet et les lunettes tout le temps de la conversation.

C'est lui aussi qui a mis en scène la livraison chez moi des articles de presse sur le meurtre de Blossom. Il voulait « diriger » mon travail. Il lui est arrivé d'être à Paris quand il se disait en Californie et vice versa.

Après le meurtre de Christine dont il était sorti miraculeusement insoupçonné, David s'est cru capable de diriger le monde, son monde, celui de Franck. En toute impunité. Et ça n'a pas mal marché.

Franck ne s'en souvient toujours pas mais il est probable qu'il a vu sa mère morte et entendu David jouer au piano le petit morceau de Mozart avant de récupérer le collier de perles au fermoir de dragon. Tel un trophée, il le portait en permanence sur lui, mais qui aurait pu s'en douter ? Franck a-t-il vu ou seulement entendu son copain, son frère s'acharner sur le cadavre de l'idole qui avait trahi son idéal ? Est-ce cette vision-là qui l'a fait descendre à la cave et se réfugier dans le séchoir ?

Il dit que ça n'a pas d'importance. Il me demande pourquoi je ne l'autorise pas à être un homme sans passé. Et je n'ose pas lui répondre : « Parce que moi aussi, un jour, je serai ton passé. »

Je lui ai offert le portrait de Christine que j'avais acheté à Rizzo. Il trouve que je lui ressemble.

Son dernier livre n'a pas marché mais nous comptons sur le mien pour compenser. Il s'entête à vouloir changer de genre, c'est un de nos rares sujets de discorde.

Car nous marchons d'un même pas. Plus ou moins. Nous nous aimons. C'est la première fois. Pour lui comme pour moi.

Postface

Cette page-là n'est que pour toi. Je l'écris à la main avant de la glisser dans ton exemplaire de *Le passé n'oublie jamais*. Je n'en ferai ma postface qu'avec ta permission.

C'est arrivé hier au petit déjeuner.

Tu relisais la fin de mon manuscrit en tirant tes petits traits de crayon nerveux qui signifient tout : à revoir, imprécis, contradiction, oui... Ton regard a quitté la page, noté mon assiette vide, tu m'as préparé une tartine, une goutte de miel est tombée sur la page blanche, tu as levé les yeux vers moi, nos regards ont dansé ensemble, mon corps a palpité de désir, j'ai dû baisser les paupières sur ma mémoire de la nuit, tes mains ont enserré mon visage et, quand ta bouche a ouvert la mienne, j'ai su que notre amour nous avait précédés et qu'il nous survivrait, j'ai su que la réunion de nos corps réveillait à chaque fois un épisode oublié de notre histoire ancienne.

Comparé à l'éternité, ton destin pourrait n'être

qu'une de ces histoires que la vie invente pour divertir les dieux. Mais en croisant le mien, il m'a appris que nous nous étions aimés en d'autres temps, sous d'autres noms, ratés parfois pour nous retrouver toujours. L'éternité n'a qu'à bien se tenir.

Tu as piqué le miel de ton index, sucé ton doigt, j'ai rattrapé la cafetière avant qu'elle ne bascule, tu m'as souri. J'ai plongé dans tes yeux, leur mer noire s'est ouverte quand j'allais m'y noyer et tu m'as sauvée comme tu pourras me détruire. Toujours.

Je t'aime au-delà du bien et du mal. Je t'aime au risque de me perdre.

Du même auteur :

Aux Éditions Albin Michel

SECRETS DE FAMILLE, *Albin Michel Jeunesse, 1998.*
L'HOMME QUI N'ÉTAIT PAS MORT, *Albin Michel Jeunesse, 2001.*
DOUBLE JE, *2002.*

Chez d'autres éditeurs

COURRIER POSTHUME, *Régine Deforges, 1990.*
MORT SANS LENDEMAIN, *Ramsay, 1992.*
COMME UN COQ EN PLÂTRE, *Baleine, 1996.*
CETTE FILLE EST DANGEREUSE, *La Loupiote, 1998.*
DODO, *« La série noire », Gallimard, 1999.*
SUEURS CHAUDES, *« La série noire », Gallimard, 2000.*

Composition réalisée par NORD COMPO

Achevé d'imprimer en novembre 2006 en France sur Presse Offset par

BRODARD & TAUPIN

GROUPE CPI

La Flèche (Sarthe).
N° d'imprimeur : 37548 – N° d'éditeur : 79026
Dépôt légal 1re publication : septembre 2005
Édition 03 – novembre 2006
LIBRAIRIE GÉNÉRALE FRANÇAISE – 31, rue de Fleurus – 75278 Paris cedex 06.

31/1400/6